STACEY MARIE BROWN

BELA LOUCURA

Traduzido por Wélida Muniz

1ª Edição

2024

Direção Editorial:	**Arte de Capa:**
Anastacia Cabo	Jay Aheer
Tradução:	**Adaptação de Capa:**
Wélida Muniz	Bia Santana
Preparação de texto:	**Diagramação:**
Ligia Rabay	Carol Dias

Copyright © Stacey Marie Brown, 2020
Copyright © The Gift Box, 2024

Todos os direitos reservados.
Nenhuma parte do conteúdo desse livro poderá ser reproduzida em qualquer meio ou forma – impresso, digital, áudio ou visual – sem a expressa autorização da editora sob penas criminais e ações civis.

Esta é uma obra de ficção. Nomes, personagens, lugares e acontecimentos descritos são produtos da imaginação da autora. Qualquer semelhança com nomes, datas ou acontecimentos reais é mera coincidência.

Este livro segue as regras da Nova Ortografia da Língua Portuguesa.

CIP-BRASIL. CATALOGAÇÃO NA PUBLICAÇÃO
SINDICATO NACIONAL DOS EDITORES DE LIVROS, RJ
Gabriela Faray Ferreira Lopes - Bibliotecária - CRB-7/6643

B899b

Brown, Stacey Marie
    Bela loucura / Stacey Marie Brown ; tradução Wélida Muniz. - 1. ed. - Rio de Janeiro : The Gift Box, 2024.
    254 p. (Winterland tale ; 3)

Tradução de: Beauty in her madness
ISBN 978-65-85939-03-4

1. Romance americano. I. Muniz, Wélida. II. Título. III. Série.

24-87901	CDD: 813
	CDU: 82-31(73)

Querido Papai Noel,
Obrigada por colocar mais alguns encrenqueiros
na lista de travessos.
Pode mandar todos para mim!

BELA LOUCURA

Um rosnado baixo invadiu o espaço, me fazendo congelar de pavor. A coisa estava ali por minha causa. Queria apenas a mim. Lágrimas de medo fechavam minha garganta, o ar estava parado em meus pulmões. Lufadas de gotas de água e gelo preenchiam o cômodo, espiralando no ar. Meu coração batia em meus ouvidos.

A coisa estava ali; sua presença, bem atrás de mim. À espreita.

Rosnados mordiscavam meus calcanhares, o pânico apertava meu peito. Soluços entalaram na minha garganta enquanto minhas perninhas disparavam, mas eu não era rápida o bastante. Tropecei e caí direto na pedra.

Rosnando e bufando de fúria, o monstro se aproximava. *Corra, Dinah!* Mas eu não conseguia me levantar. Meus músculos travaram, meu corpo tremia.

Uma única garra se arrastou pelo meu pescoço. Soltei um soluço abafado e fechei as pálpebras com força. Eu ia morrer.

Fôlego quente roçou no meu ouvido.

— *Pequenina...*

CAPÍTULO 1

A luz do meio da tarde entrava mais fraca pelo vidro, em direção ao horizonte. As nuvens carregadas ocultavam o recuo do sol, como se mal pudessem esperar para dar o fora dessa parte do mundo. O cômodo resistia ao crepúsculo e ao brilho falso que ofuscava a natureza.

Eu me sentia hipnotizada pelo balançar das árvores lá fora. Preparando-se para um inverno longo e frio, a última folha do galho foi arrancada pelas rajadas de vento, girando e revirando em seu derradeiro espasmo de morte, antes de atingir o solo. Ainda não tinha nevado, mas o inverno estava à espreita desde apenas um dia depois de Ação de Graças, pronto para consumir o outono por inteiro. Era época de mudanças, os tons de laranja e marrom sendo substituídos pelos pisca-piscas e decorações em vermelho e verde.

Eu costumava amar essa época.

Costumava.

— Dinah? — uma mulher falou baixinho atrás de mim, mas o som parecia vir de longe, como se ela estivesse me chamando de outro cômodo. Minha cabeça estava perdida entre lampejos de sonhos, vozes e momentos que não tinham acontecido, mas que pareciam tão verdadeiros e vibrantes quanto a realidade. O medo me fazia gelar.

Havia dois anos que eu me sentia mais e mais como uma forasteira: com a minha família, meu namorado e principalmente comigo mesma.

— Dinah, não deseja se sentar? — A voz da mulher era calma e suave, mas só serviu para fazer a irritação subir atravessada pelo meu pescoço. — Fale da razão de você estar aqui.

Por que eu estava ali? Bufei. *Porque eu sentia que estava enlouquecendo? Que tinha algo de errado no meu cérebro, e que eu ia ficar igual à minha irmã?*

Embora agora Alice estivesse bem, prosperando em Nova Iorque com seu negócio e o namorado, dois Natais atrás, nossos pais a internaram em uma instituição para doentes mentais. O dia em que ela pirou, achando que gremlins a estavam atacando no meu quarto, ainda me assombrava.

— Por favor, sente-se. — Dra. Bell apontou para o sofá à sua frente.

A mulher tinha sessenta e poucos anos e era muito bonita. Tinha cabelos brancos e curtos, olhos azuis penetrantes e nariz arrebitado. O batom chamativo e os óculos de armação grossa a deixavam um pouco descolada, já o terninho bege de péssimo caimento e os sapatos marrons contradiziam essa impressão, misturando-se com a mobília da mesma cor.

— Não pense em mim como psicóloga, mas como uma amiga em quem você pode confiar — disse ela.

Olhei ao redor, mas não me movi. A sala era simples, limpa e confortável, e tinha um monte de almofadas no sofá e livros nas prateleiras. Foi pensada para fazer o paciente se sentir em casa. O consultório ficava perto do centro de Hartford, em um prédio antigo recém-reformado. Metade dele ainda estava vazio, esperando por locatários.

Encontrei a dra. Bell em um panfleto pendurado na faculdade. Não era o melhor jeito de encontrar um psicólogo, mas a proposta da primeira sessão grátis era boa demais para deixar passar batido. Pesquisei e ela tinha boas referências, era muito elogiada.

Ela suspirou e abriu a pasta.

— Aqui diz que sua irmã foi internada em um hospital psiquiátrico há dois anos. — Ela franziu a testa e ajustou os óculos. — Não tem o nome do lugar. Você sabe onde foi? — Seus olhos azuis se ergueram para os meus na esperança de que eu pudesse lhe dar a informação.

Meu cérebro buscou um nome, mas em vão.

— Eu… não me lembro. — O latejar na minha cabeça e a exaustão foram instantâneos, como se eu tentasse segurar fumaça com as mãos ou empurrar uma força invisível até ficar sem forças e ser derrotada. Esfreguei a testa, passei as mãos pelos sedosos cachos castanhos que deixei crescer até bem abaixo dos ombros.

Nesses dois anos, muitas coisas mudaram, mas eu não conseguia apontar exatamente o quando e o porquê. Desde que Alice saiu do hospital psiquiátrico, algo estava estranho. Era como se eu não coubesse mais ali. Um cérebro analítico feito o meu poderia enlouquecer só de tentar encontrar a pecinha que me fez vir parar no consultório de uma psicóloga em Hartford.

Tudo o que eu compreendia era o que tinha acontecido antes do *incidente* com a Alice, como minha mãe chamava. Tudo tinha sido perfeito. Meus planos para o futuro estavam traçados. Tudo alinhadinho. Minha irmã sempre fora impulsiva, apaixonada, artística e avoada, mas, um dia, tudo mudou de repente, e ela começou a ver monstros de mentira na escuridão e a ouvir personagens de Natal falando com ela.

Colapso psicótico, foi como chamaram.

Iguais aos que você está vendo e ouvindo? Uma voz sussurrou na minha cabeça, me fazendo me virar de supetão para a janela, com a garganta apertada enquanto eu a abafava. *Não, não é a mesma coisa.*

Alice estava feliz agora, feliz de dar nojo, com uma cafeteria/chapelaria que era um baita sucesso na cidade, e que a mantinha ocupada o tempo todo. Tinha o homem mais sexy que eu já vi na vida como namorado trepando sem parar com ela, como se fossem coelhos no cio.

Está com inveja? Ouvi a voz me chamar, fazendo surgir na minha cabeça um rosto esculpido com olhos azul-gelo e uma boca cruel.

Cruzei os braços e sacudi a imagem para longe. *Ele nem mesmo é real. É só fruto da minha imaginação.*

Eu não ligava para rostinhos bonitos. Scott não estava nem no mesmo hemisfério do patamar de Matt Hatter, mas era gentil, fiel e me amava. Nós nos conhecemos no clube de debate na escola e namorávamos desde os quinze anos. Agora morávamos juntos em um apartamento minúsculo enquanto estudávamos na mesma universidade em que o meu pai trabalhava.

— Sei que você não veio aqui para ficar olhando pela janela. — A voz da dra. Bell interrompeu meus devaneios, e minha atenção voltou-se para ela. Com um suspiro, acomodei meu um e sessenta e oito de estatura no sofá, as almofadas quase me engoliram. Herdei a pouca altura da minha mãe, mas enquanto ela e Alice são curvilíneas, meu vício em correr mantinha as minhas curvas inexistentes.

A dra. Bell aguardou em silêncio, esperando que eu falasse. Torci as mãos no colo, respirei fundo.

— Eu sinto... — Minha garganta se apertou. Isto ia contra o que eu era: falar de sentimentos. Eu queria curar e resolver tudo com lógica e estratégia, e queria que ela me dissesse por que eu estava tendo esses sonhos e visões.

— Como você se sente, Dinah?

Perdida. Assustada. Insegura.

— Hum... — Coloco o cabelo atrás da orelha, olho para a luz, depois para a prateleira. — Desassossegada.

BELA LOUCURA

— Desassossegada? — As sobrancelhas da dra. Bell se curvaram. — Que palavra interessante. Por que desassossegada?

— Não sei. Ando tendo sonhos estranhos. Sonhos que eu costumava ter na infância, mas agora eles são diferentes. Eu... eu me sinto esquisita. Como se tivesse alguma coisa errada. Às vezes, sinto que estou sendo observada, mas não tem ninguém ali. — Eu me remexi no sofá, louca para me levantar e me mover. — Sabe quando a gente acha que esqueceu alguma coisa, mas não consegue se lembrar exatamente do quê?

— Sei.

— É assim que me sinto. — Seco as mãos suadas no jeans. — O tempo todo.

— Quando começou?

— Hummm... Há cerca de dois anos.

— Dois anos, é? — respondeu a dra. Bell, com um tom cheio de segundas intenções.

— É.

— Por volta da mesma época que sua irmã foi parar no hospital psiquiátrico? Deve ter sido bastante traumático para a sua família.

Lambi o lábio, olhei para as minhas mãos. *Traumático? É, pode-se dizer que sim.*

Eu me lembro do berro das sirenes, da minha irmã gritando, de ver raios de luzes azuis e vermelhas refletindo nas casas, os vizinhos circulando pela rua. Eu me lembro de Alice presa ao chão, chorando e gritando despautérios. E eu me lembro dela conversando com nossos pais, implorando para que acreditassem nela, que não era louca, que alguém estava fazendo aquilo com ela. Eu poderia jurar por tudo que é mais sagrado que não me lembrava de algumas partes daquela noite, mas outras estavam muito claras, fazendo a coisa toda se juntar como se fosse um filme mal editado.

Gemi, escavando o fundo das memórias, tentando me lembrar. Minha mãe disse que o trauma pelo qual passamos bloqueou nossa mente, a dor de ver Alice machucar a si e talvez a outros. Mas quem chamou a polícia? Quem encontrou o hospital tão rápido? Ela estava em casa em um minuto e, em um piscar de olhos, foi trancafiada. Não fazia sentido mandarem a minha irmã direto para um hospital psiquiátrico em vez de um comum.

Era tudo muito estranho.

Minha memória não era confiável e poderia mudar minha percepção das coisas. Mas eu sentia uma coceira na nuca e uma sensação de saber de algo, só não conseguia ir além disso, não conseguia deixar que aquilo jorrasse pelos meus lábios. Aquilo ficava me rondando; uma coisa agitada e irritante, mas que nunca se revelava.

— Isso deve ter desencadeado alguma coisa em você.

— Desencadeou. — As palavras saíram roucas, e eu virei a cabeça para a janela.

— Aqui, tome um pouco de água. — A dra. Bell pegou o copo sobre a mesinha de centro e me serviu. O líquido frio desceu pela minha garganta, limpando as emoções que estavam presas ali. Foi como beber neve; o sabor refrescante tinha me feito engolir o resto.

— Obrigada. — Coloquei o copo vazio sobre a mesa, minha atenção foi capturada por uma gota deslizando pelo vidro. Ficamos caladas por um instante, e ela me olhava ansiosa, esperando que eu falasse. Passei a mão no rosto, e o impulso de correr, de fugir daquele consultório, era palpável.

Que bobagem. Por que eu estava ali? Eu não era a minha irmã. Só tive alguns pesadelos que me deixaram paranoica.

— Você pode me contar o sonho que teve essa noite? — Como se lesse meus pensamentos, a voz da dra. Bell mordiscou a minha orelha.

— Não foi nada. — Eu me remexi no assento, e olhei lá para fora novamente. A noite tinha engolido o que restava da luz do dia, cobrindo de sombras o pequeno pátio atrás do consultório. Meu olhar se prendeu em algo perto da árvore.

Um pavor envolveu minhas costelas. Inflando a barriga, meu peito tentava puxar o ar.

— Dinah? — Ela chamou o meu nome, mas, mais uma vez, a voz parecia vir de longe. Minha atenção estava presa naquela forma.

Ah, meu Deus, de novo não.

— Vo-você está vendo aquilo? — Apontei. — Perto da árvore.

— Vendo o quê? — A dra. Bell se esgueirou e forçou os olhos na direção da escuridão. — Não vejo nada.

— B-bem ali — gaguejei.

— Dinah, não tem nada lá fora.

Mas eu vi. Embrenhado nas trevas, um contorno imenso de alguém de capuz me observava, me examinando profundamente. O medo zumbiu na minha pele, causando arrepios e me fazendo congelar. Eu não conseguia distinguir nada de onde estava, mas não era a primeira vez que eu via alguém de capuz me observando.

BELA LOUCURA

— *Dinah...* — Uma voz de homem sussurrou ao meu redor, me fazendo saltar do assento com um grito. — *Está quase na hora.*

— Ai, meu Deus. — Minha panturrilha bateu no sofá. Aquilo nunca tinha falado comigo desse jeito.

— Dinah? — A dra. Bell me chamou. Virei a cabeça para ela. Seus olhos azuis pareciam preocupados e confusos. Ela olhou para a janela e franziu a testa.

Minha atenção se voltou para o lado de fora. Não havia mais nada ao lado da árvore. É impossível alguém ter se mandado tão rápido sem chamar atenção.

Meus nervos estavam em frangalhos, eu tinha a sensação de estar sendo estrangulada, e que tiravam o ar dos meus pulmões. Meus sonhos estavam me encontrando à luz do dia, tornando-se mais e mais reais.

— Você está bem? — A dra. Bell segurou meu braço. — Dinah?

No instante em que seus dedos me tocaram, o pânico tomou conta da minha garganta, tentando escapar.

— Preciso ir. — Peguei minha bolsa no chão. — Eu não deveria ter vindo. Foi um erro...

— Dinah...

— Obrigada pelo seu tempo. — Corri para a porta.

— Dinah, espera! — Ela se levantou rapidamente, mas eu já tinha saído. Corri pelo corredor, saí do prédio de tijolos de três andares diretamente para a noite gélida.

Curvei o corpo e puxei o ar com força; a pele grudenta gostou do frio. Nevaria em breve, eu conseguia sentir o sabor da neve na minha língua.

Eu me ergui e respirei fundo outra vez.

Zum-zum.

Meu celular vibrou no bolso, e eu o peguei, imaginando ser do consultório da psicóloga, perguntando que merda tinha acabado de acontecer. Meus ombros se afundaram de alívio quando vi o número de Gabe.

— Oi, chefinho. — Tentei parecer despreocupada, mas minha garganta se fechou assim que o cumprimentei.

— Ah, gosto quando você me chama assim, Liddell Dois. — A voz rouca de Gabe estava muito insinuante. Apesar de minha irmã não trabalhar mais lá, ele ainda me chamava de Liddell Dois.

— Não abuse. — Revirei os olhos.

O gerente da Oficina do Papai Noel tinha pedido demissão. Ele e a esposa estavam de mudança para o Havaí, e Gabe assumiu o posto. Não por competência, mas porque era fácil, e ele não queria fazer nada que não fosse fumar maconha e usar a roupa de Papai Noel. — O que você quer?

— O que eu quero? — Ele bufou. — Bem, além de pilhas de dinheiro, alguns tacos e maconha infinita, eu não me incomodaria se a minha funcionária chegasse na hora para o primeiro turno da temporada.

Olhei para o relógio, fiquei boquiaberta.

— Merda!

— Era para você ter chegado há cinco minutos.

— Ah, como se você chegasse na hora — rebati.

— Não importa, Número Dois. Sou o gerente agora. Posso chegar a hora que eu quiser. É seu emprego que está em jogo — ele respondeu à queima roupa, mas eu sabia que era só onda. Gabe só falava. Nunca faria nada. Ele sabia que tinha sorte por eu ainda estar lá naquele ano. Mas aluguel, comida e livros para a faculdade não eram baratos, e eu precisava de mais dinheiro. — Chegue em dez minutos. — Ele desligou.

— Babaca — bufei, e segui para o meu carro. O vento chicoteava meu cabelo, meus ossos finalmente absorveram o frio e se revoltaram. Cheguei ao meu velho Volkswagen Rabbit e peguei a chave na bolsa.

— *Dinah...* — Meu nome rugiu com o vento, subindo pela minha nuca e gelando minha pele. Fiquei ofegante, meu corpo se virou e minhas chaves já estavam prontas para atacar o predador. Não havia ninguém no estacionamento, só alguns poucos carros. Um poste emitia um brilho sinistro e pútrido. Olhei ao redor, tentando registrar qualquer movimento.

— *Di-nah...* — Dessa vez, a voz soou tão profunda que fez minha alma tremer, e correu pelo meu corpo como se fossem dedos, me fazendo arquejar. Meu coração trovejava no peito, minhas mãos tremiam.

Antes, tinha sido também uma voz de homem me chamando, mas essa de agora era diferente.

Mais sombria. Mais mortal.

Uma promessa do meu fim em apenas duas sílabas.

Sem perder tempo, abri o carro, entrei e tranquei as portas. Meu coração batia acelerado enquanto eu verificava o banco de trás e alcançava o spray de pimenta que eu guardava no console. Meu pai ensinou Alice e eu a atirar, e nos colocou na aula de defesa pessoal quando chegamos à puberdade. Como professor universitário, ele via coisas acontecerem em festas de fraternidade e ouvia histórias sobre meninas circulando pelo campus à noite. Ele queria Alice e eu preparadas para nos defender.

BELA LOUCURA

Conforme eu saía do estacionamento com os nervos em polvorosa, pensei ter visto algo na minha visão periférica, mas, quando olhei de novo, não havia nada. Não conseguia afastar a sensação de que havia alguém me observando.

Pisei no acelerador e segui em direção às arvores. Ainda que meu pai tivesse nos preparado para muita coisa, ele não tinha nos ensinado a nos defendermos quando nossa própria mente se voltava contra nós.

CAPÍTULO 2

O aroma delicioso de cookies, chocolate quente, cidra e canela me envolveu como um cobertor macio, me fazendo esquecer do que tinha acontecido mais cedo. Meus ombros iam relaxando conforme eu cantarolava a música de Natal que tocava baixinho enquanto eu terminava de pendurar os pirulitos em forma de bengala na árvore. O chalezinho de madeira idílico ficava em uma fazenda que plantava árvores de Natal nas imediações de New Britain, Connecticut. Era de um coroa machista que tinha posto os cinco filhos para tomar conta de tudo.

— Eu não esperava tanto movimento hoje. — Gabe arrancou a barba falsa e logo enfiou um baseado na boca. As dezenas de crianças que queriam ver o Papai Noel mantiveram Gabe e eu ocupados durante as primeiras quatro horas. — Preciso muito fumar.

Estava ficando tarde, e menos famílias se aventuravam a ir até a oficina, preferindo colocar os filhos na cama. A época das festas tinha oficialmente começado a todo vapor.

O espírito natalino parecia mais elevado que o normal nesses últimos dois anos, fazendo muito mais gente vir comprar árvores e ver o Papai Noel tão cedo. Exceto por mim, ao que parecia. Perdi quase toda a alegria.

— Se você for pego… — Apontei o queixo para ele. — Vai ser a gerência mais curta da história. — Eu não conseguia entender a necessidade constante dele de ficar doidão. Na brisa o tempo todo. Eu gostava de ficar com a cabeça limpa e centrada.

Gabe bufou, mas se virou e saiu pela porta dos fundos para acender unzinho. Uma lufada de ar frio entrou conforme ele ia, arrepiando minha pele no mesmo instante. Não que eu estivesse muito vestida. O proprietário tinha setenta e tantos anos e agia como se as mulheres só existissem para serem bonitas. Estava na cara que ele tinha providenciado as fantasias de elfa safada, dada a aparência do nosso figurino. Todos os elfos que ele contratava eram meninas,

BELA LOUCURA

15

e ele nos fazia usar roupas muitíssimo decotadas e curtas, meias vermelho e branco, sapatos verdes com sininhos e chapéu verde de elfo.

O número de pais que levavam os filhos mais de uma vez era perturbador. Embora Alice tivesse trabalhado ali apenas durante uma temporada, os pais ainda entravam para perguntar por ela. Minha irmã era lindíssima, de parar o trânsito. Tinha a quantidade certa de curvas, cabelo longo, sedoso, liso e escuro, olhos também escuros, e era alta. Se ela e Matt tiverem filhos algum dia, seriam eleitos os bebês mais lindos do mundo. Mas era só Alice abrir a boca que a gente conhecia a essência dela. Minha irmã era sincerona, verdadeira, sagaz e sarcástica. Era o que me fazia amá-la ainda mais.

Muita gente dizia que éramos parecidas, mas nossas personalidades eram opostas. Eu fazia o tipo que escrevia os prós e contras, já Alice se jogava de cabeça. Enquanto eu preparava listas, Alice já estava lá fazendo tudo. Mesmo que desse tudo errado e ela quebrasse a cara, a garota sacudia a poeira e dava a volta por cima. Eu era controlada, precavida, cautelosa.

Até pouco tempo atrás, nunca tinha sentido inveja de Alice. Agora, a vida dela tinha entrado nos eixos, enquanto eu sentia que a minha estava começando a desmoronar. Todo o meu trabalho e os meus planos pareciam vazios e errados agora que os tinha conquistado. Scott e eu dávamos duro o tempo todo para conseguir arcar com um apartamento em Hartford e o carro. Queríamos assegurar que conseguiríamos pagar as contas, ter um dinheirinho no banco para emergências e economizar para nossa futura casa. Éramos responsáveis e determinados.

E agora tínhamos um apartamento em Hartford, carro, comida, dinheiro para sair aos fins de semana, estávamos frequentando a faculdade... tudo o que eu dizia que queria. Então por que eu sentia como se estivesse vivendo a vida de outra pessoa?

Um arrepio desceu pelo meu pescoço, e eu virei a cabeça para olhar ao redor do cômodo, mas só havia um silêncio absoluto. A música no chalé estava no modo de repetição, e, até o fim da temporada, estaríamos prontos para destruí-la. Mas, naquele momento, nada saía dos alto-falantes.

Larguei a caixa de enfeites e segui na direção da salinha dos funcionários, mas meus pés se detiveram ao lado da janela. A área muito iluminada onde ficavam as árvores, que geralmente deixava a gente ofuscado só de olhar, estava na mais profunda escuridão. Como se já tivessem fechado e ido para casa, mas eu sabia que eles nunca apagavam todas as luzes. Alguns dos irmãos tinham trailers e passavam a temporada no terreno, perto da casa do pai. A área das árvores estava sempre iluminada.

Tudo lá fora era um breu só. Será que a energia tinha acabado? Algum problema nos disjuntores? Mas as luzes no chalé ainda funcionavam...

Que esquisito.

Abri a porta dos fundos e espiei a noite fria e escura.

— Gabe? Você sabe... — Parei assim que notei que ele não estava no lugar de sempre. — Gabe?

Um arrepio de aviso percorreu os meus ombros e subiu pela minha garganta, soando um alarme.

— Há uma explicação perfeitamente plausível — murmuro comigo mesma, listando as razões. Fazer listas sempre me acalmava. *Os disjuntores devem ter ficado sobrecarregados e desarmaram a parte das árvores, e Gabe foi lá para ajudar.*

Pareceu uma explicação muito boa, exceto pelo fato de que ainda tinha luz no chalé, e eu sabia com certeza que a rede era a mesma. Além do mais, Gabe jamais sairia de bom grado para ajudar se não fosse obrigado. O cara fazia o mínimo possível, e não era muito fã dos irmãos.

O silêncio vindo daquele terreno enorme criou mais uma camada de apreensão na minha garganta.

— Gabe? — Saí. Meus sapatos tilintaram, o vento roçou o meu pescoço e o meu cabelo, um arrepio correu pela minha espinha, embora eu não tivesse sentido frio. Eu era uma dessas pessoas que não eram friorentas. Eu tendia a estar sempre com calor e amava sair para correr nas manhãs geladas; o ar estalando nos meus pulmões fazia me sentir viva. — Ei, chefinho, aonde você foi?

Dei a volta no chalé, olhando ao redor, e notei que o estacionamento estava praticamente vazio. Uma neblina havia descido, pairando perto do chão na floresta, bem atrás do terreno. Rajadas de medo percorreram o meu corpo, e disparei na direção da casa para buscar ajuda. Os dois meninos mais novos e o pai estavam sempre lá.

— Olá? — chamei, mas não vinha voz nem movimento lá de dentro. Ansiedade revirou meu estômago. O instinto de correr invadiu minhas pernas, mas eu o refreei. *Há uma razão lógica.* Minha mãe sempre dizia que eu parecia a personagem Nancy Drew do seriado: eu não parava até o problema ser resolvido.

— *Venha até mim, Dinah.* — Um uivo no vento soando como uma mulher me fez estancar. Todo o meu corpo ficou rubro de pavor. Minha cabeça se virou de supetão, buscando a voz, e meu coração disparou.

Foi só o vento e a sua imaginação. Você ainda está assustada por causa de hoje cedo. Tentei me acalmar enquanto tentava controlar o desejo de voltar correndo para o chalé. Respirei bem fundo, girei os ombros para trás e me dirigi até a casa.

— *Dinah.* — A voz de mulher provocou arrepios pelo meu corpo, e eu me virei com um gritinho. Olhei freneticamente por todo lugar, mas não achei nada.

Algo se moveu na floresta, uma silhueta escura, mas eu conseguia sentir seus olhos em mim. Uma sensação esquisita cutucou as minhas pernas, como se eu precisasse ir atrás dela. Meus pés avançaram como se estivessem em transe. *Mas que merda você está fazendo, Dinah? Corra!* Uma voz enunciou cada sílaba na minha cabeça. Religando a parte lógica do meu cérebro, me virei para correr.

— *Não!* — A voz parecia fios de ar se envolvendo ao redor dos meus tornozelos e pulsos, parecidos com teias de aranha, não me deixando escapar. — *Está na hora.*

De jeito nenhum; não tem como. Mas quanto mais eu lutava, menos conseguia me mover.

— *Venha até mim, Dinah.* — A voz repetia o meu nome. Minha vontade de escapar se esvaía, como se eu não tivesse escolha a não ser seguir aquele comando.

Um grito de pavor rasgou a minha garganta, minha cabeça expulsou toda a lógica, agindo por puro instinto. Filho de um quebra-nozes… eu só podia estar sonhando. *Acorda, Dinah!*

Belisquei meu braço, tentando me fazer acordar, e senti uma fisgada de dor nos meus nervos. O frio do inverno penetrou meu traje minúsculo, e meus olhos se arregalaram. Não era sonho nenhum. O medo mergulhou nos meus ossos, mas eu não me permiti contemplar nada quando senti as amarras afrouxarem. Fui com tudo para frente, lutando para escapar. Espiei às minhas costas, imaginando que havia um serial killer bem ali, e não prestei atenção no que estava na minha frente.

Pá!

A dor disparou pelo meu queixo, e meu corpo tombou sobre uma pilha de madeira que os irmãos mantinham ali para vender os feixes na loja de presentes. Um grito baixo irrompeu dos meus lábios quando atingi o chão, e minha cabeça bateu em uma tora de madeira.

Eu sabia que deveria sentir dor, mas o mundo virou um borrão ao meu redor, e eu não senti nada enquanto caía na escuridão.

— Dinah. — Minhas pálpebras tremularam ao som da voz de um homem. Era cálida e preguiçosa, tipo um raio de sol em um oceano tranquilo. — Acorda.

Meus cílios se ergueram, e meu fôlego ficou preso quando reparei no belo desconhecido agachado acima de mim. Mesmo desse ângulo, dava para ver que ele era alto. O homem era um gostoso de tirar o fôlego, parecia um modelo. Tinha cara de ter uns vinte e poucos anos, o cabelo curto, louro e ondulado e uma mandíbula muito bem desenhada. Olhos da cor do oceano complementavam a pele bronzeada.

— Você cresceu. — A boca dele se abriu em um sorriso ofuscante, fazendo algo dentro de mim se elevar com a familiaridade. — Já faz muito tempo.

Minha boca se abriu, mas nenhuma palavra saiu enquanto eu tentava me sentar. Olhei ao redor, tudo além de nós estava escuro e nebuloso.

— Onde estou? — Tentei identificar algo conhecido: a área das árvores, o chalé.

— Onde você está não é nada comparado com quem você é. — Ele ergueu a mão, tocou minha bochecha, e o gesto enviou um disparo de calor pelo meu corpo. — Você ainda é a Dinah?

— Ainda a Dinah? — Semicerrei os olhos, me afastando do seu toque. — Como assim? Quem é você?

— Essa é uma boa pergunta. — Ele ergueu uma sobrancelha, e um sorriso desenhou o canto de sua boca.

Esperei que ele continuasse, mas o cara só alargou ainda mais o sorriso, olhando para mim e me analisando.

— Jamais pensei que você fosse voltar.

— Voltar? — Senti o medo e a irritação dominarem o meu corpo. Nada fazia sentido. — Voltar para onde? Onde estamos? Quem é você?

— *Di-nah*. — Ao longe, ouvi meu nome como um uivo no vento, profundo e de dar medo, me puxando para me fazer virar, para segui-lo como se fosse a minha âncora na escuridão.

— Dinah. — O homem na minha frente segurou o meu rosto e me virou de volta para ele. Seus olhos verde-azulados cristalinos olharam profundamente nos meus. — Você precisa se lembrar. — Ele passou o polegar sobre o meu lábio inferior, me deixando ofegante. O sangue percorreu as minhas veias, indo até as minhas coxas. — Não negue o que já sabe que é verdade só porque você acha que não deveria acreditar mais.

— *Pequenina*. — Uma voz profunda fincou as garras no meu peito. No mesmo instante, virei a cabeça para ela.

— Não confie nele, Dinah. — O lourinho puxou meu queixo de volta para si, com os olhos cheios de pânico e preocupação. — Por favor. Ele não é confiável. Ele quer te machucar.

— Quem? Quem não é confiável? — O som do meu nome ficou mais próximo, meus nervos se contorceram de angústia. — Quem é você, porra?

Um sorriso curvou a sua boca, seus olhos brilharam de malícia.

— Eu tinha me esquecido do quanto você era espirituosa. Fico feliz por isso não ter se perdido.

— Dinah? — Uma voz masculina conhecida gritou, parecendo mais próxima, virei a cabeça à procura. — Mas que porra? Acorda!

O olhar do Sr. Olhos de Oceano se fixou no meu rosto.

— Não se esqueça de mim dessa vez, e não me bloqueie mais.

— O quê?

— Senti tanta saudade de você. Você se tornou uma mulher estonteante. — Ele segurou o meu queixo e se inclinou, sua boca roçou a minha. Calor e desejo inundaram o meu corpo, meus olhos se fecharam no mesmo instante. Eu estava incapaz de negar as sensações que engoliam o meu corpo, me lançando na escuridão.

— Dinah? — Senti uma mão sacudindo o meu ombro e algo batendo no meu rosto. — Acorda!

Pisquei, abri os olhos e encontrei Gabe agachado acima de mim, com a barba de Papai Noel enfiada debaixo do queixo e o fôlego espiralando no ar noturno congelante. A resplandecente área das árvores brilhava atrás dele. Pisca-piscas, música e vozes invadiram meus sentidos.

— Senhor! Você está tentando acabar com uma hipotermia? — Gabe segurou meu braço e me ajudou a levantar. O gelado do chão se infiltrou na minha minúscula fantasia de elfo, mas eu não sentia muito frio, embora a temperatura estivesse bem abaixo de zero. — Por que você está sangrando, cacete? — Olhei para as minhas meias rasgadas. Sangue escorria de um corte na minha canela; senti a área latejar. — Você tropeçou na lenha?

— A-acho que sim. — Peguei seu braço quando ele me puxou para cima. Minha cabeça girava entre imagens e sentimentos emaranhados.

— Eu te deixo sozinha pela porra de um minuto, e você decide sair correndo no escuro sem nem um casaco? — Gabe resmungou e deu um passo para trás. — Você está bem?

— Sim. — Assenti no automático. Eu estava? Eu estava bem?

— Por que você estava aqui fora? Está congelando.

Meus ossos estremeceram, mas não foi por causa da temperatura. Eu não sentia nada que não fosse a sensação que perdurava nos meus lábios, na mão tocando o meu rosto.

— Vim aqui fora te procurar, mas você não estava. As luzes… se apagaram. — Apontei para as árvores, que estavam tomadas pela luz.

Gabe franziu a testa.

— Você não veio me procurar. Eu estava de pé bem do lado da porta dos fundos, e as luzes ficaram acesas o tempo todo. — Ele balançou a cabeça. — Tem certeza de que está se sentindo bem? Está ficando doente ou algo assim?

— Eu… eu não sei.

— Por que você não vai para casa? Você está sangrando, e o movimento acabou. Eu fecho. — Ele caminhou ao meu lado, me acompanhando até o chalé. — Jesus, estou tendo flashbacks com a sua irmã.

— O quê? — Eu me virei para ele, que estava de costas para mim ao se arrastar de volta para o chalé. — Como assim?

Ele parou e olhou para trás.

— Sua irmã, na noite em que ficou muito doente, dois anos atrás, falou a mesma coisa para mim… que as luzes tinham apagado e que não conseguiu me encontrar. Ela estava murmurando só esquisitices: Scrooge, Frosty e uma rainha vermelha. — Ele riu. — E ali estava eu, a pessoa que tinha ido lá para os fundos fumar um, e era a mente dela que estava viajando. — Ele riu de novo, já entrando no chalé.

Meu estômago revirou. Eu me lembrava daquele dia. Gabe tinha ligado para me dizer que ela não estava bem e que estava agindo esquisito. Senti a tensão apertar minha garganta, fiquei nauseada, e me lembrei claramente…

Aquele tinha sido o dia em que tudo havia mudado.

Quando Alice enlouqueceu.

BELA LOUCURA

CAPÍTULO 3

A quatro quarteirões do meu apartamento, finalmente encontrei uma vaga para o carro, minha perna machucada me fez ir a passos lentos até o prédio de quatro andares que eu e Scott chamávamos de casa. O bairro West Hartford era bacana, tinha um monte de bares e cafés, mas o prédio em que morávamos não devia ver uma reforma desde o fim dos anos 1980. Meu pai queria que fôssemos para o West Hartford porque era mais seguro que outros bairros. Mas, para bancar algo ali, tivemos que optar por um lugar não tão legal.

Ar frio saía em lufadas dos meus lábios conforme eu seguia pela calçada. O burburinho de sexta-feira que vinha do bar mais abaixo na rua agitava a noite gelada. Ansiosa para tomar uma taça de vinho e ir para a cama, eu sabia que não era a típica menina de quase vinte anos. Muitas delas estariam tentando usar identidades falsas, flertar com o porteiro, dançar, beber e provavelmente ir para casa com um estranho.

Scott e eu já estávamos acomodados. Começamos a namorar aos quinze, o que fez essas experiências não serem vividas. Nunca sequer beijei ninguém além dele.

Meu cérebro disparou de volta para a imagem da boca do homem pressionando a minha, fazendo calor aquecer minhas pernas e minhas bochechas.

Sua imaginação não conta, Dinah. Para de ser idiota. Balancei a cabeça. Cheguei à porta do prédio, nossa janela brilhava cálida lá do quarto andar.

Eu já sabia que Scott estaria no sofá jogando videogame. Era o jeito dele de relaxar depois de uma semana longa, embora nunca desse para ter certeza quando o cara tinha um dia ruim. Ele estava sempre feliz e saltitante. Nada nunca o incomodava, o que às vezes eu achava irritante.

— *Dinah...* — Ao pegar as chaves, senti uma lufada de ar descer pelo meu pescoço, deslizar ao meu redor e escorregar entre os meus seios como um sopro, me deixando arrepiada. Minha pele arrepiou, não pelo frio, mas pela sensação. Uma batidinha na minha nuca me fez virar a cabeça.

A rua estava tranquila, cheia de carros vazios, não havia vivalma ali. Engoli em seco, mas a sensação de olhos cravados em mim atravessou meu casaco e chegou à minha pele.

A adrenalina subiu, e voltei minha atenção para a porta. Eu a destranquei, querendo ir para a segurança. Subi correndo os quatro lances de escada, só parei quando atravessei com tudo a porta do apartamento, ofegante. Tranquei cada fechadura antes de me apoiar nela.

— Oi, amor — Scott falou do sofá. Sem nem olhar para cima, ele apertava os botões enquanto zumbis morriam na tela. — Chegou cedo.

A única coisa cara que nós tínhamos era uma televisão de tela plana e o último lançamento do PlayStation. O resto ou a gente tinha ganhado ou comprado usado. O imóvel ultrapassado ainda tinha o carpete bege original por todo o apartamento de um quarto, e estava manchado e desbotado. O piso laminado da cozinha e do banheiro estava soltando e meio quebrado. Os armários eram de madeira barata, todos os eletrodomésticos eram velhos e brancos, e levava séculos para sair água quente das torneiras. Era o tipo de lugar que não importava o quanto a gente limpasse, ainda parecia e tinha cara de sujo. Mas era um lar.

— Sim. — Assenti, e me afastei da porta. Tirei os sapatos, estremecendo com a meia rasgada e ensanguentada. Tentei manter a voz normal. — Já estava sem movimento.

— Ah, legal. — Os olhos dele estavam na tela, sons de explosão e morte saíam da televisão. — Tem comida chinesa na geladeira, e sua irmã nos enviou outro pacote... Ah, qual é! Eu te matei com certeza. Mas que merda — ele gritou para o jogo.

Tirei o casaco e fui até a caixa que estava em cima da minúscula mesa de jantar. Usei a cadeira como cabide para deixar minhas coisas. Toda semana, Alice nos enviava um pacote cheio de delícias da sua nova cafeteria badalada. Ninguém, incluindo a mim, sabia quem ela tinha contratado para preparar a comida de lá. Jornais e revistas estavam loucos por uma entrevista com ele. Tudo o que eu sabia sobre o confeiteiro é que era um ele. Sempre que eu e Scott perguntávamos, ela ria, com um brilho travesso no olhar. "Ele é alguém que você tem que ver para crer. Além do mais, ele não quer que saibam quem ele é. Só quer ficar em paz na cozinha dele e cozinhar."

Não entrava na minha cabeça. Boa parte dos chefs não tinha como

BELA LOUCURA

objetivo de vida ser reconhecido e eleito o melhor do mundo? Em Nova Iorque, um chef assim devia ser bem caro. Alice e Matt estavam se saindo bem, mas não a esse ponto. Eu não entendia como eles conseguiram alugar um lugar em Greenwich para abrigar tanto a chapelaria quanto a confeitaria. O valor do aluguel devia ser astronômico.

Mas minha irmã parecia guardar muita coisa para si ultimamente. Estava misteriosa e cheia de segredos. A gente ainda não tinha conhecido a família de Matt nem os amigos deles da cidade.

— Scott… — resmunguei, ao erguer a tampa e notar que a caixa estava praticamente vazia. — Você comeu tudo?

— Não, deixei para você um dos cookies de castanha com canela e um cupcake de limão e semente de papoula com cobertura de baunilha e mel. — O foco dele ainda estava no jogo.

Eu sabia que Alice havia enchido a caixa com uma dúzia de coisas para render até a próxima remessa. Scott perdia o controle com aquelas iguarias. Em uma única sentada, dava conta da parte dele e da minha da semana inteira. E isso já estava começando a transparecer. Ele era jovem e corria comigo, mas seu amor por doces estava transformando seu corpo comum em um de pai.

Irritada, abaixei a tampa e soltei um bufo, a logo de Alice cobria a caixa azul-clara. Geralmente, eu não prestava atenção nessas coisas artísticas. Isso era com ela. Mas eu sabia dar valor à arte, meu cérebro só não conseguia compreender como ela bolava os desenhos. Entrar na chapelaria dela era a mesma coisa que entrar em um mundo de fantasia bem louco.

Meu dedo contornou o desenho, algo nele me atraiu dessa vez. O nome *Alice e o Chapeleiro* era vertido de uma chaleira direto para uma cartola virada e um cachecol vermelho. Mesmo na caixa, o cachecol parecia estar sendo soprado pelo vento. Meu olhar se desviou para ele. Desenhos sutis de um pinguim, um menino e uma menina elfos, uma rena, um coelho branco e outros símbolos de Natal estavam escondidos por toda a superfície. Alice amava a época das festas tanto quanto eu, mas minha irmã havia elevado o amor dela a outro patamar. Meu lado analítico pensava que ela podia estar se afundando em algo para esquecer o horror de dois anos atrás, escondendo-se por trás da inocência e da alegria do Natal, ao passo que eu me virei contra tudo isso.

Eu amava minha irmã mais velha mais do que tudo. Ela sempre foi avoada, impulsiva, perdida, enquanto eu deixava tudo alinhadinho. Minha vida tinha sido toda mapeada e focada. Agora parecia que o jogo tinha virado. Ela estava com tudo nos eixos, e eu dava tudo de mim para manter as coisas funcionando.

— Vou tomar um banho e dormir. — Olhei para a minha perna; outro par de meias arruinado. Eu já não era muito feminina, e coisas como meias, saltos e maquiagem me eram praticamente estranhas.

— Tudo bem. Eu já vou — Scott murmurou antes de gritar com a tela. — Morra! Qual é, eu atirei uma granada em você!

Ele não iria já. Scott se perdia nos jogos e horas se passavam sem que ele notasse.

Fui até lá e dei um beijo rápido nele.

— O que foi com a sua perna? — Ele olhou para mim e fez careta.

— Caí em uma pilha de lenha lá no trabalho. — Dei de ombros. — Nada de mais.

— Você está bem? — Seus olhos pulavam entre a televisão e eu.

— Sim. Tudo bem. — Assenti e me virei para o banheiro, já tirando o traje de elfo, precisando muito deixar esse dia para trás e esquecer.

— Onde você foi antes do seu turno? Cheguei em casa cedo e você não estava.

— Ah... — Parei à porta do banheiro, sentindo a culpa na garganta. — Só tinha umas coisas para fazer. Sabe, adiantar as compras de Natal.

— Você odeia fazer compras.

— Por isso que eu já quis me livrar da tarefa. — A mentira estrangulou a minha língua, e eu fechei a porta. Scott e eu contávamos *tudo* um para o outro. Não existia assunto sobre o qual não falávamos. Só que eu não contei da psicóloga para ele. Ou que os terrores noturnos que eu tinha quando criança estavam de volta, junto com ouvir meu nome ser chamado, pessoas me vigiando das sombras ou o beijo de um homem que eu inventei e que ainda queimava em meus lábios.

Eu me encarei no espelho, meus olhos castanhos estavam cheios de dúvida e temor. Aterrorizados, porque, lá no fundo, eu sabia que estava caindo no mesmo buraco que a minha irmã.

Eu estava ficando completamente louca.

BELA LOUCURA

— *Dinah. Acorda. Dinah…*

Minhas pálpebras se abriram. O ar que entrava em meus pulmões dava a impressão de que eu tinha me esquecido de respirar enquanto dormia. Meu coração estava disparado, e o suor molhava a minha testa.

O relógio ao lado da cama indicava que eram 3h21, e o brilho do poste lá fora se infiltrava pelas cortinas, dando ao quarto luz suficiente para discernir formas. Os roncos baixinhos de Scott ecoavam pelo quarto, suas pernas tinham invadido o meu lado da cama.

Eu me sentei e respirei bem fundo, tentando afastar a sensação de ter realmente escutado meu nome ser chamado no meu ouvido. De forma profunda, grave, cada letra sendo pronunciada com calma, fazendo minha pele irromper em arrepios. Fria. Exigente. Cruel. Mas meu sexo latejava, o desejo me invadindo, exigindo ser saciado.

Olhei para Scott deitado de lado, virado para mim, com a boca aberta, roncando. Ele tem aquele tipo de fofura que te pega de jeito por ser um cara muito legal. E um nerd total, o que eu adorava. Cabelo castanho bem-penteado, olhos azuis, o tipo de cara que usava calça de algodão e camisa social com seu tênis preferido. Ele tomava suco verde de manhã e comia pizza e cerveja à noite. Odiava academia, mas amava caminhadas. Não era espontâneo nem aventureiro, e podia passar horas jogando videogame ou obcecado pelo mais novo lançamento tecnológico. Era esse seu curso na faculdade, e ele já trabalhava para uma empresa em Hartford. Desde os quinze, eu conseguia ver nossa vida juntos, a estrada era simples e desimpedida.

O sexo era bom, mas ultimamente estávamos tão ocupados que se tornou menos frequente. Eu tinha amigos da minha idade que falavam de sexo selvagem com pessoas aleatórias que conheciam, mas a ideia de ir para a cama com um estranho não me atraía. Scott e eu podíamos ficar uma semana sem. Acho que a última vez que paguei um boquete para ele foi no aniversário dele… cinco meses atrás.

Nunca fui muito sexualizada, louca por garotos ou por sexo. Nunca Scott e eu transamos em um lugar que não fosse na cama.

Naquela noite, meus músculos se contraíam, fogo rugia nas minhas veias. O desejo latejava em mim, e eu ansiava me perder até estar gritando. Sentir alguém tão profundamente ao ponto de não conseguir mais respirar, ver estrelas explodindo por trás das minhas pálpebras, e os músculos tremendo de êxtase. Precisava ser louca e desgovernada, me afastar da zona de conforto.

Eu sabia que poderia acordar Scott, me mover por seu corpo, fazê-lo gemer de volta à consciência, e tudo com a boca. Mas não fiz isso.

A voz de mais cedo, a que fincou as garras em mim, traçou minha pele com medo e violência, estava fincada na minha cabeça, aquecendo a minha pele.

Meus olhos reluziram no reflexo à minha frente. Eu não conseguia ignorar aquele desejo estranho. Aquilo que me chamava.

Sem fazer barulho, saí da cama. Meus pés me levaram até o imenso espelho acima da cômoda. Eu dormia de regata e shortinho, que abraçavam as poucas curvas que eu tinha. Mas a garota que me encarava de volta no reflexo com o cabelo castanho levemente ondulado batendo pouco abaixo dos ombros, de bochecha rosada, olhos brilhantes e mamilos eretos contra o tecido não se parecia comigo. Ela ansiava, exigia e desejava paixão e aventura.

Passei a mão pelos seios, meus nervos formigaram. Eu me sentia possuída, faminta por algo. Minha boca se entreabriu no espelho. Arrepios dançaram pela minha pele quando minha mão deslizou até o short. Meu foco no espelho ficou mais intenso ao ponto de tudo ao redor não importar e eu até esquecer que meu namorado dormia ali perto. Como se em transe, meu olhar foi além da pessoa refletida ali. Por um momento, pensei ter visto algo se mover lá atrás, uma silhueta escura, quando meus dedos deslizavam para dentro da calcinha e passavam pelas dobras. Fiquei ofegante, e logo mergulhei em mim.

Respirei fundo, me afogando em um poder avassalador. Nunca fui de fetiches, nem gostava de ficar me olhando. De vez em quando, Scott e eu fazíamos teatrinho de filmes tipo *Star Wars* ou *Game of Thrones* quando ficávamos entediados. Mas ao me observar naquele momento, senti como se outros estivessem me observando também. Músculos formigaram quando abri as pernas, passando o polegar sobre o feixe de nervos, me perdendo naquela sensação.

— *Dinah… porra.* — A voz estava tão profundamente dentro de mim que a senti chegar até a minha alma. Minha mente acabou com toda a lógica enquanto eu me acariciava. Seja o que fosse essa voz que criei em minha cabeça, ela me tornava violenta e ávida. Meu fôlego ficou preso quando senti o orgasmo começar a chegar, um gemido estava preso na minha garganta.

O gemido de um homem vibrou sob a minha pele, minhas pálpebras se fecharam com o barulho áspero e feroz, me fazendo ir mais fundo, mais forte. Meus pulmões puxavam o ar como se algo tivesse explodido dentro de mim. Minha cabeça girou, e eu senti como se estivesse caindo para frente. Em vez de atingir a cômoda, continuei caindo…

Meu orgasmo me arrancou da Terra.

E me fez descer por um buraco muito, muito escuro.

BELA LOUCURA

CAPÍTULO 4

Um grito saiu de meus lábios quando eu despenquei. Meu corpo foi direto para o que parecia um chão de pedra. Estendi a mão, procurando algo em que me agarrar, o pânico espantou todos os pensamentos da minha cabeça, exceto o de sobreviver. Eu sabia, considerando a velocidade com que estava caindo, que ia morrer. Com outro grito, fechei os olhos, esperando meus ossos sentirem o impacto e meu corpo se espatifar.

A alguns metros do chão, uma rajada de vento soprou na minha direção, me envolvendo, e aparando minha queda como se fosse um paraquedas. Ele me levou até o chão, e meus dedos descalços tocaram o piso de pedra conforme eu pousava suavemente sobre meus pés.

Eu não morri… eu não morri. Passei a mão pelo corpo e respirei fundo, o coração trovejava no peito. *Meu São Nicolau. Estou viva!* Precisei respirar fundo muitas vezes para me acalmar.

Minha atenção se voltou para a sala redonda de pedra cinza-azulada. A única coisa ali era um enorme espelho de moldura dourada. Uma estranha sensação de déjà-vu fez meu estômago se revirar com tamanha familiaridade. Era como se eu já tivesse estado naquele lugar, o que era idiotice. Eu nem sabia em que droga de lugar estava. Minha cabeça se digladiava entre a lógica de que estava segura no meu quarto e agora me ver parada no que parecia ser a torre de um velho castelo.

— Você está sonhando. É só um sonho. Acorda, Dinah. — Eu me belisquei. Estremeci com a dor, mas nada mudou ao meu redor. O pânico fez o líquido ácido do meu estômago subir até a minha garganta e queimar minha língua. — Acorda. Acorda. — Fechei as pálpebras, me belisquei com força. — Ai!

— Se você sente prazer com a dor, talvez eu possa ajudar — uma voz rouca murmurou às minhas costas.

Um grito saiu de mim quando me virei, meu corpo entrou em modo de defesa, pronto para um ataque.

Um homem bestial se apoiou na parede. Seus olhos amendoados brilhando me prendiam no lugar e arrancava o ar dos meus pulmões. Ele tinha mais de um e noventa e cinco de altura e os ombros eram impossivelmente largos. O cabelo muito preto estava penteado para trás, uma barba cerrada acentuava o formato do seu maxilar. Ele vestia jeans escuro, bota e uma camiseta preta que deixava seus bíceps musculosos à mostra. As roupas não tinham a intenção de ser apertadas, mas se agarravam ao corpo esculpido dele como se quisessem abraçá-lo.

Sua aparência era rústica. Perigosa. Dez vezes mais sexy do que qualquer modelo que eu já tinha visto. Ele parecia calmo, tranquilo e ligeiramente entediado, mas eu conseguia sentir uma certa selvageria que chegava bem próxima da violência. Era feroz. Brutal. Frio. Cruel. Como se ele pudesse me picar em pedacinhos sem nem hesitar.

Um arrepio percorreu o meu corpo, tremi quando ele olhou com mais atenção para mim e deslizou a língua pelo lábio inferior carnudo.

Embora eu não pudesse negar a força de seus olhos, a intensidade deles despertou uma fagulha de familiaridade. Uma sensação de eles já terem me olhado antes.

Seu olhar deslizou devagar por mim, sem pressa alguma. O exame minucioso traçou todo meu corpo quase sem roupa, como se suas mãos estivessem em mim, o que fez minha respiração falhar.

— Você cresceu. — Seu tom envolveu meu corpo com um calor latejante. Tudo nele e nesse cômodo gritava frio e hostil, mas eu não sentia nada além de um fogo queimando minhas veias.

— Q-quem é você? — Dei um passo para trás, meu corpo se curvou na defensiva. — Onde eu estou? — Olhei ao redor, vendo que havia escadas entre esse homem e eu. — V-você me sequestrou?

Um sorriso lento desenhou seu lábio inferior.

— Você sabe que eu nunca tive que sequestrar você, *Dinah*. — A forma como sua voz falou meu nome fez o medo disparar pelo meu peito. — Você *chegou lá* por livre e espontânea vontade. — Ele ergueu as sobrancelhas, seus olhos se voltaram para os meus seios e pararam entre as minhas coxas. — *Literal* e figurativamente.

Como se ele tivesse conjurado o vento, uma rajada soprou entre as minhas coxas, o ar me lambeu, fazendo meus lábios se abrirem com um suspiro. Um sorriso presunçoso curvou um lado de seu rosto.

— Então o que você quer de mim? — Afastei a sensação, tentando planejar a minha fuga, me aproximando aos poucos da saída.

— Ah, essa é uma pergunta complicada, pequenina. — Ele ergueu a sobrancelha e deu um sorriso cínico. Medo e algo mais me incendiaram, me fazendo tremer até os ossos. Eu tinha ouvido aquele apelido antes, mas não lembrava onde. — O que eu não quero fazer com você? É tudo em que fiquei pensando durante esses anos. E você merece tudo.

Minhas coxas se apertaram com a ameaça velada, e eu engoli em seco, meus seios roçaram a regata.

Os olhos dele se desviaram para lá, um sorrisinho se desenhou em seu rosto, e a ponta de sua língua deslizou pelo lábio inferior.

Fada do pudim. O homem era incrível. Quase não parecia real. Homens sensuais, convencidos e confiantes assim sempre me deixavam nervosa. Eles faziam eu me sentir descontrolada. Idiota.

— O que você vai fazer comigo?

— Você está na minha casa. — Ele fez sinal para os arredores. — Eu que deveria perguntar. O que você quer comigo? Me diz, pequenina, o que te trouxe aqui de novo?

— De novo? Nem sei quem você é. — respondi, com uma pontada de irritação.

— Tem certeza? — Ele coçou o queixo.

— Tenho. Nunca te vi na vida. — *Eu me lembraria.* Embora, por mais estranho que pareça, a afirmação parecia se desfazer na minha boca. Como uma mentira. — Eu quero ir para casa.

— Então, vá. — Ele apontou para o espelho.

Olhei para o objeto e de volta para ele, cerrando os olhos.

— Não me diga que você não se lembra mais como usá-los.

— Usar o quê?

— Os espelhos. — Ele se afastou da parede e chegou mais perto, me fazendo recuar.

— Espelhos? — O sujeito era pirado de tudo. Maravilhoso! A minha cara ser sequestrada por um doido gostoso.

— Parece que você se perdeu, Dinah. — Ele deu mais alguns passos, me fazendo recuar ainda mais.

— Do que você está falando? Você é louco?

— É bem possível.

— Eu nunca te vi na vida. E tenho certeza de que não quero repetir a experiência. Me deixa ir e eu juro que não vou prestar queixa na polícia nem nada disso.

— Prestar queixa? — Suas botas tocaram os dedos do meu pé, me fazendo recuar de novo. Minhas costas encontraram a parede de pedra, seu corpo se aproximou de mim, chegando tão perto que consegui sentir o tecido da sua calça roçar minhas pernas nuas. — O que você diria para eles? — Ele se assomou sobre mim, seu corpo engolindo o meu.

O cheiro do homem era fresco, tipo quando neva pela primeira vez e tudo é vívido, revigorante, e cada vez que você respira fundo, os pulmões ganham vida, energizando seu corpo. Era um dos meus cheiros favoritos. Scott costumava me provocar dizendo que eu ficava cheia de tesão quando voltava de uma corrida na neve.

Agora eu estava me perdendo naquilo. Meus seios se ergueram com sua proximidade. Quente e grudento, meu corpo roçava no exterior gelado dele.

— O que você diria para eles? — ele rosnou, com a boca se aproximando da minha orelha, mas sem tocar. — Como chegou até aqui, pequenina? Me diz.

— Eu... eu... — As palavras morreram na minha garganta, porque minha mente se lembrava de um trajeto que parecia ser impossível. Louco e totalmente ilógico.

— O gato comeu a sua língua? Você nunca foi de ficar sem palavras. — Sua respiração roçou o meu pescoço, forçando minhas pálpebras a se fecharem, meu coração estava disparado. A sensação de estar fora de prumo me aterrorizava, mas, por mais estranho que parecesse, eu me sentia viva, mais centrada do que estivera em muito tempo. — Sempre tão cheia de fogo, você queimava tudo em seu caminho.

— Você é só um sonho. Isso não é real — sussurrei.

— Eu pareço um sonho para você? — suas palavras retumbaram em meu ouvido, me arrepiando inteira pelo caminho, sem que ele tivesse sequer encostado um dedo em mim. — Você ao menos conseguiria me imaginar? Você perdeu toda a sua imaginação, toda a paixão, pequenina. Você ao menos sabe quem é?

Como se uma flecha estivesse cravada na minha alma, eu me senti dominada pela sensação de estar sendo despida e deixada ali nua... exposta. E eu odiei aquilo.

Ele sorriu como se tivesse acertado em cheio.

— Sai de cima de mim, babaca. — empurrei-o pelo peito, furiosa, mas não consegui movê-lo nem um centímetro.

Ele respirou fundo e olhou para onde minhas mãos estiveram. Seus

BELA LOUCURA

ombros ficaram tensos, as narinas dilataram. Ele recuou, arfando, recompondo suas feições de pedra.

— Você é um merda nojento. Sequestra mulheres para se sentir mais homem? Não consegue dar umazinha sem forçar alguém a vir ao seu covil? — O que era uma mentira deslavada. Aquele homem poderia ter a mulher que quisesse, e não precisaria nem se esforçar. Esses arroubos são de família. Geralmente, eu levo tempo para me descontrolar, mas quando isso acontece... melhor tomar cuidado.

— Covil! — ele riu e esfregou o peito com a palma da mão, no lugar onde o atingi. — Não preciso forçar ninguém a nada. Geralmente chegam à minha porta, já implorando.

Ele se aproximou novamente e entrelaçou os dedos no meu cabelo, puxando os fios.

— Elas me imploram para trepar com elas várias vezes. Já teve um orgasmo tão profundo que cada molécula do seu corpo parece desaparecer? Até você perder a noção de si, e tudo o que sente é o mais absoluto êxtase? — Seus dedos cravaram na minha cabeça, espalhando o fogo nas minhas veias. Sua voz rouca estava ficando furiosa. — Não. Eu sei que não. Você não faz ideia, não é? Que sem graça. Chato. Seu namoradinho fofo e bonzinho não faz ideia de quem você é de verdade.

Ele continuou falando de forma cínica e me olhando como se eu fosse um grãozinho de poeira:

— O mais triste é que você também não sabe. Esqueceu. Perdeu o rumo. — Ele puxou minha cabeça para mais longe, e eu senti que fiquei molhada de excitação, o que só me deixou mais furiosa. Enquanto eu me contorcia para me desvencilhar, ele apertava com mais força. Forte e dominante. Qualidades que Scott não tinha, mas era uma das razões para eu amá-lo. Éramos iguais. — Eu poderia destruir você, Dinah, como você merece. Te quebrar em pedacinhos. Arrancar tudo o que você já conheceu ou compreendeu.

O oxigênio entrava e saía trêmulo do meu peito enquanto o ódio me dominava. Cerrei a mandíbula, ergui o queixo.

— Vai se foder — falei entre dentes.

— Você não daria conta, pequenina — ele fez pouco, e me soltou. Seus lábios se repuxaram de desgosto. — Você mudou, e não foi para a melhor.

Mudei? Ele continuou falando como se me conhecesse. O homem era louco.

— Você pode ir. — Seu tom era frio e pouco receptivo. Hesitei por um instante antes de correr para a porta. — Ah, Dinah? — Eu parei por um segundo e olhei para ele. — Quer saber quem eu sou? — Um sorriso lento e cruel se desenhou em seus lábios. — Eu sou o seu *pior* pesadelo. — Suas palavras me partiram ao meio.

Brutais.

Frias.

Eu me virei e corri pelas escadas. O pavor me fez avançar, os limites da minha sanidade ficavam mais frágeis a cada degrau.

E se você já estiver enlouquecido, Dinah?

Eu me lembrei de ter ouvido minha irmã dizer certa vez: "Apenas os loucos têm certeza da própria sanidade".

O bater do meu coração e dos meus pés parecia um tambor nos meus ouvidos, minhas pernas me levaram para fora de lá. Não perdi muito tempo avaliando os arredores enquanto fugia, mas aquilo era algo que eu chamaria de fortaleza ou de castelo pequeno. Havia portas em arco e pedra por toda a parte, alguns tapetes, mobília de couro e tapeçarias nas paredes, que, se não fossem por elas, estariam frias e sem adornos.

Irrompi pela porta da frente, meus pés descalços se afundaram na neve. Eu me preparei para sentir fisgadas de dor pelas minhas pernas ou que atingissem a minha pele nua, mas não senti nada.

O luar brilhava sobre a neve como diamante, iluminando o terreno diante de mim. Virei para olhar para trás e notei que o castelo não era enorme, mas se erguia orgulhoso com os torrões cobertos de neve, perto de um rio com a floresta ao redor.

Olhei para frente, batendo nos braços e esticando minhas pernas sobre o terreno, me levando para longe do meu captor e para dentro da floresta. Deixei para pensar no fato de que ele me libertou com muita facilidade depois. Chegar a um local seguro era a minha prioridade. Rios costumavam levar para a civilização, uma estrada ou vilarejo onde eu poderia pedir ajuda.

Mas onde eu estava? Como cheguei ali? Eu tinha desmaiado? Será que Scott sabia que eu estava desaparecida? Estava procurando por mim? Eu ainda estava sonhando?

A sola dos meus pés sentia cada esmagar de neve e pedra do chão. Meus pulmões se expandiam para sugar mais ar, minha perna ainda doía por ter caído no trabalho. O único problema dos sonhos é que não usamos os sentidos. Você não consegue ver, tocar, sentir nem cheirar nada; o cérebro só te faz acreditar que sim. Mas meus sentidos estavam despertos, e tudo me atingia com uma precisão incisiva. Ar batia nas minhas bochechas, suor pingava pelas minhas costas, sentia o cheiro da neve e das árvores.

— Caminho errado. — Uma voz estranha veio com o vento, fazendo cócegas na minha orelha. — Se for por aí, vai acabar morrendo.

— Ah, meus sais — soltei um gritinho, e olhei ao redor para ver de onde vinha a voz. Pavor golpeou meu estômago. Que merda foi essa?

— Ruína! Morte! — Outra rajada de vento sibilou no meu ouvido conforme mais outras lambiam a minha pele, esguichando frases parecidas. — Pare agora antes que seja tarde demais.

— Para! — retruquei o vazio. Meu coração pulsava descontroladamente.

— Ignore-os, meu bem. Os ventos de alerta são decepcionantes — alguém falou atrás de mim.

Um grito foi arrancado de meus pulmões quando girei em um pulo, e meus olhos pousaram em uma sombra deslizando atrás de uma árvore.

Ai. Meu. Deus. O medo fechou minha garganta, arrancando o oxigênio de meus pulmões. Meu corpo ficou paralisado, pisquei.

— Você cresceu, srta. Dinah, embora eu ache que sua mente tenha decrescido.

Não. Não havia a menor possibilidade de um boneco de neve de três camadas e um e oitenta de altura estar falando comigo. Só pode ser um sonho. Ou eu pirei de vez.

A boca de carvão do boneco de neve se esticou em um sorriso largo, os braços de graveto fizeram sinal para mim.

— Usa fantasia de elfo quando não deve, e agora que devia, não usa.

— Ai, meu Deus! — Pulei para trás ao ouvi-lo falar. Eu não tinha dúvida de que estava falando com Frosty, o boneco de neve, com seu enorme nariz de botão, cachecol e cartola, e o famoso cachimbo de sabugo. — Isso não está acontecendo. Acorde, Dinah. Acorde!

— Acordada ou dormindo. Consciência e inconsciência nada têm a ver com isso. — O cachimbo de sabugo deslizou para o outro lado da boca. — Acontecimentos estão ao seu redor... acontecendo.

— Quê? — Balancei a cabeça, as palavras dele davam voltas na minha cabeça, me fazendo esfregar a testa. Ele estava mesmo falando minha língua? — Isso não faz o menor sentido.

— Sentido? Você verá, como foi com a outra; que é tudo relativo. O que faz sentido só o faz para alguém, não para todos? Seria o seu sentido o mesmo que o meu?

Um rosnado vibrou na minha garganta enquanto eu olhava ao redor. Por que eu não acordava?

— Estou enlouquecendo — sussurrei comigo mesma. Alice viu personagens de Natal quando ficou louca.

Agora sou eu.

— Ah, que bom. — Ele cruzou os braços de graveto. — Quanto antes você enlouquecer, mais sã estará.

Meu corpo queria se encolher no chão e se ninar até o pesadelo acabar, mas meus instintos me diziam que eu estava acordada. Que era tudo real. E eu precisava fugir.

— Você também é grandiosa. — Frosty me abriu um sorriso largo. — Eu deveria saber que viria logo depois da outra. Embora a mente dela estivesse bem mais aberta à loucura. É o único caminho, meu bem. Sua mente tem andado fechada e trancada por tanto tempo que espero que você possa encontrar o caminho de novo.

— De novo?

— Era para ter havido apenas uma *ela,* mas acho que você é o seu próprio *ela,* não é? Um espírito que não antevimos, mas uma história que precisava ser contada mesmo assim.

Meu cérebro doía de tanto tentar entender as charadas e comentários dele.

— Acho que você vai trazer muito mais loucura para Winterland.

— Winterland? É onde estou? Fica em Connecticut? — Nunca ouvi falar desse lugar, o que não queria dizer nada.

— Ah, minha querida srta. Dinah. Você tem um longo caminho pela frente.

Fiquei alerta, e o pavor dominou meu corpo.

— Como sabe o meu nome?

— A mente das crianças é livre das fraquezas dos adultos. Deixam amor e fé lhe invadirem o coração antes de se fecharem... mas aqui está você de novo. Seguindo os passos da sua família.

BELA LOUCURA

Recuei. Do que ele estava falando? Ele conhecia a minha família?

— Ah, aí está a sanidade dando as caras. — Ele balançou a cabeça. — Que pena. Você fica muito mais divertida quando perde o juízo.

— Vocês dois podem fazer o favor de calar essas bolas de neve? Estou tentando dormir — uma voz seca de velho retumbou, me fazendo pular para trás quando os galhos da árvore atrás de Frosty começam a se mover, chamando minha atenção para o tronco de um imenso abeto vermelho. Meu queixo caiu, e eu quase me mijei.

Dois imensos olhos dourados se abriram, um buraco vasto estalou feito lábios, os olhos de madeira olharam para mim.

— Ah, é você.

— Que estardalhaço é esse? Já é tarde da noite. — Outra voz estalada gemeu perto de mim, os galhos estalaram e se moveram.

O medo se infiltrou profundamente em minhas entranhas antes de eu sair correndo, uivando noite adentro. Não pensava em nada, apenas no pavor que sentia. Agindo por puro instinto, disparei, sem ter ideia de para onde estava indo.

— Não vá por aí. — O vento estalou nos meus ouvidos. — Morte certa. Dê meia-volta! É uma armadilha!

Um som gutural saiu da minha garganta, e eu corri mais rápido, saltando sobre um tronco. Meu pé enganchou num galho quebrado, me jogando para frente. Gritei. Eu me preparei para amortecer a queda com os braços, mas, em vez de chão, só vi um buraco profundo e escuro.

E despenquei.

Na mais profunda treva.

— A gente avisou… — o vento cantou sua provocação antes de tudo escurecer… de novo.

CAPÍTULO 5

Despertei assustada, e me debati até conseguir me sentar, arfando. Eu agarrava com força um edredom branco, raios de sol chegavam juntos até a cama, vindos da janela. O som do chuveiro ligado vinha do banheiro, e Scott estava cantando… mal.

Lar.

Segurança.

Foi só um sonho.

Suspirei profundamente. Meus ombros relaxaram de alívio, embora eu ainda olhasse ao redor do pequeno quarto, em busca de algo que sugerisse que aquilo tinha realmente acontecido. Tudo estava no lugar. Tudo estava onde deveria estar.

— Um sonho. Nada mais que um sonho — murmurei para mim mesma, afastando aquela sensação esquisita que ainda me cobria. Empurrei as cobertas para longe, e meus dedos foram de encontro ao carpete encardido.

Fiquei sem ar quando olhei para baixo. Em cima do meu pé direito, havia um arranhão avermelhado de fora a fora, no mesmo lugar em que o prendi no galho durante o sonho. Eu me abaixei devagar e deslizei o polegar sobre a pele ferida. Meus nervos ficaram tensos com o contato.

Quando eu era criança, às vezes tinha sonambulismo. Minha mãe me encontrava pela manhã em lugares estranhos. Mas, depois que cresci, parou. Agora, além dos sonhos de quando eu era criança, será que o sonambulismo tinha voltado também? Era a única explicação para aquele machucado. Enquanto eu sonhava aquela maluquice, devia ter tropeçado em alguma coisa.

— Bom dia, amor. — Scott entrou no quarto, com uma toalha em torno da cintura, a pele tão clara que quase ofuscava. Aquilo era conhecido. Confortável. Seguro. Ele fazia eu me sentir com os pés no chão.

Scott se inclinou sobre a cama e me beijou.

BELA LOUCURA

— Você dormiu demais.

— Que horas são? — Olhei para o relógio, que me disse que passava das dez. Eu nunca dormia demais. Geralmente, estava de pé às seis, e saía para dar uma corrida.

— Tentei te animar, dar uns amassos antes do trabalho, mas você estava apagadona. — Ele foi até a cômoda, parecendo tranquilo por não ter feito sexo. Pegou uma cueca e as roupas para ir trabalhar. Nós dois trabalhávamos o máximo possível, e não passávamos muitos fins de semana juntos, tudo para economizar. Planejávamos nos casar aos vinte e três e comprar uma casa.

A irritação com nossa indiferença em relação ao sexo ultimamente fez me mover na cama. Parecia ser algo que fazíamos porque era o que casais deveriam fazer, e não porque sentíamos tesão um pelo outro. Scott e eu nunca fomos do tipo que não conseguia manter as mãos longe um do outro. Tipo, a gente se tocava o tempo todo, mas não era cheio de desejo como eu via acontecer com a minha irmã.

Alice e Matt eram ninfomaníacos. Tipo, quando vinham visitar, não conseguiam passar uma tarde sem trepar no banheiro, ao ar livre, na lavanderia ou no antigo quarto dela. Às vezes, várias vezes antes do jantar. Mesmo quando estavam em cantos opostos de um cômodo, dava para sentir a conexão entre os dois como se fossem teias de aranha.

Era estranho, porque eu não me lembrava dos dois namorando. E, de repente, apareceram juntos. Apaixonados. Ele não era alguém de quem se esqueceria facilmente. O cara era do tipo que entrava em qualquer lugar e dominava tudo. Mas a memória do dia em que o conheci, na festa de Natal da família, era muito nebulosa. Ouvi dizer que a esposa dele tinha morrido, embora meu instinto continuasse revirando a ideia de que ele tinha estado lá com alguém e o seu garotinho, Tim. Tragicamente, o menino morreu, o que também parecia nebuloso e estranho para mim.

— Eu vou trabalhar dois turnos hoje. — Scott chamou minha atenção para si. Ele terminou de abotoar a camisa e a enfiou dentro da calça. — Então não espere acordada.

— Ah. — A ansiedade gotejou na minha barriga. — Eu meio que esperava te ver essa noite. Na verdade, passar tempo juntos.

— A gente pode fazer alguma coisa amanhã à noite.

— Amanhã sou eu quem vai trabalhar dois turnos.

— Bem, talvez durante a semana, então. — Ele voltou para a cama e me deu um beijo na bochecha. — Foco no nosso objetivo, certo? — Ele sorriu.

— Certo. — Assenti, forçando um sorriso.

— Eu amo você — ele falou ao sair do quarto.

— Também te amo. — A porta do apartamento bateu, e minhas palavras se perderam.

O silêncio tomou conta do ambiente, me deixando inquieta. Eu tinha medo de ficar sozinha, e acabar ouvindo vozes e vendo coisas que eu sabia que não existiam. Eu nem sequer acreditava em fantasmas, mas, caramba, preferia que fossem fantasmas em vez de alguma ligação estar falhando no meu cérebro e me fazendo ver espíritos natalinos.

Essa era minha única folga antes de quatro dias seguidos de turnos duplos no chalé. Depois disso, as aulas voltariam.

Ficar sozinha hoje fazia meu coração palpitar. Meus pais sempre ficavam felizes quando eu ia lá, mas havia apenas uma pessoa que eu queria ver. Senti um anseio, como se ela estivesse chamando por mim, porque ela poderia resolver tudo.

Eu precisava da minha irmã.

Mais de três horas depois, pisei no burburinho das ruas de Nova Iorque. Era barulhento e caótico, e a sensação era de que se a gente não corresse, seria pisoteado até a morte, depois atropelado por um táxi. Gritos, buzinas, britadeiras, a energia frenética e grosseira me deram um tapa na cara e me deixaram com os nervos à flor da pele.

Alice amava esse lugar, gostava da animação e da energia da cidade. Já eu preferia uma cidadezinha tranquila. Calma, limpa e ordenada. Nova Iorque nunca parava.

Greenwich Village, uma região rica e cobiçada, ficava no coração da cidade, mas suas casas de tijolinhos e as árvores, davam a sensação de estarmos um pouquinho mais afastados da agitação maluca. Famílias, cafeterias, bares e parques faziam dali o que o ramo imobiliário tinha de melhor a oferecer, e por algum motivo, minha irmã tinha uma fatia daquilo.

O dia estava frio e nublado. Eu me cobri ainda mais com o meu casaco, um gorro tampava minhas orelhas, o ar espiralava ao sair da minha boca.

Fui até a loja de Alice; o apartamento deles ficava em cima da chapelaria. Olhei a placa iluminada. *Alice e o Chapeleiro* brilhava e se movia como se fosse realmente se verter na cartola; o lenço balançava como se soprado pelo vento.

Ver a cartola ainda me deixava aflita, me fazia lembrar da vez em que Alice ficou no quarto desenhando várias delas sem parar e as colorindo com o próprio sangue. Para mim, era o símbolo do declínio da mente dela. Foi quando tudo mudou, o início da sua loucura, mas ela parecia sentir exatamente o oposto. Eu não fazia ideia do que a atraía tanto para as cartolas, mas minha irmã não era a única. Aquele era o item mais vendido. Celebridades do bairro as compravam e chamavam a atenção do mundo inteiro para a loja. O Instagram dela já tinha milhões de seguidores.

Fiz uma pausa, observei a confeitaria adjacente. Eu não ia lá desde a inauguração, em abril. *O Coelho Branco*, com o slogan *É sempre hora do chá* girando ao redor de uma xícara, ficava ao lado da chapelaria. Uma fila se formava à porta e, mesmo com o clima gelado, as pessoas o enfrentavam, para esperar pelos doces deliciosos.

Entrei na primeira porta, e um sino tocou quando passei. A loja estava mais cheia do que eu esperava, mas era o dia seguinte à Black Friday. A procura por pequenos negócios e a corrida para dar início às compras de Natal tinham começado. Duas mulheres que eu havia conhecido de passagem estavam atrás do balcão. A loja era pequena, mas organizada com tanta eficiência que parecia maior. Os chapéus que minha irmã desenhava preenchiam cada espaço.

— Seja bem-vinda. — Uma mulher pequena e bonitinha me cumprimentou à porta. Ela tinha vinte e poucos anos, o rosto em formato de coração, bochechas rosadas e fofas, narizinho arrebitado, cabelo longo e louro e brilhantes olhos azuis. Algo nela era tão caloroso e convidativo que dava vontade de abraçá-la como se fosse sua avó preferida esperando por você com uma xícara de chocolate quente. — Dinah! — Ela bateu palmas. — Você e sua irmã são tão parecidas; por um momento, quase pensei estar enlouquecendo.

— Engraçado, porque eu acho que é o que está acontecendo comigo — resmunguei.

— Oi? — O crachá me lembrou que ela se chamava Joy.

— Nada. — Abri um sorriso forçado. — Sabe onde está minha irmã, Joy?

— Acho que lá nos fundos. Recebemos uma enxurrada de pedidos ontem à noite.

— Obrigada. — Assenti, me desviando dela. Meu trajeto foi interrompido quando meus olhos encontraram uma criança experimentando um gorro. Uma dose de adrenalina bombeou medo pelo meu pescoço.

Frosty, o boneco de neve, estava bordado naquele chapéu adorável. O personagem era famoso, mas algo naquilo fez com que meu sonho voltasse vívido das sombras. Alice capturou cada detalhe com tanta precisão que era quase como se o tivesse tirado da minha memória, inclusive a flor decorativa do chapéu.

Não pira, Dinah. Não é real. Foi só um sonho bobo, briguei comigo mesma.

Passei reto pelo balcão e atravessei o curto corredor até o escritório da minha irmã. Não me dei o trabalho de bater, já fui abrindo a porta.

— Não quero nem ouvir. A gente tem a mesma conversa todo ano. — A voz irritada dela me deteve, a porta se abriu o suficiente para eu ver uma parte de Alice de costas para mim. Ela usava jeans, botas até os joelhos e uma blusa de frio preta e justa. O cabelo preto descia pelas costas, os braços estavam cruzados como se ela segurasse alguma coisa, e ela estava de frente para o espelho imenso que havia no canto.

— Mas ela está agindo como uma grande C. de novo. E eu não quis dizer chefe o — a voz de um garotinho choramingou. *Que merda uma criança estava fazendo no escritório dela?*

— É por causa da época do ano. Você sabe como ela fica. Agora pega o Pen e vai embora. Vou ajudar mais tarde, tudo bem? — Ela se abaixou, como se estivesse colocando uma criança no chão. Eu não conseguia ver muito de onde estava, pois a mesa praticamente tampava Alice. — Ah, e fala para o Lebre que a gente precisa de mais… — Ela voltou a se levantar.

— Mais o quê?

— Tudo. — Ela suspirou.

— Só se você pedir para Vossa Majestade sossegar. Happy já foi para o bar, e estou prestes a me juntar a ele.

— Vai! — Ela riu. — Pen, vá com ele. E não perturbe a Dee.

Pensei ter ouvido uma voz suave cantarolando uma música de Natal antes de tudo ficar silencioso. Alice balançou a cabeça e se virou para a mesa com um sorriso alegre no rosto. Seu olhar se desviou para a porta, e ela me viu.

— Dinah — ela soltou um gritinho. Por um segundo, eu podia jurar que o medo dominou seu rosto, o olhar disparou para trás antes de o sentimento sumir, e um sorriso confuso se assentou em seus lábios. — O que você está fazendo aqui?

BELA LOUCURA

— Não posso visitar a minha irmã? — Entrei no escritório, meus olhos buscaram as vozes que ouvi. — Com quem você estava falando?

— Ah… com amigos. — Ela enfiou uma mecha solta do longo cabelo atrás da orelha enquanto apontava para o celular sobre a mesa. — Viva-voz.

— Que estranho. Parecia que eles estavam bem aqui. E que eram novinhos. — Eu não conseguia deixar de procurar pelas crianças que sairiam pulando de repente, como se fosse alguma pegadinha de mau gosto.

— Não. — Ela balançou a cabeça. — São bem velhos. — Ela abriu os braços e se aproximou de mim. — Mas oi! É tão bom ver você. Você devia ter me avisado. Hoje o dia está uma loucura.

Abracei-a com força.

— Eu sei, mas eu só precisava te ver. Senti tanta saudade.

— Eu também. — Seus braços me envolveram com mais força, e, pela primeira vez em muito tempo, eu respirei aliviada, como se, por um momento, tudo estivesse bem.

Eu não estava louca.

CAPÍTULO 6

— Agora eu entendi as filas lá fora. — Ri ao tomar o chocolate quente mais gostoso que já provei na vida: cremoso, encorpado, que me fazia gemer de prazer a cada gole. Estava escrito "beba" na lateral da xícara, e era exatamente o que eu queria fazer.

— O quê? — Alice se sentou de frente para mim, bebericando da xícara dela. Algumas delícias estavam em um prato entre nós que tinha escrito, na mesma letra, "coma".

Olhei para o cara de avental atrás do balcão – algo que o deixava ainda mais gato – que ajudava os quatro funcionários a dar conta do movimento implacável.

O olhar de Alice também se desviou para o cara atrás do balcão da confeitaria, e, no momento que ela fez isso, olhos azuis penetrantes encontraram os seus, como se ele conseguisse senti-la através do tempo e do espaço. Um sorriso ardente e sexy desenhou a boca dele, as sobrancelhas se ergueram. O desejo preencheu o espaço entre os dois. Palpável. Intenso. Até um morto seria capaz de sentir aquilo. Era como se o mundo todo tivesse desaparecido e ficado apenas eles. Ouvi o bastante para saber que a vida sexual do casal era extremamente apaixonada. Mas bastava um olhar daquele homem, e cada pessoa ali, não importava o gênero, já tinha um orgasmo.

— Eles gostam dos doces. — Ela se virou de novo para mim, com as bochechas coradas, os olhos brilhando da mais pura alegria.

Bufei.

— Acho que o doce que essas mulheres querem experimentar não está na vitrine, mas logo atrás dela.

— Entendo perfeitamente — Ela deu de ombros, voltando a olhar para Matt, cujos olhos encontraram os dela através da multidão de clientes. Ele deu uma piscadinha.

Os dois iam transar muito naquele balcão essa noite.

— Jesus. Vocês dois — bufei, e tomei outro gole. — É como se eu estivesse desaparecendo enquanto conversamos.

— Oi? — A testa de Alice franziu quando ela se virou para mim por completo. — O que isso quer dizer?

— Não é uma coisa ruim. — Suspirei, e coloquei a xícara sobre a mesa. — É que vocês dois têm uma força, uma conexão profunda. É como se nada mais existisse quando vocês se olham. É... intenso. Raro.

Alice inclinou a cabeça para o lado.

— O que está rolando, Dinah?

Eu me remexi no assento, desejando não ter ido lá. Minha irmã me conhecia como ninguém, sabia quando algo estava errado comigo, mais do que eu saberia se fosse com ela.

— Nada. — Peguei o biscoito meio comido no prato.

— Corta essa. — Ela se inclinou para a frente e apoiou os braços na mesa. — Eu te conheço. Você não é do tipo que faz visitas do nada, embora eu esteja feliz por você ter aparecido. Mas dá para ver que tem algo te incomodando.

Nada naquela situação era confortável para mim. Até pouco tempo, era eu que tinha a vida toda em ordem. Eu era a responsável, a confiável, e não podia dizer que estava de boa com essa inversão de papéis. Eu não estava acostumada a ser a perdida.

— Vou pedir ao Matt para pôr algo mais forte no seu chocolate, para ver se você fala.

— Talvez seja bom. — Meu foco se desvia, e reparo na confeitaria aconchegante. Eu não conseguia apontar o que havia nas lojas, mas elas tinham um certo encanto. Era sensual, magnética, mas também excêntrica e linda. A confeitaria era pintada de azul-centáurea. Tinha chaleiras penduradas acima das mesas no lugar de lustres e cadeiras brancas. Molduras pretas ornamentavam as paredes, cada uma preenchida com imagens malucas de festas de chá e personagens. Pisca-piscas e decorações de Natal já estavam penduradas, dando a tudo uma atmosfera ainda mais mágica.

— Esse lugar é incrível, Alice. Estou tão orgulhosa de você. — Ajeitei o cabelo atrás da orelha.

— Obrigada, mas estamos falando de você no momento. — Ela não desistia.

Soltei um bufo barulhento e me recostei.

— Quando você passou por... *aquela* ocasião.

— Você está falando do meu *colapso*. — Seus lábios se contorceram. — Pode dar nome às coisas. Está tudo bem.

— Engraçado, a mãe e o pai não conseguem nem tocar no assunto, e você parece não se incomodar.

— Porque eu não me incomodo mesmo.

— Você não fica com nem um pouco de medo? — Meus olhos escuros encontram os dela do mesmo tom. Quanto mais velhas ficávamos, mais apareciam nossas semelhanças. — De que talvez volte... que aconteça de novo?

Ela franziu os lábios, um humor peculiar quase os faz se contorcer.

— Às vezes, Dinah, a gente precisa dar uma enlouquecida para encontrar o rumo certo.

— O quê? — A resposta dela foi um golpe no meu peito. O medo me dominou, me fazendo congelar na cadeira. A opinião dela pareceu demais com a visão do meu sonho.

Quanto antes você enlouquecer, mais sã estará.

— As pessoas podem até pensar que eu fiquei doida, mas para mim foi o exato oposto.

Sentido? Você verá, como foi com a outra; que é tudo relativo. O que faz sentido só o faz para alguém, não para todos? Seria o seu sentido o mesmo que o meu? As palavras de Frosty surgiram no fundo da minha mente, me fazendo arrepiar por causa da familiaridade com que soaram.

— Eu me encontrei. Encontrei minha paixão, minha família e o Scr... o Matt. — Ela pigarreou, virando-se mais uma vez para olhar para o namorado. Mesmo para mim, aquele título parecia bobo para o cara. Eles estavam muito além da definição de namorado/namorada. Mesmo se ele fosse marido dela, ainda não pareceria abranger tudo.

Um nó de tristeza se alojou na minha garganta, porque eu sabia que não tinha o mesmo que eles. Eu amava o Scott. Queria me casar e ficar velha ao lado dele, mas não podia dizer que nosso amor transcendia o tempo e o espaço como era o caso de Alice e Matt. Ultimamente, não transcendia nem no quarto. Mas era uma comparação injusta. Scott e eu éramos diferentes deles.

— Então, não, não tenho medo. — Ela pegou as minhas mãos, o toque cálido fez meus olhos marejarem. — Às vezes as coisas não são o que parecem, e assim que você deixar para lá o modo como acha que elas são, verá tudo com clareza.

BELA LOUCURA

Cada palavra que ela disse me atingiu como uma flecha, e fez me remexer na cadeira.

— O que está acontecendo, Dinah?

— Não é nada. — Lambi os lábios, afastei as mãos das dela e balancei a cabeça. — Só estou trabalhando demais, estressada e não ando dormindo bem.

— É mais que isso. Fala comigo.

— Acho que estou com sonambulismo de novo e tendo sonhos estranhos.

— Ei — uma voz profunda soou, e virei a cabeça para o homem atrás de Alice, espalmando a mesa, com um braço de cada lado dela, se inclinando para a frente. — Que bom te ver, Dinah. Apesar de ser uma surpresa. — Eu não era do tipo que babava por caras que pareciam astros do cinema, mas Matt fazia até mesmo eu sentir um friozinho na barriga e as bochechas quentes.

— Oi, Matt. É, foi uma visita por impulso.

— Por impulso? — Ele ergueu uma sobrancelha, seus olhos azuis me prenderam ao chão. O homem era intenso, e eu mal conseguia ficar parada enquanto ele me encarava. — Você?

— Do que você precisa? — Alice esfregou os braços, olhando para ele com um sorriso.

— Do que eu preciso? — Ele arremedou, seus lábios se contorceram.

— Além disso. — Ela balançou a cabeça, adorando cada segundo.

— Só disso — ele gemeu, e a boca roçou a dela rapidamente.

— Mais tarde.

— Pode esperar que eu vou te fazer cumprir o combinado. — Ele beijou o nariz dela. Outro golpe de inveja me fez desviar o olhar. — Tem uma nova fornada à espera, e preciso ajudar.

— Tudo bem, vou ficar por aqui e vou lá ajudar, se for necessário.

Ele assentiu, sem se mover, olhando para a minha irmã como se ela fosse o mundo dele. Um mundo que ele queria despir e foder na frente de todo mundo.

— Cuidado. Dee já está em pé de guerra — ela disse baixinho para ele.

— É a época do ano. — A boca dele tomou a dela com avidez. Foi rápido, mas cada pessoa na pequena cafeteria suspirou de desejo ou se abanou. E, para a minha vergonha, eu fui uma delas.

— Não demoro. — Ele se levantou e olhou para mim. — Vai passar a noite aqui?

— Ah, não. Vou trabalhar dois turnos amanhã. É só um bate e volta.

— Foi um prazer te ver. Diz para o Scott que eu mandei um oi. — Ele passou a mão por Alice, como se precisasse tocá-la de novo, então deu meia-volta e saiu.

Todos os olhos ali se fixaram em sua bunda durinha. Uma mulher no canto quase caiu da cadeira enquanto o olhava ir.

— Santo panetone... que homem... — Alice suspirou, se largando na cadeira.

— Parece que é o que ele faz... com frequência.

Ela revirou os olhos, mas o sorriso ruborizado em seu rosto me disse que eu estava certíssima.

— Desculpa. — Ela acenou. — De volta a você.

— Não. — Balancei a cabeça e peguei a bolsa. — Como eu disse, não é nada de mais.

— Dinah.

— Eu preciso ir. É uma viagem de três horas.

Alice fez uma careta.

— Você acabou de chegar. É bem longe só para vir dizer oi.

— Eu sei, mas eu preciso me levantar cedo para trabalhar. — No momento, parecia que eu não conseguiria me livrar dela rápido o bastante, enquanto seus olhos derrubavam todas as minhas barreiras, e viam o que eu não estava pronta para dizer.

— Queria que você pudesse ficar. Parece que não consigo mais te ver nem conversar contigo.

— É a sua vida que está uma loucura. — Fiquei de pé. — A minha continua a *mesma*.

— Dinah. — Ela falou mais alto por causa da irritação. Suas palavras me seguiram até lá fora. — Que merda está rolando contigo?

Suspirei e relaxei os ombros.

— Nada. Estou bem. Eu queria te ver.

Ela estava com uma expressão perturbada.

— Bem, me deixa ao menos pegar alguns doces para você levar para casa.

— Ah, Deus, como se Scott ou eu precisássemos. Ele ganhou uns cinco quilos só esse mês. — Ainda assim, segui Alice até o balcão enquanto ela pegava uma caixa e enchia com os meus preferidos. — Já que tenho conexões, quando vou conhecer esse confeiteiro mítico?

Sua cabeça se virou de supetão para mim.

BELA LOUCURA

— Mítico?

— Ninguém sabe quem ele é. Sou sua irmã; eu não poderia dar uma espiadinha? Lembre-se de que posso te chantagear... sabe aquela vez que você saiu escondida para ir à festa do Jimmy Finkle e voltou tão bêbada que vomitou num vaso e pôs a culpa no cachorro?

— Você prometeu que levaria essa para o túmulo. — Ela olhou feio para mim.

Por ser oito anos mais nova, vi a depravação adolescente de Alice enquanto eu ainda brincava de boneca. Éramos próximas agora, mas, quando crianças, a diferença de idade punha um mundo entre nós. Passei muito tempo sozinha brincando de faz-de-conta enquanto ela saía com os amigos para o shopping e flertava com os meninos.

— Eu também me lembro de encontrar o Harrison Brooks escondido no seu armário, sem calça... e da vez que você deu uma festa quando nossos pais viajaram. O vaso de valor inestimável da mamãe não acabou quebrando?

Seus lábios franziram, e ela me olhou feio.

— Parece que alguém não quer tortinhas de chocolate, avelã e caramelo recém-saídas do forno.

— Eu estava brincando. Vou levar para o túmulo. — Jurei e ergui a mão em rendição. Aquelas tortas eram de comer rezando... uma das minhas preferidas.

— Foi o que eu pensei. — Ela fechou a caixa e a entregou para mim.

— Caramba, você é cruel. Jogou sujo.

— É para isso que servem os irmãos. — Ela me acompanhou até a porta, deixou a provocação de lado e começou a falar sério. — Estou aqui, Dinah. Sempre. Se precisar conversar.

— Obrigada. — Eu a abracei. — É bobagem minha. Acho que preciso de férias.

— Férias? Você? — Ela ergueu as sobrancelhas. — Agora eu sei que algo está errado.

Enrolei o cachecol ao redor do pescoço e vesti o casaco pesado. Eu conseguia sentir os olhos dela em mim, descascando as camadas que eu tentava manter no lugar.

— Volte antes do Natal para a gente passar o dia na cidade. — Ela mexeu no meu cabelo. — Só nós duas.

— Pode deixar. — Assenti. — Parece divertido.

— Eu amo você. — Ela me deu outro abraço.

— Eu amo você também. — Eu a apertei com força antes de seguir para a porta, com a bolsa jogada no ombro, cheia de doces, igualzinho ao Papai Noel. Scott ia pensar que era manhã de Natal.

— Dinah? — Ela chamou o meu nome enquanto eu atravessava a porta, e me virei para ela. — Você está *se lembrando*?

— De quê? — Minha testa franziu sob a boina.

— Nada. — Ela balançou a cabeça. — Boa viagem de volta.

Abaixei a cabeça, ainda perplexa com a pergunta. Ao sair, senti a brisa do final da tarde. A escuridão já consumia o céu, fazendo com que os pisca-piscas criassem uma atmosfera calorosa nas calçadas.

Acenei para Alice e comecei a descer a rua, indo na direção da estação de trem. Sugando o ar frio até doer, permiti que meus ombros relaxassem. Era tudo que eu precisava. Um tempinho com a minha irmã. Eu estava exagerando e deixando minha imaginação ficar descontrolada.

Eu me encolhi no casaco e virei em uma rua mais tranquila, em direção do metrô que ia para a Penn Station, me sentindo bem mais leve. Na metade do quarteirão, senti meu bom-humor voltar aos poucos, uma rajada de vento balançou o meu cabelo.

— *Dinah*. — Meu nome fincou as garras na minha nuca, me fazendo me virar. A voz era feminina e rouca.

O coração batia forte no meu peito. Olhei ao redor e não vi nada. A gente nunca está sozinho em Nova Iorque, mas, claro, naquele momento, não havia nem uma única pessoa na rua, o que fazia uma sensação ainda mais esquisita formigar a minha pele. Eu me virei e disparei pela rua, me sentindo observada.

— *Está na hora, Dinah*. — A voz da mulher ficou mais forte, mordiscando a minha orelha. Um grito saiu da minha boca, e eu me virei para lutar com a pessoa, mas não havia nada atrás de mim.

— *Pare de resistir, Dinah*.

— Para! — gritei para o vazio. — Quem é você? Por que você está fazendo isso comigo? Me deixa em paz!

Silêncio.

Minha cabeça virou de supetão. Era como se eu estivesse em um filme de terror, prestes a ser assassinada. Dei um passo para trás e olhei para todos os lados, pronta para virar e sair correndo.

Ao ver um movimento perto de uma árvore do outro lado da rua, meu

BELA LOUCURA

corpo e minha respiração congelaram. O contorno se escondeu por entre as sombras, agarrando-se a ela como se fosse um cobertor seguro. Um poste lançou um brilho bizarro sobre a criatura, mas tudo o que pude ver foram olhos azuis e cruéis me encarando. Azul-acinzentados, a cor de uma tempestade iminente; conhecida, mas aterrorizante, que fazia todo o meu corpo arrepiar.

— *Ela está chamando por você* — a voz veio carregada pelo vento.

O pavor percorreu minhas veias, e o instinto tomou conta de mim. Eu nem sequer pensei; saí correndo. Minha intuição dizia para eu ir o mais rápido que pudesse. Eu não sabia se estava fugindo de monstros reais ou só dos que estavam na minha cabeça.

Não parecia haver diferença entre eles no momento.

CAPÍTULO 7

— *Vem, que está chegando o Nataaaal…* — A melodia me envolvia como um nó de forca. Eu amava canções natalinas, mas depois de um turno de dez horas ouvindo as mesmas músicas tocando sem parar, comecei a ficar mal-humorada.

Tudo bem, eu confesso que tinha passado o dia assim. É o que acontece comigo quando durmo pouco. Minha mente ficou dando voltas a noite toda criando desculpas e teorias até eu não aguentar mais e sair para correr às cinco da manhã. Agora, depois de passar o dia e a noite com um bando de crianças barulhentas e grudentas, e pais pervertidos, tudo que eu queria era um vinho, um banho e uma boa noite de sono.

— Estou indo. — Lei, a outra elfo que dobrou comigo, saiu da sala de descanso, carregando as coisas nos braços. — Estou exausta.

— Ah. — Girei a cabeça, meus músculos imploravam por uma massagem. — Está escalada para amanhã à noite?

— Sim. — Revirou os olhos castanho-escuros e jogou o cabelo preto para trás. Talvez ela fosse a única pessoa ali que eu podia chamar de amiga. Nunca tive muitos amigos, por estar sempre focada nos meus objetivos. Só me dava bem com outros iguais a mim, que era o caso de Lei Okada. Era nissei, os pais vieram do Japão. Gente boa, mas exigiam demais para ela ser a melhor. Nada menos que um nove era aceitável. Ela estava estudando para ser médica, mas, nos intervalos, fazia desenhos e artes gráficas incríveis. — Vou trabalhar quase a semana toda.

— Eu também. — Peguei uma blusa de frio infantil no chão e joguei na caixa de achados e perdidos.

— Quer ajuda com a limpeza?

— Não, pode deixar. Vou aspirar rapidinho e já vou. — Eu era a elfo "líder", o que queria dizer que eu tinha a responsabilidade de um assistente de gerência de abrir e fechar a loja pela fortuna de um dólar a mais a hora.

BELA LOUCURA

Gabe estava de folga, e nosso outro Papai Noel, que já tinha ido, era um senhorzinho fofo e aposentado que perdeu a esposa e precisava sair um pouco de casa.

— Tudo bem, garota. A gente se vê amanhã. — Lei me mandou um beijo e saiu.

A música tocava ao fundo. Fui até o armário, peguei o aspirador e tentei ignorar a súbita aflição que senti por estar sozinha. Geralmente, eu amava. Nunca me incomodou.

Cantarolando, tentei distrair a cabeça enquanto aspirava o carpete. Um movimento do lado de fora chamou minha atenção e eu foquei meu olhar. Vi duas crianças saltitando e brincando no bosque, usando o que parecia ser uma bermuda verde.

Ai, meus bolinhos de Natal. Por que eles estão de bermuda? A previsão do tempo disse que ia nevar essa noite.

Corri para a janela, tentando ver se os pais estavam por perto. A área das árvores estava fechada, a iluminação noturna só permitia ver pequenas sombras. Merda. Estariam perdidas? Cadê os pais dessas crianças? Elas iam congelar até a morte vestidas daquele jeito.

Nem parei para pensar enquanto corria lá para fora.

— Ei! — Chamei os meninos. De longe, dava para ver que um era baixinho e gordinho e tinha cabelo castanho, o outro era mais alto, magro e louro. — Ei, espera.

Os dois se viraram para mim, então se olharam. Os olhos deles se arregalaram de surpresa.

Eu estava vendo coisa ou eles tinham as orelhas pontudas?

— Onde os dois pensam que vão? Cadê os pais de vocês? — Eu me movi rápido pelo terreno. Quanto mais perto eu chegava, mais as feições dos meninos ficavam estranhas. Tinham a aparência de crianças, mas estranhamente pareciam adultos também, quase como um desenho animado.

— Mano. — O maior olhou boquiaberto para o amigo, soando perturbadoramente como um surfista. — Ela consegue ver a gente.

— Que brisa, *brother* — o mais gordinho respondeu, com o tom igualmente lento. Então, em um piscar de olhos, eles dispararam. A cada poucos metros, eles se trombavam, saltavam, arrancavam risadas um do outro e caíam no chão. Em um instante, voltavam a ficar de pé e faziam tudo de novo.

Estavam doidões? Essas crianças não podiam ter mais que oito anos.

Saltitaram para além dos limites do bosque. O nível da minha ansiedade disparou.

— Espera! — Minhas pernas aceleraram, invadindo a floresta logo atrás deles.

Os meninos sumiram.

— Como assim? — Meu cérebro tentava entender como eles podiam ter sumido do nada. Olhei freneticamente para todos os lados, tentando captar qualquer movimento. — Olá?

Uma risadinha vinda de mais acima me atraiu, e fui na direção da voz. Pelo canto do olho, vi um corpinho disparar na minha frente.

— Espera. Não vou machucar você. Só quero ajudar.

Uma risada aguda veio da outra direção, o que me fez mudar o trajeto.

— Meninos, cadê os pais de vocês?

Gargalhadas me fizeram virar de novo, a voz deles pulava rápido demais em lados opostos. Algo assim não era humanamente possível. Será que havia mais do que aqueles dois ali? Alguma bizarrice estilo *O senhor das moscas*?

Meu coração batia forte por causa do esforço, e eu estava cada vez com mais medo. Eu sabia que algo estava esquisito. Esquisito demais.

Dois corpos risonhos dispararam através das árvores, e me lancei atrás deles. Eles trombaram de novo um no outro enquanto saltavam uma árvore caída, e despencaram do outro lado. Feito um aspirador, a risada deles foi desligada, e tudo ficou assombrosamente silencioso.

Pulei no tronco, olhei lá para baixo, pronta para ver os dois meninos deitados ali.

Não havia nada. Nem rastro deles. Arrepios irromperam em meus braços. Aquilo era impossível.

— O que está acontecendo? — eu me queixei ao passar a mão pelo cabelo.

Dinah, você está enlouquecendo. Não havia outra explicação. Eu me lembrei de Alice me contando que as alucinações dela eram tão reais quanto eu. Na época, não consegui entender… mas agora eu entendia.

O pânico me fez querer voltar. Meus pés se moveram para sair dali. Escorreguei e caí de costas. Um grito gorgolejou da minha garganta, meus braços se debateram enquanto a gravidade me lançava para frente.

Eu me preparei para cair de bunda no chão rochoso e fechei os olhos com força. Mas o impacto não veio.

Continuei caindo.

Meus olhos e boca se abriram quando a escuridão me envolveu.

Eu estava caindo.

BELA LOUCURA

Girando de um lado para o outro enquanto caía, vi uma luz fraca lá embaixo. Meu corpo acelerava na direção dela como se fosse um alvo. Aos gritos, tentei me agarrar a algo que aparasse a queda, igual a antes. Um vento soprou lá de baixo, inflando minha saia de elfo até ela parecer uma sombrinha, me lançando de volta para cima antes de me fazer pousar com leveza.

Meus pés tocaram o chão, e eu me curvei, sentindo como se fosse vomitar. Respirei fundo várias vezes e vi que estava bem. Então meus olhos começaram a vagar.

Mas que droga é essa? Minha testa franziu enquanto eu analisava os arredores. Era a fundação de uma casa, mas não havia mais nem parede nem telhado. Estavam destruídos, como se um tornado tivesse arrasado tudo. Havia uma única mesa inteira lá no meio, a sobrevivente solitária de qualquer que tenha sido a força que se abateu sobre o lugar.

Dei alguns passos. Meus pés esmagavam pedaços do que restou das paredes como se fossem cookies ressecados, levando o aroma de gengibre até o meu nariz.

— Minha santa guirlanda. — *Cara, eu estava começando a soar mais e mais como a Alice.* De queixo caído, peguei um pedaço e o levei ao nariz.

— É biscoito de gengibre.

Algo parecido com espuma seca estava preso nos pedaços.

Glacê?

Que maluquice. Eu estava parada no meio do que devia ser uma enorme casa de biscoito de gengibre antes de ser demolida.

Risadas distantes fizeram minha cabeça virar, e corri pela trilha que levava à casa. Passei por jujubas gigantes até chegar aos limites do bosque. Parei, tentando ouvir de onde vinha o som.

— Ah, não, a putinha voltou — uma voz rouca ribombou acima de mim. Minha cabeça seguiu o tronco de um imenso abeto-de-douglas. Olhos verde-espinafre me olhavam, e um nó se abriu no tronco. — Só porque o Natal voltou para Winterland acham que podem cortar a gente e usar a carcaça na decoração?

Tropecei para trás, um barulho subiu pela minha garganta. As árvores estavam falando comigo de novo. Eu só podia estar sonhando. Devo ter adormecido na Oficina do Papai Noel. Árvores não falam.

Estalos de galhos ecoaram e um abeto-balsâmico se curvou, um graveto puxou a minha saia.

— Está vestida do mesmo jeito. Parece a mesma, mas não é a mesma, é?

— Outra? — Um abeto-vermelho atrás do douglas bufou, cruzando os galhos. Ele revirou os olhos amarelos. — Como você sabe? Elas parecem iguais para mim.

Acorda, Dinah! Acorda!

— Queeem ééé vocêêê? — O abeto-balsâmico puxou minha fantasia com mais força.

— Para. — Empurrei os galhos que me puxavam.

— Tem certeza de que não é a mesma? Até a voz é igualzinha à outra. Chorosa e mandona. Como se fosse dona do pedaço. — Os galhos agarraram meu cabelo como se me inspecionassem.

— Que diferença faz? — o vermelho resmungou. — Estão aqui para nos matar de um jeito ou de outro. Você ia gostar se te cortassem para manter o calor? Que usassem suas vísceras como material de construção? Que te enfeitassem e exibissem seu cadáver como se fosse um troféu?

— Devemos tirar a prova, amigos? Ela já está vestida de putinha mesmo. Vamos colocá-la no canto como se fosse decoração? — Os galhos do abeto-vermelho envolveram meu tornozelo, um sorriso malvado estalou no tronco. — Depois cortá-la em pedacinhos e queimá-la?

— Isso! — o abeto-de-douglas comemorou. — Nada mais justo.

— *Oh putinha de Natal, oh putinha de Natal* — o abeto-balsâmico cantarolou, movendo-se com a melodia. — *Que beleza esplêndida você tem.*

— Ah, essa é perfeita, amigo — o abeto-vermelho respondeu antes de todos começarem a cantar.

— *Seus galhos rosados no sol do estival.* — Galhos puxaram meus braços e pernas até causarem dor.

— Para!

— *E nunca ficam brancos no frio invernal.*

— Eu disse para parar! — Empurrei e bati nos galhos, as vozes deles se elevaram, e gravetos me puxaram e empurraram para toda a parte, cortando minha carne e arrancando meus cabelos. — Aaai! Para! Me deixa ir!

Eu me virei com toda a minha força, e um estalo alto de galhos quebrando quase abafou o som de seus uivos enquanto eu me soltava de suas garras e fugia.

BELA LOUCURA

— Volta, putinha de Natal! — Os gritos crepitantes das árvores diminuíam conforme eu me afastava. Nem me importei para onde estava indo, só precisava escapar de lá.

Quando não consegui mais ouvi-las, meus pés reduziram até parar no que parecia ser uma trilha infinita delineada com arbustos de azevinho de ambos os lados. O ar entrava e saía com força dos meus pulmões, e eu me curvei, apoiando as mãos nas pernas, para tentar recuperar o fôlego. Encarei os sapatos verdes de elfo. Meus pés estavam cobertos de neve, embora nem umidade nem frio penetrassem o veludo. Estendi a mão e peguei alguns flocos brancos, a textura era igualzinha à de neve, mas ela não estava fria, embora minha mente continuasse dizendo que deveria estar.

Interessante. O clima, na verdade, parecia ameno.

— Jangle! — Alguém gritou, e minha cabeça se ergueu. — Espera, mano.

O mais gordinho dos meninos andava mais à frente. Mas que lantejoula é essa? A trilha estava completamente diferente. Antes, era reta. Agora, tinha uma árvore com uma placa bem lá no meio, e o caminho se bifurcava.

Deixei de lado por um instante o quanto aquilo era esquisito, e corri atrás do garoto, até chegar na placa. Setas tortas apontavam para todos os lados "Siga por aqui para o Bosque Tulgey", "Siga por lá para a Praia".

— Não faz sentido — resmunguei baixinho. Eu odiava quando as coisas não eram coerentes. Eu queria lógica. Fatos. Ordem.

Passando a placa, escolhi o caminho que o garoto seguiu. Ele se torcia e seguia em círculos. Tudo mudava a cada vez que eu olhava.

— Cacete! — gritei, esfregando o rosto e os olhos de frustração. — Esse lugar não faz sentido. — Tudo o que eu queria era ir para casa e me jogar na cama com Scott, feliz com a minha vida chata e previsível.

Sons de ondas batendo, de pássaros cantando e da música feliz me fez tirar as mãos do rosto. Pisquei.

Mas que flan de figo?

Eu fiz a curva. O inverno nevado não estava mais diante de mim. Em vez disso, havia um paraíso tropical. Ondas azuis e brilhantes tocavam a areia dourada, o céu azul resplandecente estava salpicado com nuvens brancas e fofas, e a leve brisa da maresia soprava meu cabelo. Indivíduos entravam e saíam da água em suas pranchas de surfe, de *stand up paddle* ou em canoas.

Os meninos que segui corriam para as ondas com pranchas de surfe. Suas mãos minúsculas faziam o símbolo do *hang loose* enquanto eles mergulhavam na água.

Barracas, bares, espreguiçadeiras, guarda-sóis vermelhos e palmeiras verdes decoradas com pisca-pisca pontilhavam a praia agitada. Bonecos de areia de três camadas usando gorro de Papai Noel e óculos escuros verdes circulavam com bandejas cheias de coquetéis verde e vermelhos, enquanto a canção *Mele Kalikimaka* soava.

Meu queixo caiu quando adentrei na praia, notando pessoas de todas as formas e tamanhos. Algumas pareciam humanas; outras, eram pequenas e tinham orelhas pontudas, e havia as que fizeram meu estômago revirar de medo.

Homens e mulheres que pareciam ser metade rena, pinguim, coelho branco e urso polar, mas tinham mais cara de personagens criados em computador do que de animais de verdade. Todos se moviam, falavam, comiam, bebiam e brincavam na praia como se fossem humanos.

Eu sabia que minha mente não era tão criativa, mas não havia outra explicação senão eu ter comido algo no jantar que estava me fazendo ter alucinações.

— Você pode ser um pedaço de carne não digerida, um grão de mostarda, uma migalha de queijo, um pouco de batata meio crua — murmurei baixinho. Alice e eu nos desafiávamos com frases de filmes de Natal até uma de nós desistir. Simplesmente recitávamos um monólogo inteirinho de cabeça. — Tem mais cara de filé que de defunto.

— Está pondo seu juízo à prova? — O sussurro sexy de um homem ressoou atrás de mim, me fazendo estremecer e segurar a respiração, enquanto eu me virava.

O louro bonito do meu sonho estava na minha frente, parecendo muito real e ainda mais bonito. Um sorriso atrevido curvava um lado de seu rosto, e seus olhos verdes feito espuma do mar queimavam em mim. Ele usava calção verde e vermelho, o peito bronzeado, largo e sarado estava à mostra. Ele tinha pelo menos um e oitenta e cinco de altura. A cintura estreita, os braços musculosos e as coxas malhadas eram dignos de capa de revista.

— Ah, Deus — murmurei.

— Blaze, na verdade, mas pode me chamar do que quiser. — Ele deu uma piscadinha, o que me causou um frio na barriga. — Bom te ter de volta, Dinah. Senti saudade.

O grão de mostarda era gostoso *demais*!

BELA LOUCURA

CAPÍTULO 8

— Saudade de mim? — Finalmente entendi o que ele disse, o que me tirou do meu estupor. Tenho ouvido muito isso esses tempos. — Como assim?

— Você esqueceu. — Ele abaixou a cabeça. — Crescer no reino da Terra parece despojar as pessoas de seu atributo mais valioso: a imaginação. Parece ser um lugar muito triste.

— Reino da Terra? O que você quer dizer com isso?

— Raspadinha de cranberry? — Um boneco de areia se aproximou, me oferecendo uma bandeja cheia de bebidas. Sua boca feita com uma concha do mar dava um sorriso largo.

Encarei o boneco maravilhada, cada detalhe era nítido e vívido. Sonhos geralmente eram meio nebulosos. Mas eu conseguia ver cada grão de areia que formava as três camadas dele. Ele tinha nariz de cenoura, braços de galho, enormes óculos escuros verdes, uma flor verde e vermelha ao redor do pescoço e usava gorro de Papai Noel.

— São deliciosos. Quin está no bar hoje. — O boneco de areia segurou a bandeja perto do meu rosto. — É a melhor bartender de Winterland.

— Apesar de não ser inverno *aqui* — Blaze resmungou consigo mesmo. — O mundo inteiro não gira em torno de um Natal cheio de neve. Por que alguém ia querer neve quando se pode surfar, brincar na areia e usar bermuda enquanto toma drinques gelados sob o sol quente?

Mesmo que fosse verão em metade da Terra durante dezembro, nosso mundo tinha propagado a ideia de Natal do hemisfério norte. De ter um dia brincando na neve, aconchegado sob um cobertor perto do fogo crepitante, com comidas e bebidas quentes e deliciosas, e uma árvore de Natal piscando ao seu lado. Foi assim que eu cresci, e amava essa ideia, mas conhecia muitas pessoas que iam para o Havaí para fugir das temperaturas congelantes de Connecticut.

— Quin é maravilhosa. Você deveria experimentar. — Blaze apontou a cabeça para a bandeja.

Olhei do surfista gostoso para o boneco de areia tagarela.

— Por que não? — bufei, peguei um copo arredondado e tirei o guarda-chuvinha vermelho e verde. — Não dá para ficar mais estranho do que já está.

Virei a bebida. O sabor do suco de frutas bateu na minha boca como um orgasmo.

— Ai, meu Deus — gemi, e tomei outro bom gole. Era doce, com uma pitada de acidez, as frutas tinham gosto de nuvem batida dançando na minha língua. Era sobremesa mais cremosa que já tinha provado, mas também era leve, refrescante e absolutamente deliciosa, fazia a boca implorar por mais.

— Nunca provei nada tão bom. — Lambi os lábios e suguei o resto, o canudo reclamou no fundo vazio. — Tem mais?

Blaze abriu um sorriso largo, fazendo parecer que o sol tinha ficado mais brilhante. Será que eu já estava altinha? Eu não era de beber muito, mas também não ficava alterada com um drinque só.

— É claro. — A palma da mão dele tocou a minha lombar, uma geleira de pânico surgiu na minha barriga conforme nos movíamos pela areia até o bar de madeira. — Cuidado, *wahine*, as raspadinhas da Quin têm fama de fazer a cabeça voar.

Minha cabeça parecia já ter ido embora.

— Quin, mais duas raspadinhas de frutas vermelhas. — Blaze se inclinou sobre o bar havaiano, com o corpo curvado para mim.

Um pinguim do tamanho de uma criancinha saltou em uma caixa, e fez mais para a gente. Ela usava um biquíni listrado de vermelho e branco, saia hula hula e uma flor vermelha na cabeça.

— Claro, gato — murmurou com a voz leve e feminina.

— Ah, Santa noite feliz. — Eu fiquei boquiaberta com a visão e dei um passo para trás.

— Agora você parece mais com a menina que eu conhecia. — Blaze riu, mas eu não conseguia parar de olhar a pinguim pouco realista atrás do bar. Ela parecia muito mais a imagem fofa que a gente via nos papéis de presente do que um pinguim de verdade.

Quin pegou as garrafas com as barbatanas e as jogou para cima antes de verter doses generosas na coqueteleira, junto com frutas frescas e outras

BELA LOUCURA

coisas que eu não sabia o que eram, e logo misturou tudo. Ela se balançava ao ritmo da música de Natal enquanto colocava duas taças sobre o balcão, que encheu com o líquido gelado. Colocou algumas frutas por cima e empurrou as bebidas para nós.

— Aí está, boneca. Aproveite. — Ela deu uma piscadinha, os cílios curvados tremularam antes de ela começar a preparar mais coquetéis.

— Saúde. — Blaze ergueu a taça para mim.

— Saúde. — Bati minha taça na dele, sacudindo a cabeça. Era tudo muito bizarro. Logo, logo eu acordaria e esqueceria esse mundo às avessas e voltaria para a vida real. Mas, no momento, eu entraria na onda desse sonho maluco.

O segundo drinque estava ainda mais gostoso que o primeiro, se é que isso era possível, e eu o engoli como se não pudesse esperar nem mais um segundo.

— Acho melhor você pegar leve. — Ele colocou a bebida dele sobre o balcão, e revirou os olhos para mim, achando graça.

— Eu dou conta. — Ri, minha cabeça estava leve e esfuziante. Na verdade, meu corpo todo estava assim, como se eu fosse sair flutuando, levando embora todo o meu estresse e preocupações. — Não é como se desse para a gente ficar bêbado no sonho.

— Não? — Ele se inclinou para perto, e seus dedos tocaram o meu braço, trilhando minha pele e deixando arrepios em seu rastro.

— Nããão. — Meus lábios estavam com dificuldade de se moverem direito.

— Ainda acha que é um sonho?

— Num teeem ooutara exprucação — falei arrastado, sentindo a cabeça e o corpo girar. Mas que porra? Eu não estava bêbada. Não era possível ficar alta assim tão rápido, era? — Quer dizer epicação. — Minhas palavras se atropelaram de novo, caíram na areia, e soltei uma risadinha.

Eu nunca dava risadinhas. Será que eu estava mesmo bêbada?

— Parece que sim. — Ele deu um sorrisinho de lado.

Eu falei em voz alta?

— Falou. — Ele riu, e o balanço da sua cabeça me deixou ainda mais desnorteada. — Você soa mais e mais como você mesma. — Seu sorriso se alargou, o corpo curvou sobre o meu. Ele estendeu a mão e colocou meu cabelo atrás da orelha. — Senti muita saudade mesmo, Dinah. Quando você foi embora, tudo mudou.

Eu o encarei cheia de coragem, sentindo uma fagulha de reconhecimento tremular dentro de mim. Seus olhos me davam um frio na barriga.

— Você é tão linda. — Os dedos de Blaze subiram pelo meu pescoço e pararam no meu maxilar. — Sempre foi, mas agora está de tirar o fôlego, *wahine*. — Ele se aproximou mais, e meu coração acelerou, arrancando toda a lógica da minha cabeça. Sua boca estava a um trisco da minha, o olhar desceu para os meus lábios, me forçando a respirar fundo. Nada em mim queria detê-lo. A sensação era a de que eu tinha esperado por isso a vida inteira. Eu queria sentir, nunca mais voltar a pensar, fechar os olhos e me dissolver em desejo.

Assim que seus lábios roçaram os meus, o grito animado de uma garotinha chamou minha atenção de volta para a praia. Eu me afastei dele enquanto três crianças com não mais de seis ou sete anos corriam pela areia, rindo e perseguindo umas às outras. Embora tudo ao meu redor estivesse embaçado, as crianças eram muito nítidas. Olhei fixo para a menina do grupo. Arquejei, sem acreditar no que estava vendo.

Pela cobertura de menta!

Era eu.

O cabelo dela ia até a cintura, o rosto estava feliz e despreocupado enquanto a menina ria e brincava com a água. Ao lado dela, havia um menino louro com as bochechas gorduchas coradas de sol e olhos brilhantes e verdes como a espuma do mar. Eles lutavam contra um outro menino, que capturou minha atenção por completo. Seu cabelo era preto como a noite, e ele tinha olhos azul-gelo. Era magro e mais alto que os outros dois. Ele não ria nem sorria, mas os olhos brilhavam de alegria enquanto jogava água na menina. Ele parecia deslocado, como se o lugar dele não fosse sob o sol brilhante.

Petrificada, eu me aproximei. Senti a areia úmida por entre os dedos dos meus pés quando parei na beirada da água. Observei os três brincando, sentindo como se eu estivesse relando em um fio de memória. Estava tão distante que eu só conseguia ter uma vaga ideia daquilo.

Sem dúvida nenhuma era eu. A menina usava um maiô que eu queria muito ganhar de Natal, com desenhos de gorrinhos de Papai Noel, renas e biscoitos de gengibre. Era algo tão específico que minha avó acabou fazendo um para mim, porque não conseguiram achar nas lojas. Era único. Meus pais acharam aquilo estranho, mas eu me lembro de querer muito a peça. Depois de crescida, lembrava daquilo como a obsessão boba de uma criancinha pelo Natal. Infelizmente, foi pouco depois disso que eu parei de acreditar. Mas agora tudo parecia fazer sentido. Eu quis o maiô por causa daquele lugar. Para brincar com meus dois amigos na praia.

BELA LOUCURA

O problema era que a minha família nunca ia para a praia no Natal, e nunca fomos ao Havaí ou a nenhuma outra ilha tropical.

Meus olhos se fixaram nos meninos, reparando neles, e de repente os vi como homens. Minha cabeça dava voltas e arremessava jujubas no meu estômago como se fossem bombas. As lembranças vieram com tudo, estilhaçando a caixa em que eu as havia trancado e enterrado fundo, arrastando minha cabeça para milhares de memórias perdidas.

A menininha disparou, o menino de cabelo escuro foi atrás, alcançando-a com facilidade. Ele a pegou no colo e sussurrou algo em seu ouvido. A risada dela preencheu o ar.

— Santa guirlanda! Me coloca no chão, Jack! Blaze, socorro!

Os nomes ressoaram em meu peito. Caí de bunda na areia, minha cabeça girava tão rápido que eu não conseguia respirar nem me mover. Meus sonhos e a realidade colidiram, se misturando e se agitando, fundindo-se.

— Meu biscoito de gengibre... — Minha visão escureceu, e senti um calor inundar o meu corpo; suor começou a escorrer pelas minhas costas. Virei a cabeça, mas cada vez mais o calor fervia em mim.

O que pensei terem sido personagens de Natal me sequestrando quando criança... era tudo verdade. Bem, pelo menos em partes. Eles nunca me sequestraram. Eu tinha vindo por livre e espontânea vontade... para brincar com eles.

O que meu eu mais velho considerou como faz de conta e imaginação era verdade. Tudo ficava mais claro enquanto minha visão escurecia.

Jack Frost. Blaze.

Neve. Calor.

Os irmãos Miser.

Eu sentia que estava queimando de dentro para fora. A necessidade de arrancar as roupas e pular na água fez o meu corpo se mover, mas, ao mesmo tempo, fiquei congelada no lugar, e caí de costas.

Encarei o céu escurecido, uma nuvem de tempestade se aproximava.

Pe-cu-li-ar, pensei. Um boneco de areia se inclinou sobre mim. Enquanto a escuridão me absorvia, seu sorriso de concha se alargou.

— Feliz Natal a todos... e a vocês, uma boa noite.

Depois, nada.

— *Dinah...* — Meu nome me trouxe de volta à consciência. Pisquei. Confusão e medo dominaram meus pensamentos, meus pulmões inalavam a estranha paisagem desolada.

Aquele com certeza não era o meu quarto e nem a praia natalina maluca em que eu estava instantes atrás.

— Agora sei que só posso estar sonhando. — Mas o pavor ainda cobria a minha pele. Um pesar profundo apertava o meu peito enquanto eu observava a cabeça de um ursinho de pelúcia passar por mim. Seu sorriso sinistro me gelou até a alma. Mas, estranhamente, parecia que eu entendia. Sentia que não estava mais conectada a nada, e, no próximo segundo, flutuei em direção ao nada.

Eu não poderia nem sonhar com um lugar como aquele. Não tinha sol, lua nem estrelas, embora parecesse que a gente estivesse ao ar livre. Estava tudo escuro acima de mim, mas uma luz brilhava no ar e no solo abaixo. Neve resplandecia sob meus pés.

Brinquedos e jogos, grandes e pequenos, todos parecendo quebrados e abatidos, passavam por mim, chorando e se lamuriando baixinho, partindo meu coração. Um gatinho de pelúcia todo estraçalhado pairava ao meu redor. O pelo, antes branco, agora estava cinza e manchado, a plaquinha de nome em formato de floco de neve mal se segurava no lugar e quase não se via o nome, Bolota. Enquanto ele passava, tive uma lembrança: uma bota triturando neve e o abandonando lá. O bichinho chorou para ser encontrado, mas foi deixado para ser esquecido.

Todos tinham histórias tristes de soluçar. Cada um sussurrava na minha cabeça como foram abandonados e descartados. Jogados fora e deixados de lado. Os brinquedos se lamentavam pela vida que tinham e por seus donos. Com raiva e magoados, tinham sido trancados no túmulo dos rejeitados, e me arrastavam com eles. Os pensamentos e a dor deles se infiltraram na minha mente, empurrando os meus para fora.

— *Dinah, venha até mim.* — Uma voz deslizou no meu ouvido, e meus pés avançaram como se eu não pudesse evitar, como se meu cérebro não estivesse mais sob meu controle.

Os brinquedos me atingiam conforme eu avançava, a história deles me fazia cair de joelhos, sentindo pesar e tristeza. Um choro sentido escapou de meus lábios. Cada um deles parecia arrancar um pedaço da minha alma, me fazendo esquecer.

Qual era o meu nome? Por que eu estava ali? Minha cabeça dava voltas, tentando encontrar lógica, tentando compreender, mas nada vinha, só crescia mais medo e confusão dentro de mim.

Estou desaparecendo... Encarei as minhas mãos como se elas fossem sumir bem diante dos meus olhos.

— *Então tem outra.* — Uma voz sinistra e esganiçada se infiltrou na minha cabeça. Olhei para o lado de supetão e vi uma boneca antiquada que não tinha um olho. O outro estava fora da órbita. O rosto de porcelana quebrado estava emoldurado pelo cabelo castanho embaraçado. O vestido branco tinha amarelado com o tempo.

Maligna. Era tudo o que eu sabia e compreendia.

— *Sim, você também tem aquela magnitude a mais. Talvez até mais, porque manteve tudo escondido. Protegido. Mas eu consigo sentir o sabor. E o quero. A outra me enganou. Fugiu. Você não conseguirá.* — A aparência horrorosa, digna de filme de terror, flutuou para perto de mim. Uma gangue de brinquedos com aparência agressiva se reuniu atrás dela, a energia deles vibrava com ódio, fúria, vingança e morte.

— *Peguem-na!* — A boneca apontou, e os brinquedos atrás dela vieram correndo na minha direção.

Santa noz torrada! O pânico fez minha nuca arrepiar. Salto de pé e disparo. Minhas pernas dão tudo de si. Ouço o grito deles, os berros atrás de mim, o instinto me faz avançar.

O tempo não existia. O conceito de como e por que não entrava na minha cabeça. Corri até o ar ficar diferente, esfriando a minha pele. Um peso estranho se abateu sobre mim.

Tudo ficou quieto.

Os gritos por mim se dissolveram, e me virei para olhá-los. Estavam todos alinhados vários passos atrás de uma barreira que eu não conseguia ver, uma que não arriscavam atravessar.

— *Dinah* — uma voz me chamou, voltando minha atenção para a frente. Andei em direção à voz. Luzes piscavam ao meu redor como se fossem milhares de vagalumes. As várias emoções que estavam ali fizeram uma lágrima escorrer pelo meu rosto. Eu sentia tudo. Cada variedade de luto, culpa, mágoa, amor, ódio, ciúme e preocupação.

— *Venha até mim, Dinah* — a voz chamou de novo, me conduzindo até ela. Uma revoada de luzes piscava freneticamente, quase como um aviso. Parecia que tentavam bloquear o meu caminho, mas nada era absorvido pela minha cabeça, exceto o chamado para seguir a voz.

Meus sapatos de guizos pararam perto de uma árvore. Uma caixa preta amarrada com uma corda grossa estava lá como se fosse um presente; as raízes começavam a envolvê-la, dando nós ao redor dela.

— *É para você, minha querida. Abra.* — A forte voz feminina envolveu meu ouvido. — *Você é tão especial, Dinah. Vai recuperar o que foi perdido. Mudar passado, presente e futuro.*

Eu me abaixei e levei a mão à caixa, mas as raízes me sentiram e se apertaram ao redor dela. As luzes em torno de mim brilharam ainda mais, como se fossem um aviso frenético me dizendo para parar.

— *Ignore-as. São umas tolas. Fracas. É você quem tem o poder. Você deu tão duro. Basta me levar contigo e terá tudo o que deseja.*

Meu dedo roçou o pacote preto, as raízes se retorceram ao meu toque, um pulsar forte disparou pelo meu braço.

Perigo. Poder. Maldade.

— Dinah — a voz profunda de um homem gritou ao longe, me fazendo virar a cabeça. Eu a reconheci, seu chamado repuxou um fio na minha mente. — Dinah, acorde. — A voz dele parecia vir de toda a parte. De cima e dos arredores. Eu me levantei. Precisava segui-la. Seja o que fosse, precisava ficar perto dela. Naquele momento, era a minha única âncora.

— *Não!* — A voz da mulher sibilou no meu ouvido. — *Não ouça ninguém senão a mim, Dinah. Abra a caixa. Me liberte. Apenas você tem o dom, Dinah. Seu destino a trouxe até aqui. Para lutar ao meu lado.*

— Dinah? — *Dinah, sim! Era o meu nome, não era?* Ele chamou de novo, com a voz mais forte, deixando que eu me agarrasse a ela, me enrolasse nas cordas que ele jogou do céu, me puxando para cima. — Abra os olhos. Acorda.

Assenti, não querendo fazer nada além disso. A atmosfera ao meu redor embaçou, cada vez mais nebulosa, e eu segui a voz.

— *Nãããão!* — Uma raiva incandescente tomou conta de mim como a mordida de um crocodilo, mas fechei os olhos e deixei meu corpo flutuar. A voz me arrancou das trevas para a luz.

BELA LOUCURA

CAPÍTULO 9

— Ela está ardendo em febre — uma voz profunda resmungou. Algo que era, ao mesmo tempo, quente e frio tocou o meu rosto, fazendo um gorgolejo subir pela minha garganta. A sensação foi celestial, e afastou o fogo que ainda queimava sob a minha pele. — Que merda você deu para ela? — A voz dele continuou me tirando do meu túmulo. Minhas pálpebras estavam pesadas; meu corpo, flácido e quente. Eu queria me afundar de volta e me perder no esquecimento.

— Nada! Ela tomou uma raspadinha de cranberry. — Outro homem falou, leve e caloroso. — Duas, na verdade. Sugou tudo igual a sra. Cratchit faz com o pa…

— Pare. Agora mesmo. — A voz era raivosa. Violenta. Perigosa. Meu corpo reagiu ao tom de barítono, como um trovão no horizonte. Aterrorizante, mas também me fez sentir desperta e viva.

— Você também, é? — Outra vozinha, como as de desenho animado, se juntou a ele. — Aquela mulher parece um pinguim engolindo um peixe.

— No seu caso, seria um girino. — O segundo cara riu.

— Já chega. Os dois. Como se eu já não tivesse imagens o bastante para apagar da minha mente. — A voz rouca do homem me fez querer estender a mão, me envolver em seu timbre. — Isso não foi da bebida. O que você pôs na bebida dela?

— Não importa. E o que você está fazendo aqui?

— Blaze… — Havia uma ameaça velada naquela voz. Ódio.

Blaze. Sim, eu me lembrava dele.

— Tá. Quin pôs um pouco de extrato de azevinho. Em baixa dosagem, age como alucinógeno.

— Acho que preciso fazer uma visitinha a essa Quin — a vozinha murmurou perto da minha orelha. Algo cutucou as minhas costelas. —

Olha a roupa dela. Mas ela é grande demais para um elfo. Ou é um teatrinho sacana? Palmadinhas no elfo?

— Dor, cala a boca — a voz profunda retumbou, e suspirou profundamente. — Azevinho é venenoso, Blaze.

— Estou vendo que você ainda tem um pau congelado fincado no cu, irmão.

— Melhor do que ter uma cabeça cheia de areia, *irmão*. — Mais uma vez, a sensação de calor na minha pele, mas ainda fresca comparada com a quentura do meu corpo, moveu-se para a bochecha, me arrancando um gemido. — Acorda, Dinah — ele exigiu.

Não foi um pedido.

Minhas pálpebras se abriram. Pisquei e vi o brilhante céu noturno bem acima de mim, árvores com as pontas brancas me rodeavam, mas foram os dois rostos pairando sobre mim que capturaram toda a minha atenção enquanto eu estava deitada na neve fofa.

Um era escuro, turbulento como uma tempestade, com olhos azul-gelo, e o outro reluzia como o sol, com íris da cor da espuma do mar.

— Manteiga na rabanada… — Meus lábios se entreabriram. Eram opostos, mas ambos tão deslumbrantes e sensuais que eu tive dificuldade para encará-los, como se fossem me queimar até virar cinzas.

Enquanto Blaze ainda usava o calção vermelho berrante, o outro estava de jeans, bota e blusa de frio. Fogo e gelo.

— Ela está bem. Acho que isso a ajudou a se soltar. Você deveria experimentar. — Blaze ergueu o lábio em um esgar odioso para o outro homem. — Embora você nunca tenha aprendido o que é se divertir de verdade.

Jack Frost. Agora eu via o menino no homem. Os mesmos olhos que eu costumava sentir que arrancavam a minha pele, mergulhando na minha alma.

Ainda faziam isso.

— Então, me conta… é algum fetiche? — Um ratinho de uns quinze centímetros saltou do braço de Jack para a minha barriga, apontando para a minha roupa. — Por favor, por favor, diz que é coisa de fetiche.

— Minha santa calda quente. — Olhei boquiaberta para o rato cinza falante de pé em cima de mim, usando uma cartola surrada e um casaco vermelho.

— Você joga aquele jogo também? Embora eu o chame de Creme no Pãozinho de Canela, mas dane-se — ele respondeu com um dar de ombros. — Não achei que fosse coisa só minha, mas, olha, estou disposto a dar uma chance, ou duas… talvez três. — O rato deu uma piscadinha para mim. — Como você come peixe? Engole tudo de uma vez?

BELA LOUCURA

— Dor. — Jack esfregou o rosto, tirou o rato de cima de mim e o colocou de volta no ombro. — Para.

— O quê? — ele exclamou. — Foi só uma perguntinha inocente.

— Nada em você é inocente.

— Isso é verdade. — Dor estalou o dedo e deu outra piscadinha para mim.

— Às vezes eu acho que era melhor quando você ficava bêbado o tempo todo — Jack resmungou, então se virou para mim e perguntou: — Você está bem?

— Estou... eu acho. — Eu me sentei. — Onde estamos? — Olhei ao redor. — Quanto tempo fiquei apagada? O que houve com a praia?

— Você desmaiou. Ficou apagada por horas. Ele mandou que te trouxéssemos para cá para abaixar a sua temperatura. — Blaze me ajudou a ficar de pé enquanto Jack recuava. — Mas, devo dizer que, na minha opinião, você estava bem onde estava.

— Ela estava superaquecida. — Jack cerrou a mandíbula e cruzou os braços. A raiva deixava seus ombros tensos. — Por causa do veneno.

— Não é veneno se a dose for pequena — Blaze rebateu, e franziu o nariz de aversão.

— É o que diz a pessoa que cheira canela o tempo todo só para ficar altinho.

— Pelo Papai Noel, você é um babaca engomadinho. — Blaze foi com tudo para cima de Jack. — Repito, por que você está aqui? Estranho você dar as caras de repente depois de tanto tempo, bem quando ela reaparece. — Ele o empurrou pelo peito, mal tirando-o do lugar. Jack era mais alto e tinha ombros mais largos que o irmão.

Jack não era aquele tipo de cara arrumadinho e limpinho que você imaginaria quando pensa em gelo e frio. Ele era perigoso e indomável, como uma nevasca turbulenta. Um animal selvagem sob as roupas.

— Volte para o seu castelo de pedra, sozinho e isolado. Ninguém quer você. — Blaze empurrou o irmão com mais força.

— Sozinho? — Dor girou as mãos minúsculas, se aprumando no ombro de Jack. — E o que eu sou? E o grandão?

— Bichinhos de estimação — Blaze retrucou.

Vi os olhos de Frost tremularem de raiva, os músculos de seu pescoço ficaram tensos.

Ah, merda.

— Jack, não! — Minha reação foi instantânea, saltei entre os dois, com a palmas das mãos pressionadas no peito dele. Jack respirou profundamente, olhou rapidamente para a minha mão, depois para mim. Seu olhar trovejava de fúria, mas ele não se moveu.

Santo azevinho...

— Ooooo — Dor guinchou, seus olhos se arregalaram. O medo dele me atravessou.

Meu olhar voltou para Jack. Senti seu peito se expandindo sob minha mão, irradiando raiva.

— Nunca. Mais. Me. Chame. Disso. — A repulsa vibrava dele, os olhos cintilavam. Ele se aproximou, a boca a um milímetro da minha. — Jack está morto.

Engoli em seco, meu coração batia com força no peito.

— Quando eu te torturar, você vai gritar *Frost* — ele retumbou, o ar da sua respiração chegava até meu pescoço. — Quero ouvir você dizer.

O ar ficou preso na minha garganta, mantendo meu maxilar cerrado.

— Diga — ele rosnou.

— Frost. — O nome saiu bem mais ofegante do que eu pretendia, mas algo nele me aterrorizava. Ele não era mais o menino da praia.

— Sai de cima dela, porra. — Blaze tentou empurrá-lo.

— Parem vocês dois! — Eu me virei, ficando entre eles, empurrando-os para trás. Minhas mãos se curvaram ao redor de músculos rijos, o torso sarado deles se flexionou sob o meu toque. Eu era capaz de apreciar um corpo musculoso, mas isso nunca foi importante para mim. Scott não era nem um pouco definido, e isso nunca me incomodou, embora eu devesse abafar a fagulha de desejo que tinha se acendido em mim naquele momento, a necessidade de explorar, de sentir cada músculo e reentrância do físico deles. Sentir seu calor se movendo em mim, respondendo ao meu toque.

Engoli o impulso e olhei para os dois. Não consegui focar em Frost por muito tempo. Tudo nele era intenso, à flor da pele, bruto, enquanto Blaze era cálido, convidativo, fácil.

— Podemos não entrar nessa agora? Minha sanidade está por um fio.

— Então se solte. — As sobrancelhas de Blaze se curvaram para mim. — Seu lugar é aqui comigo de qualquer forma.

Como o rugido de uma moto, o rosnado de Frost vibrou em mim, minhas coxas se contraíram. Ele se moveu, empurrando minha mão.

— Não me diga. *Você* quer a garota? Que surpresa — Blaze debochou, ambos deram um passo na minha direção, e Dor mostrou os dentes para Blaze.

— Eu não *quero* coisas como se fosse uma criança. — A barriga de

BELA LOUCURA

Frost se moveu sob meu toque. Minha mão escorregou para baixo de sua blusa, pousando no cós do jeans e se curvando ao redor do botão. Uma necessidade que nunca senti na vida, de deslizar os dedos lá embaixo para tocá-lo, acendeu um calor gelado pelas minhas vértebras. A voz dele vibrou em meu ouvido: — Eu as *pego*.

— Como você sempre faz. — Blaze fez careta, o peito dele bateu no meu ombro.

— Vai se foder — Frost grunhiu.

— Foi por sua causa que a mãe foi embora. — Blaze girou os ombros para trás. — A razão para Dinah ter nos deixado também!

O rosnado de Frost foi um açoite veemente, atacando o irmão.

— Opa, opa! Parem vocês dois! — Bati as mãos em ambos. — Não sou um brinquedo que vocês podem… — Parei de falar. Algo trouxe de volta uma memória do meu sonho febril.

Brinquedos.

Quebrados. Perdidos.

Uma ilha de brinquedos desajustados.

— O que foi? — A voz de Frost atraiu minha atenção de volta para ele. As lembranças rasgaram minha pele, querendo entrar e ver meus pensamentos.

— Não sei. Eu tive um sonho doido com brinquedos me atacando. — Balancei a cabeça. É possível sonhar dentro de um sonho? — Eles estavam por toda a parte, quebrados e esquecidos.

— O quê? — Frost recuou, os ombros dele se ergueram, levantando Dor.

— Eles estavam tão tristes e com raiva. Magoados. Quando me embrenhei mais, eles pararam de me seguir, e eu fui a um outro lugar… — Havia um buraco na minha memória, um espaço em branco na minha mente do que tinha acontecido depois de fugir dos brinquedos.

— Não. Não é possível. — Blaze balançou a cabeça e olhou o irmão. — Ela ficou aqui o tempo todo.

— A mente dela não. — O tom de Frost cobriu meu corpo de gelo.

— Ela não seria capaz nem de lembrar o próprio nome se tivesse ido lá. Teria acabado com ela.

— E se ela não tiver mais sanidade para ser destruída? — Dor deu de ombros. — Tipo, olha a roupa dela. A garota não parece bater muito bem.

— Como é possível ela ter ido lá? — Blaze ignorou Dor, a pergunta foi direcionada ao irmão.

— Há uma pergunta melhor, meu irmão: *por que* ela esteve lá?

— Onde? — Eu me virei de um para o outro. — Do que vocês estão falando?

— Da Terra dos Perdidos e Despedaçados. — O olhar de Frost se fixou no meu. — Um lugar onde se entra, mas de onde não se sai. Não com a sanidade intacta.

— O que ele quer dizer, floquinho de neve, é que *se* você saiu de lá, deveria estar latindo e correndo atrás do próprio rabo no momento. — Dor apontou para mim. — Doidinha de tudo.

Abri a boca para responder, mas uma dor atingiu minha cabeça.

— Ai! — soltei um gritinho. Coloquei a mão no lugar onde senti a pontada, na parte de trás, e olhei ao redor. — O que foi iss...? — Uma castanha bateu com força no meu ombro, atraindo meus olhos para o lugar de onde ela veio. Meu queixo caiu.

— Pombas... — Blaze olhou para as árvores às minhas costas.

Havia centenas, senão milhares, de esquilos cobrindo os galhos das árvores, olhando para a gente. Eles eram fofinhos e macios, e tinham bochechas gordinhas.

— Pelas nozes e morangos murchos! — Dor guinchou, seus olhos se arregalaram.

— Ouuhnn. Eles são a coisa mais fofinha que eu já vi.

— Não. Nada de *ouuhnn*, pequenina. — Frost ficou rígido.

— O que eles estão fazendo aqui? — Os pés de Blaze recuaram, e o horror tomou conta do seu rosto. — Pensei que eles estivessem presos na floresta Tulgey.

— E eu lá sei, porra? — Frost disse entre dentes, com as pálpebras estreitadas para as árvores. Seu peito se expandia, o vento soprava ao nosso redor. — Eles nunca se atreveram a vir para o meu território antes.

Olho para os irmãos. O receio deles me deixa alarmada.

— São só esquilos.

— Recue bem na minha direção devagar. — Frost manteve o foco neles enquanto fazia sinal para mim.

— Por quê? Eles são tão fofinhos. O que esquilos podem fazer?

— Te cobrir de calda de frutas vermelhas e passar no farelo de castanha para servir no jantar — Dor respondeu, encarando os animais com pavor.

— O quê?

— Esquilos comem a sua pele, pequena Liddell. — Frost deu um passo lento para trás. — O que lhes falta em tamanho, eles compensam em quantidade.

BELA LOUCURA

— Comem a pele? — Minha voz se exaltou. Olhei para todos os lados, esperando que um deles dissesse que aquilo era uma piada de mau gosto.

— Dor, corra. — Frost incita o amigo.

— Não posso deixar vocês.

— Chame o PB — ele ordena. — Vá!

Dor assentiu. Desceu do braço de Frost, saltou para a neve e disparou para longe. Aquela coisinha ínfima desapareceu rápido na noite.

Um gorjeio agudo vem das árvores, chamando minha atenção de volta para os esquilos e fazendo meu estômago revirar.

Um esquilo estava parado no galho mais distante, com o braço apontado para a gente.

— Puta que pariu — Frost disse. Eles pareciam nuvens e trovões passando por uma montanha. O bando avançou em nossa direção, dando a impressão de que o chão estava se movendo. O barulho deles se movendo todos ao mesmo tempo parecia um tambor. — Corram!

Nós nos viramos, disparando em direção à fortaleza ao longe, nossos pés se afundavam na neve. As criaturas leves ganhavam terreno bem mais rápido que nós.

— Vamos! — Frost pausou e estendeu a mão para mim, puxando meu braço para eu ir mais rápido, enquanto Blaze nos acompanhava de perto.

— Rápido — Blaze gritou para mim, as pernas dos irmãos os levavam mais longe do que as minhas a mim.

Eu era corredora. Podia correr por horas, mantendo o ritmo, mas não era velocista. Isso era totalmente diferente. E mais, eu não era de fugir. Forçando mais as pernas, eu me afundei, tentando manter o ritmo, me aproveitando da adrenalina circulando pelo meu corpo. Ainda não era o bastante.

Garras cravaram na minha perna enquanto dentes se enterravam na minha panturrilha e na minha coxa, um uivo explodiu do meu peito. Mais e mais deles saltaram em mim. Eu sentia agulhadas e alfinetadas rasgando as minhas meias e indo direto para a pele, mastigando minha carne.

A agonia tomou conta de cada nervo meu. Aos gritos, tropecei. A dor fez meus joelhos fraquejarem.

Não, Dinah! Continue.

Eu era boa em desligar e separar as coisas. Eu consegui focar o objetivo e seguir em frente, ignorando a dor nas costelas ou a câimbras na perna enquanto corria. Grunhindo, tentei continuar, mas mais deles pularam em cima de mim.

— Dinah! — Blaze estendeu a mão para mim quando vários esquilos saltaram nele.

— Não! — A raiva de Frost atravessou a multidão que me cobria. Meu corpo estava ficando dormente com as mordidas. Uma mão apareceu, me puxou, mas o sangue fez os dedos deles escorregarem dos meus.

— Frost — tentei gritar, mas o mar desabou. Eu estava me afogando, o bando me submergia sob seus corpos.

Era assim que eu morreria?

Assassinada por esquilos?

Parecia algo que aconteceria com Alice. Não comigo. Era esperado que eu tivesse uma morte chata e comum. Eu partiria de forma pacífica enquanto Scott e eu nos embalávamos na cadeira de balanço na varanda. Ninguém jamais ia ficar sabendo da minha morte se eu morresse ali. O que minha família pensaria que aconteceu comigo?

Sonhando ou não, eu sabia que morreria para valer. Meu coração tentava se esforçar, mas o sangue se esvaía do meu corpo, e a dor escurecia minha visão.

Eu até mesmo comecei a ver e ouvir coisas.

Coisas estranhas...

— Dinah — a voz de um homem que eu não reconheci falou comigo. Senti que ela estava dentro da minha cabeça, me envolvendo em carinho e segurança. — Coma o biscoito.

Biscoito? Mas o quê? Eu estava sendo comida viva, e minha mente pensando em biscoitos? Eu conseguia até sentir o cheiro de gengibre e canela quase apagando a dor de sentir os dentes cravando na minha pele. Algo quente foi parar na minha mão, atraindo o meu foco. Ali, na minha palma, havia um biscoito de gengibre pintado à perfeição com uma blusa de frio verde e uma plaquinha escrito "Coma".

— Coma agora, Dinah — a voz do homem ordenou, calma e tranquilizante.

Minha mente queria matutar por que escolhi ter uma alucinação com um biscoito, mas um instinto mais profundo me fez levá-lo à boca. Se fosse para morrer, o sabor doce seria a última refeição perfeita. O biscoito derreteu na minha língua, quente, macio e explodindo sabores.

Pelos elfos do Papai Noel, que delícia!

De longe, eu poderia jurar ter ouvido o rugido de um urso soando noite adentro, mas nada mais fazia sentido. Eu estava entre o sono e a vigília. Meus olhos se fecharam, e esperei o meu fim.

A escuridão me envolveu, e, de repente, eu estava caindo.

Meu corpo virou e revirou.

Para baixo.

BELA LOUCURA

CAPÍTULO 10

— Dinah?

Meus olhos estavam abertos, mas nada fazia sentido. Sombras cobriam meu olhar. Coisas me pegavam; a sensação do meu corpo sendo atacado e mordido me deixou agitada e eu gritei:

— Não. Me solta. Para.

— Dinah?

Continuei me debatendo, minhas mãos atingiram alguma coisa, o que só serviu para fazer meu coração bater mais rápido, meu corpo exalava pavor.

— Não! Me larga!

— Dinah, pare! Sou eu. — Uma mão agarrou meu bíceps com força, um rosto se aproximou do meu. A névoa de confusão começou a se dispersar, e a compreensão se assentou. Pisquei, encarando um rosto conhecido, mas, por alguma razão, me senti ainda mais perdida… como se não fosse quem eu esperava ver.

Ou queria, uma voz profunda sussurrou no meu ouvido.

— Oi, amor, está tudo bem. Respira. — Scott estava agachado na minha frente, esfregando meus braços. — Foi só um sonho ruim.

— Sonho?

— Você está bem? — Ele afastou o cabelo do meu rosto, sua expressão estava preocupada.

— E-estou — assenti, embora não me sentisse nada bem. Olhei ao redor do quarto. Eu estava encolhida no canto perto da cômoda, ainda de uniforme, tremendo e me sentindo suja e suada.

— Você me deu um susto do cacete. — Ele bufou, e ficou de cócoras. — Me acordou aos gritos. Adormeceu no sofá?

— A-acho que sim. — Fiquei aflita. Minha mente não se lembrava de nada além de passar o aspirador na Oficina do Papai Noel. Nem de dirigir ou de entrar em casa. Mas eu me lembrava vagamente de estar em outro lugar, como se colunas de neblina cobrissem minha memória. Tinha a impressão de ver imagens e vozes dançando ao redor, escapulindo por entre os meus dedos.

— Pareceu que você estava sendo atacada. — Ele esfregou o rosto. — Ficou gritando sobre esquilos e Frost?

— Oi? — Minha cabeça se ergueu de supetão, como se uma flecha tivesse ultrapassado a nuvem de confusão.

Frost?

Esquilos?

— Parecia loucura. — Ele riu, me beijou na testa e ficou de pé. — Fumou passivamente demais com o Gabe?

— Gabe não estava lá.

Scott não me ouviu. Coçou a barriga branca e flácida, soltou um bocejo barulhento e foi para o quarto.

— Preciso dormir, amanhã acordo cedo.

Ele deixou a porta aberta enquanto fazia xixi, depois foi aos tropeços para a cama e se jogou lá.

— Você vem? — ele murmurou, ajeitando o travesseiro.

— Vou — assenti, mas não conseguia me mover, meu estômago revirava de medo. Como era possível eu não me lembrar de ter ido para casa?

A respiração contínua de Scott preencheu o quarto. Ele conseguia adormecer em um piscar de olhos. Sua tranquilidade e resignação com o mundo me fez sentir inveja. Ele tinha tanta certeza de que estava seguro, ao passo que eu me agarrava com unhas e dentes às paredes da minha sanidade, tentando mantê-las erguidas.

"*Então se solte. Seu lugar é aqui comigo de qualquer forma.*" A voz de um homem surgiu na minha cabeça, meu coração acelerou. Um tremular de cabelo louro, maxilar bem-marcado e um rosto beijado pelo sol com um sorriso feliz flutuou na minha memória.

Mordi o lábio, senti gosto de açúcar e canela, e me veio a súbita lembrança de um biscoito de gengibre batendo no meu peito. Eu tinha comido biscoito mais cedo? Devia ter sido o caso…

Respirei fundo e puxei os joelhos para o peito, curvando os dedos ao redor das pernas. O tecido que as cobria estava rasgado e com crostas. Um baque ressoou em meus ouvidos quando meus dedos traçaram uma dúzia de galos e ferimentos na parte de trás das minhas panturrilhas.

BELA LOUCURA

Esquilos.

Ataque.

Fiquei de pé feito um raio e corri para o banheiro. Acendi a luz. Encarei a garota me olhando. Meu cabelo estava ligeiramente ondulado e bagunçado, bochechas coradas, olhos brilhando como se eu estivesse com febre.

Eu parecia viva. Imunda e nojenta, mas vibrante.

Meu uniforme estava sujo de terra... e areia. Minha mão espanou alguns grãos, fiquei ofegante. Não. Não era possível. Ao olhar minhas pernas com atenção, notei as meias rasgadas e o que pareciam mordidas cicatrizadas cobrindo a minha pele.

Meu santo pudim de chocolate...

— Não. Não. Não. — Agarrei o balcão, fechei os olhos com força. — Isso é loucura. Há uma explicação perfeitamente plausível para isso.

Tipo eu estar enlouquecendo.

Voltei a me olhar, observei meu peito subir e descer com a respiração ofegante. Era assim que Alice se sentia? Sã em sua insanidade? Como se tudo estivesse ruindo e mudando, e todo mundo dizia que você precisava de ajuda, mas não se sentia louca? Nada parecia tão real ou verdadeiro? Quanto mais normal tudo parecia, mais eu sentia estar me metendo em alguma encrenca.

Rilhei os dentes, e minhas juntas ficaram brancas. Eu não permitiria isso. Minha vida estava boa. Eu tinha um namorado maravilhoso, um apartamento, a faculdade, emprego, uns poucos amigos. As coisas estavam indo do jeitinho que eu queria. Debandar para a Malucolândia não estava nos meus planos.

Esquece isso. Ignora. Tudo vai voltar ao normal.

Coloque cada coisinha no próprio lugar.

Você pode lutar contra isso.

Enfiei tudo de volta em uma caixa da minha mente, me despi e joguei as meias fora. Entrei no banho e deixei a água lavar as amarras que vagavam no fundo da minha mente, tentando me sentir centrada.

Puxei as rédeas dos meus pensamentos, não permiti que minha mente vagasse sem permissão. Foco no objetivo. Olhos adiante, mente ocupada.

Eu faria qualquer coisa para não perder o controle sobre a realidade.

Não importava o custo.

Ao longo da semana seguinte, eu me lancei no trabalho e nos estudos, embora as aulas de design de software e codificação não estivessem prendendo minha atenção tanto quanto eu desejava.

— Não parece ser essa a tarefa, Dinah — o professor murmurou às minhas costas, inclinando-se sobre a mesa.

— Professor Cogsworth... — tomei um susto e saí do meu transe.

Ele abriu um sorriso suave, os olhos foram da tela do computador para o bloco de papel ao meu lado.

— Eu não diria para você desistir do curso e virar artista, mas o conceito é interessante. Passa a impressão de que a gente está lá. Já pensou na área de design de videogame? — Ele apontou o queixo para os desenhos.

Segui seu olhar e meus olhos se arregalaram de choque. Ele estava certo. Minha habilidade com desenho não era grande coisa, mas não dava para negar o que havia ali.

Centenas de esquilos em árvores, os rostos fofinhos tomados por um sarcasmo cruel, sangue pingando dos dentes, parecendo prestes a atacar.

Eu *não* me lembrava de ter esboçado aquilo.

Igualzinho à sua irmã.

Medo e culpa correram pelas minhas veias, corando minhas bochechas.

— Desculpa, professor.

— Ora, Dinah. Você é a pessoa que mais dá duro aqui. Nunca se atrasa nem entrega nada depois do prazo. É uma estudante exemplar. — Ele coçou a careca e desceu para a barba bipartida. Às vezes, eu jurava que as partes se retorciam e se moviam iguais aos ponteiros de um relógio. Ele era baixinho e gordinho, e se vestia como se vivesse em 1900. E era tão bonzinho e gentil. Infelizmente, eu ouvia uma galera chamando-o de Sr. Morsa, devido à sua aparência. Por mais cruel que fosse, não dava para negar que ele se parecia com uma.

— Não tem problema descansar de vez em quando. — Ele deu um tapinha no meu braço. — Mas pelo menos dê a impressão de que está trabalhando. Se você começar a piorar, não há esperança para o resto da turma. Você vai perder todo o controle e... — Ele se aproximou mais, sua voz soou diferente, a imagem dele ficou embaçada. — Ficar louca. Mas, se me permite dizer: os melhores ficam.

— Meu santo chocolate quente! — Eu me sobressaltei, e dei com as costas na cadeira. Por um segundo, vi um boneco de neve diante de mim. Mas, quando pisquei, ele tinha sumido, e o sr. Cogsworth me encarava cheio de preocupação.

— Você está bem?

— Humm. — Senti como se algo quente cutucasse as minhas costas. — Sim, sim. Tudo bem. — Forcei um sorriso.

Ele me olhou com mais atenção.

— Tem certeza? Você parece corada, *meu bem*.

— Do que você me chamou?

— Não te chamei de nada. — As sobrancelhas grossas dele se juntaram, eriçadas. — Tem certeza de que você está bem?

Toquei minha testa úmida, calor emanava da minha pele.

— Por que não vai tomar um ar? Saia mais cedo. — A voz de Cogsworth estava cheia de empatia e bondade. — Você tem tempo suficiente para concluir a tarefa.

— Sim, obrigada. — Juntei as minhas coisas e saí porta afora. O ar gelado do início da noite estalou nos meus pulmões, e eu respirei bem fundo. A sensação do frio contra minha pele quente foi deliciosa. As luzes do campus já estavam acesas; a noite havia chegado por completo.

Segundo a previsão do tempo, nevaria no fim da semana, mas eu jurava que podia sentir seu cheiro chegando, a energia dela estava no ar. Lá no fundo, eu sabia que nevaria essa noite, como se eu pudesse sentir nos meus ossos.

— Dinah? — Minha cabeça se virou para a pessoa de cabelo escuro se aproximando, sorrindo para mim com timidez. — Oi.

— Oi — respondi para o cara da minha turma de sociologia. Ele era alto, extremamente bonito e sarado. E ele sabia. Algum deus do basquete que os técnicos haviam escolhido para trazer mais reconhecimento para a universidade, e eu nunca conseguia me lembrar do nome dele, nem se a minha vida dependesse disso. Tristen? Taylor? Chad? Nada vinha. Todas as meninas andavam atrás dele na esperança de que o cara as notasse, e talvez por eu não fazer igual, ele corria atrás de mim desde o primeiro dia de aula.

— Tudo bem? — Ele parou na minha frente, com um sorriso convencido nos lábios. As sombras destacavam seus olhos castanho-esverdeados.

— Sim — respondi, desinteressada. Olhei ao redor e ajeitei a mochila no ombro.

— Você parece mais que bem. — Seus olhos percorreram o meu corpo. Parecia não importar quantas vezes eu dizia a ele que tinha namorado. Caramba, ele até me viu com Scott no refeitório, e mesmo assim não parava de dar em cima de mim sempre que me via.

Eu não era sem noção e tinha consciência de que eu era bonita. As pessoas diziam isso o tempo todo. Minha irmã era de parar o trânsito, e muita gente falava que éramos parecidas, mas eu não ligava. E aquilo as deixava desconcertadas. Eu não precisava da confirmação de ninguém, nem que meu rosto me dissesse quem eu era ou qual era o meu valor. Minha vida com Scott era tudo de que eu precisava; o resto era bobagem.

Eu não dava a mínima para essa coisa de ficar com o gostosão da turma ou fazer parte do grupo dos populares, o que parecia tanto intrigar quanto irritar as pessoas. Era como se ficassem chateadas por eu não seguir a regra.

— Você vai à festa desse fim de semana? Vai ser de arrebentar. — Ele se aproximou. — Seria um *prazer* se você fosse.

— Trocadilho intencional? — Revirei os olhos.

— Não posso afirmar que não passou pela minha cabeça. — Uma risada saiu dele, desejo lampejou em seus olhos. — Você é bem direta, não é?

Não respondi. Puxei o meu casaco, pronta para sair andando.

— Eu também sou. Então, me permita dizer que eu poderia te dar mais prazer do que aquele seu namorado.

— Duvido muito — respondi, furiosa. — Qual é o seu nome mesmo? Eu esqueci... assim como eu tenho certeza de que esqueceria uma transa com você. — Eu me virei para ir.

Ele segurou o meu braço e me virou, me empurrando para a parede. Prendeu meus braços e seu corpo pressionou o meu, me deixando sem ar. Adrenalina acelerou meu coração, o medo fez subir um grito para a minha garganta. Ele se aproximou da minha orelha e sussurrou:

— Quer apostar, *pequena Liddell?*

A voz era profunda. Grave. Familiar. Como se eu a conhecesse nas profundezas da minha alma. Cada fibra do meu ser ficou alerta ao reconhecê-la. O apelido prendeu minha atenção.

— Jack... — sussurrei.

Seu aperto foi para a minha garganta.

BELA LOUCURA

— Volte a usar esse nome, e eu vou fazer você se arrepender. Sua pena já vai ser severa, pequenina. Quer piorá-la? — Seus lábios roçaram a minha pele, o fôlego quente desceu pelo meu pescoço, arrancando o ar dos meus pulmões. — Quer, não quer?

Engoli em seco sob sua mão, meu corpo reagiu em uma mistura de raiva, pavor e, para a minha mais profunda vergonha, desejo.

Ele bufou na minha orelha.

— Garanto que se eu enfiar os dedos na sua boceta agora, ela vai estar encharcada. — Sua franqueza brutal e a voz me deram um aperto no peito, meus ossos tremeram e causaram exatamente o que ele disse. Minha cabeça ficou tonta com o som da sua voz, a sensação do corpo dele pressionado no meu e a aspereza da parede de tijolos atrás de mim.

Tudo ao meu redor estava vívido e nebuloso ao mesmo tempo, como se eu estivesse em um sonho, mas nunca tivesse me sentido tão viva. Não me sentia mais ligada à lógica ou à razão. Mergulhei de cabeça no que sentia, como se meu corpo precisasse daquilo há tempo demais.

— Devo ver se estou certo, pequenina? — ele murmurou, afastando-se o suficiente para que eu o visse. Os olhos castanho-esverdeados do Rei do Basquete não estavam mais lá. Brilhantes olhos azul-gelo me olhavam profundamente, uma sensação tanto quente quanto fria tomava conta da minha pele. — Depois do que você fez… — ele disse entre dentes, exalando fúria.

Violência.

Desejo.

— Você precisa ser punida. — Ele afastou o casaco do meu corpo, os dedos deslizaram para baixo e pararam no cós da minha calça.

— Punida? — Engoli em seco, minha garganta mal deixou a palavra sair.

— Você destruiu tudo. — Ele abriu o botão do jeans, acelerando meu coração e me deixando ofegante. Uma voz lá no fundo gritava para eu parar, que aquilo era errado. Ainda assim, minha boca não se abriu. Uma sensação deliciosa de quente e frio trilhava pelo meu estômago e ia mais para baixo, deslizando pelo cós da minha calcinha. — Por mais de doze anos, eu esperei para me vingar — ele resmungou, e a raiva dele só despertava mais desejo em mim. Seu toque era provocante, mas não se aventurava até onde eu o queria. — E você vai me deixar fazer isso, não vai, Dinah?

Um barulho saiu da minha garganta, minhas costas arquearam, querendo mais.

Pare já! Empurre-o, Dinah. Fuja!, meu juízo gritava. Mas desapareceu quando os dedos dele pairaram sobre o tecido da minha calcinha, forçando meus dentes a morderem o lábio inferior.

Ele sorriu levemente, seu olhar parecia enxergar até a minha alma. Ele me observava enquanto os dedos deslizavam por baixo do tecido. Ele foi mais além, então parou, bem ali, esperando que eu respondesse, que o empurrasse. Eu deveria ter feito isso. Sabia que sim, mas minha cabeça não estava mais ali. O toque dele não me deixava raciocinar, eu estava louca de desejo.

— Sim — sibilei, meus quadris pressionaram a sua mão. Eu não ligava mais se havia alunos passando por ali ou que estávamos a poucos passos da sala de aula. — Por favor.

Um rosnado saiu de sua garganta antes de ele me abrir, deslizar entre minhas dobras e acertar cada terminação nervosa. Um ofego saiu de mim, minhas costas se arquearam. O desejo era tão intenso que eu não conseguia nem pensar, só sentir. Meu corpo ardia e meu sexo latejava enquanto seu polegar girava sobre o feixe de nervos. Cada toque era elétrico, quente e frio, e me atingia tão profundamente que meus joelhos fraquejaram e os músculos estremeceram como se meu corpo não tivesse mais forças para se segurar.

Ele me empurrou com mais força contra a parede, os dedos afundaram mais, bombeando.

— Ah, Deus! — Eu me ouvi gritar. Minha cabeça virou para trás, meus quadris pinotearam.

— Porra, pequenina. — A voz dele estava grossa e rouca. — Não era para você ser tão gostosa assim. Porra... apertada, molhada e *quente*. Eu consigo sentir você. — Seu joelho me abriu mais enquanto ele ia mais fundo e mais forte. Sua outra mão deslizou por baixo da minha blusa, e seus dedos brincaram com o meu mamilo.

Fogo. Eu estava pegando fogo. Queimando em toda parte. E queria mais. Queria ser consumida pelas chamas.

Sua outra mão se moveu pela minha pele nua. O misto de quente e frio parecia a mistura mais gostosa de dor e prazer. O polegar esfregou meu sexo enquanto ele me penetrava com dois dedos, me roçando por dentro. Então, curvou os dedos em um lugar que me fez perder a força das pernas. Eu me mantinha apoiada no prédio para conseguir continuar em pé, gemidos altos escapavam das minhas entranhas, entrecortados e descontrolados.

Depois de cinco anos transando com uma pessoa só, Scott e eu

BELA LOUCURA

conhecíamos muito bem o corpo um do outro, mas eu podia dizer com toda sinceridade que nenhuma transa ou preliminares com ele tinha mexido assim comigo. Aquilo ali era feroz e brutal, e me fazia esquecer de tudo que não fosse me perder naquele fervor, perseguindo aquele êxtase como se estivesse caçando um animal selvagem. Isso porque eram só brincadeirinhas que se faz aos quinze anos. Então por que parecia tão diferente, tão intenso, por que me devorava por inteiro, não deixando nada em seu rastro?

Molhada e cheia de desejo, eu me senti agarrando e latejando ao redor dos dedos dele, o orgasmo se aproximava rapidamente. Ele respirou fundo, grunhindo. O som dele se movendo dentro de mim ecoou pelas paredes, fez minhas costas arquearem e me deixou com mais tesão ainda.

— Mais... forte — ordenei, tomada de desejo. Nem parecia que era eu.

Ele riu. Um sorrisinho desenhou suas feições, e ele saiu de dentro de mim. Um esgar cruel retorceu a lateral do seu rosto quando ele levou os dedos à boca, sugando meu sabor.

— Seu gosto é bom pra caralho.

— Espera! — Desespero ecoou, minhas coxas doíam para gozar, meu corpo clamava pelo retorno dele. — Eu não cheguei lá.

— Meninas travessas não chegam lá, pequena Liddell. — Ele mordiscou minha orelha antes de dar um passo para trás, com o rosto ainda imerso nas sombras. Deu meia-volta e virou no canto do prédio, deixando meu corpo dolorido e muito irritado.

Não. Não. Não. Não. De jeito nenhum.

— Espera! — vociferei, correndo até ele, que estava poucos passos à frente. Segurei seu braço e o fiz se virar para mim.

Olhos castanho-esverdeados assustados me encararam de volta. O Sr. Rei do Basquete inclinou a cabeça, um sorrisinho convencido se desenhou em seu rosto.

— Eu sabia que você mudaria de ideia. Decidiu que vai na festa, então?

Festa? Recuei, confusa. Minhas mãos se afastaram dele. Olhei ao redor em busca de outra silhueta que estivesse andando por ali.

— Seu namorado não precisa saber do que acontecerá lá. Sou bom guardando segredos. — Tudo no jeito dele me dizia que ele não estava falando do que tinha acabado de acontecer. Que não tinha sido ele a pessoa que acabou de me tocar.

E eu sabia lá no fundo que não tinha sido ele.

— Dinah? — Ele franziu a testa, olhando ao redor, tentando descobrir o que eu estava procurando.

— Não. — Balancei a cabeça. — Desculpa. Eu me enganei. Pessoa errada. Foi mal — balbuciei ao me afastar. Fui correndo na direção do estacionamento.

— Dinah? — ele chamou, mas eu não me virei, só apertei o passo.

Um soluço se avolumou dentro de mim, mas o controlei. Não fazia ideia do que estava acontecendo comigo, mas tinha alguma coisa rolando. Eu me lembrei do que aconteceu depois de uma cena assustadora com Alice, quando ela pirou no meu quarto assistindo a *Gremlins*. Ela me disse algo que fingi não entender, mas lá no fundo tinha entendido, mais ainda agora.

— *Mas é real para você. Acha mesmo que está acontecendo?* — perguntei. — *Então... os Gremlins saltaram da tela e vieram atrás de você?*

— *Não. Não é assim. Eu não estava mais no seu quarto... Estava em outro lugar. Tão real quanto esse. Foi como se eu já tivesse estado lá antes. Revivendo a experiência de novo. Uma sensação louca de que alguém que eu amava estava morrendo ou ferido...*

Era exatamente como eu me sentia. Era tão real quanto o resto, o que me assustava mais ainda. Seria este um verdadeiro sinal de loucura, quando não se vê mais a diferença entre fantasia e realidade?

Um vento frio soprou em meu rosto, e me protegi com o casaco. Uma rajada me envolveu e a sensação penetrou no meu jeans, lambendo entre as minhas pernas. Suguei o ar, meus nervos reagiram, ainda doendo, ainda ansiando. Eles se eriçaram, implorando por mais.

Era loucura, mas o vento parecia familiar. Íntimo. Vivo.

— *Dinah...*

O medo me fez disparar pelo estacionamento, e corri até o carro aos tropeços. Eu me joguei no banco com o coração na boca.

— Ponha a cabeça no lugar, Dinah. — Agarrei o volante. — Você é mais forte que isso.

Olhei para baixo para encaixar a chave na ignição, e notei que o botão do meu jeans e o zíper estavam abertos.

Eu não sei o que me dava mais medo: aquilo ter mesmo acontecido ou eu pensar que tinha. Se tivessem me visto, será que veriam alguém comigo ou apenas a filha do professor dando prazer a si mesma, encostada em uma parede, à noite?

Vergonha e humilhação me sufocaram. Peguei o telefone, disquei um número enquanto engatava a marcha.

Eu resolvia problemas. Não gostava de me defrontar com algo que

BELA LOUCURA

não conseguia resolver. Ia contra a minha natureza. Mas eu não sabia mais o que fazer.

— Consultório da dra. Bell, como posso ajudar? — uma voz anasalada atendeu.

— Oi. — Engoli em seco. — Preciso me consultar com a dra. Bell. Agora.

CAPÍTULO 11

— Você pode me contar o que aconteceu? — A dra. Bell cruzou as pernas. Seus olhos azuis me observavam atentamente da cadeira de frente para mim. Havia um bloquinho de anotações em seu colo, e ela batia a caneta no papel.

— Ah... bem... é... — Coço a cabeça. Eu estava empoleirada no sofá, pronta para fugir dali a qualquer momento. Parecia ser uma boa ideia quando liguei, mas agora eu não me sentia tão confiante. O que eu poderia dizer a ela? Acho que me masturbei do lado de fora da sala de aula, no lugar em que meu pai trabalha, mas não se preocupe. Imaginei que era um homem fazendo isso, um que eu inventei, e não o meu namorado.

Ainda conseguia sentir o toque dele assombrando a minha pele, meu corpo doía para ter um orgasmo... dado por ele.

— Dinah? — Ela arqueou as sobrancelhas. — Só vou poder ajudar se souber o que está acontecendo.

— Eu... eu... — Engulo em seco, meu joelho quica. Pego o copo d'água diante de mim, tomo um gole, molhando minha garganta seca. — Eu talvez esteja, quer dizer, é possível ter algo nos genes da família que faz a gente enlouquecer?

— Um único gene, não. Mas sabemos que doenças psicológicas podem ser hereditárias. — Ela ajeitou os óculos. Hoje, ela usava um terninho marrom antiquado, que parecia destoar do cabelo branco muito bem penteado, os óculos modernos e os lábios vermelhos e berrantes.

Roí a unha, minha perna quicou com mais força até eu ser compelida a ficar de pé e circular pela sala.

— Você acha que tem esse gene? — Ouvi a voz dela, calma e suave, encorajando a me abrir.

Eu me virei para a janela, encarei os flocos de neve caindo.

Eu sei que tenho.

BELA LOUCURA

— Dinah?

— Talvez — pus para fora, incapaz de olhar para ela.

— Você pode explicar melhor? Está vendo aparições como a sua irmã? Tipo falar com pinguins e bonecos de neve?

Minha cabeça girou de supetão e franzi a testa.

— Como você sabe que minha irmã viu essas coisas? — Eu sabia que minha ficha tinha um apanhado geral do que aconteceu com Alice, mas não pensei que contivesse algo tão específico.

— Está na ficha dela.

— Você tem acesso à ficha da minha irmã? Não é quebra de sigilo médico-paciente?

— Não se me ajudar a entender melhor você e o que está acontecendo na sua vida. O que poderia estar acontecendo com você.

Voltei a olhar para a janela, meu estômago dava voltas.

— Só estou estressada. Faculdade, trabalho, Scott... É coisa demais para lidar.

— O que aconteceu essa noite, Dinah?

Fui bombardeada com lembranças daqueles olhos azul-glaciais e de suas mãos percorrendo meu torso. A sensação dos seus dedos ainda dentro de mim. Tudo foi tão real. Mas era impossível.

Eu estava falando com o jogador de basquete. Como ele tinha se tornado o homem dos meus sonhos? Eu deixei mesmo aquele fulaninho babaca que eu nem lembro o nome me tocar? Será que minha mente ficou confusa e o transformou em outra pessoa? Eu traí o Scott essa noite?

Sim, minha mente sussurrou. *E você quis mais.* De repente, me senti exausta, com a cabeça pesada.

— Aconteceu alguma coisa, e não sei se foi real ou não — sussurrei, e meu olhar se fixou nos flocos de neve lá fora, hipnotizada pela beleza deles. Estava nevando, conforme previ.

— Você viu alguma coisa? — A voz dela pareceu um cutucão nas minhas costas. — Algo que não deveria existir?

Assenti.

— Mas pareceu tão real. — Cerrei os dentes, tentando conter as lágrimas. O medo rasgava a minha alma. — Tudo parece e, quando volto, tenho marcas que me fazem pensar que realmente aconteceu.

— Marcas como se você tivesse machucado a si mesma enquanto dorme?

— Não. Acho que não. — Será que eu estava fazendo isso comigo mesma? Machucando meu próprio corpo?

— Então me diz. Quem ou o que está deixando essas marcas em você, Dinah? — Ela me encorajou a continuar falando; o tom de sua voz dava a entender que ela estava me conduzindo a isso.

— Eu... eu não sei. — Mentira. Eu sabia, mas não conseguia dizer em voz alta. Ouvir com os meus próprios ouvidos.

Ela ficou calada por um instante antes de continuar:

— Você disse que tinha episódios de sonambulismo quando criança, que pararam quando você tinha mais ou menos sete anos. O que aconteceu na época? Por que parou?

Minha mente conseguia se lembrar do detalhe mais ínfimo de um acontecimento, como resolver um problema ou desvendar uma equação matemática. Mas minha memória de longo prazo sempre foi ruim. Alice conseguia se lembrar de muitas coisas da nossa infância, mas ou eu não me lembrava de nada ou no máximo de uma coisa ou outra.

Meus pais disseram que um dia o sonambulismo simplesmente parou. Foi bem na época do Natal. Contaram que minha obsessão com a data cessou do nada, e que eu parei de acreditar no Papai Noel. Foi quando meus terrores noturnos começaram.

— Eu não lembro, mas meus pesadelos ficaram piores.

— Pesadelos?

— Um bicho-papão bobo, mas que ainda me dá medo. Eu tentava fugir da criatura, e ouvia alguém gritar por mim. Aí ouvia berros de gelar o sangue e acordava sobressaltada. Aterrorizada, chorando e arrasada.

— Bicho-papão? Como ele é? — A poltrona de couro guincha quando a dra. Bell se ajeita.

— É tudo muito nebuloso. É mais uma impressão. Garras, chifres... um pesadelo infantil comum. — Coço a cabeça de novo, o dia está cobrando seu preço, me deixando zonza e esquisita. Quando eu comi pela última vez?

— Acho que isso está longe de ser comum. Você só não abriu a mente ainda, e eu estou ficando impaciente. — A voz dela estava baixa e cheia de raiva, o que me fez virar de supetão. Ela focou os olhos em mim, os lábios vermelhos eram uma linha.

— O que isso quer dizer? — Uma enxurrada de arrepios cobriu a minha pele.

— Deixe tudo entrar, Dinah. Você está destinada a feitos grandiosos. Maiores que os da sua irmã.

— Como é que é? — Dei um passo para trás, me sentindo zonza e bamba, o que me fez levar a mão à cabeça. A sala estava girando?

BELA LOUCURA

Um movimento chamou minha atenção e eu olhei para o lado. Dois elfos usando traje de banho atravessaram a sala correndo.

— Caraaaaa — o mais gordinho chamou pelo amigo. — Espera!

— Ah, santa bola de neve. — Respirei fundo. Bati as costas na janela quando uma menina pinguim usando saia de hula hula ficou de pé sobre a mesa de centro, balançando os quadris para que a saia de fiapos se movesse.

Um rosnado profundo e horripilante soou no meu ouvido, disparando pavor pelo meu corpo. Eu conhecia aquele som. Fugia dele desde a infância.

Eu não conseguia ver o que era, mas sabia que estava vindo atrás de mim. A coisa nunca parou de me caçar; estava à espreita esse tempo todo. Os rosnados ficaram mais altos, mais próximos, aumentando o pânico que me fazia tremer até a alma. Estremeci quando uma lufada de ar quente soprou na minha nuca e senti garras arranhando minhas costas.

Um grito irrompeu do meu peito, minhas pernas fraquejaram. Caí encolhida, tentando me esconder do monstro.

— Desculpa. Eu não quis fazer aquilo. Desculpa — eu gaguejava. Não havia razão nem lógica, apenas medo.

— Dinah? — Uma voz de mulher me chamou, parecia uma forma borrada agachada diante de mim. — O que você está vendo, Dinah? O que estava lá?

— Mo-monstro. — Baixinha e entrecortada, como a de uma criança, minha voz estremeceu.

— Que monstro? Me conte, Dinah. Como ele chegou lá?

Quanto mais eu buscava detalhes, mais eles me evadiam, me deixando ainda mais exausta.

— Dinah? — Ela estendeu a mão e tocou o meu braço. Como se um raio tivesse atingido meus membros, estremeci, e a névoa se dissipou. A sala ficou nítida e o relógio batia. Parecia um lugar perfeitamente inofensivo.

A sra. Bell me encarava sem deixar transparecer o que pensava, mas ela sabia. Viu a prova de que eu estava ficando louca.

Meu peito se apertou de vergonha e humilhação, e eu solucei, virando a cabeça para o lado. Tentei dizer alguma coisa, mas nada saía. A tristeza dificultava a entrada de ar nos meus pulmões. Respirei fundo várias vezes.

— Ponha um fim a isso. — Meu apelo saiu baixinho e entrecortado.

— Vou prescrever uma medicação para você. — A dra. Bell se levantou, suas juntas estalaram quando ela ficou de pé, e ela caminhou até a mesa com seu tênis casual branco.

Abafando minhas emoções, fiquei de pé, me sentindo vazia, fraca e envergonhada, como se eu devesse ter sido mais forte que o pequeno defeito no meu cérebro. Como se eu fosse inadequada por permitir que aquilo acontecesse comigo também.

A dra. Bell pegou um frasco.

— Isso vai te ajudar. — Ela o entregou a mim. Uma vozinha me fez questionar o motivo de ela ter aquilo guardado, já a postos. — Vai te fazer ver melhor as coisas.

Eu peguei os comprimidos e assenti.

— Quero te ver na semana que vem, verificar como você está indo. — Ela empurrou os óculos de armação preta e grossa. — Haverá um período de ajuste, então se piorar um pouco, saiba que é só o seu corpo se acostumando à medicação.

Peguei a bolsa e o casaco, enfiei o frasco lá no fundo e segui para a porta.

— Até logo, Dinah.

Balancei a cabeça indicando que ouvi e saí, os comprimidos sacudindo na minha bolsa pareciam cantarolar: "A Dinah ficou doida".

Entrei no carro, peguei o telefone e apertei um botão. Precisava ouvir uma voz conhecida para me tirar daquele abismo.

— Alô?

— Oi, mãe. — Meus cílios tremularam. Tudo que eu queria era ir correndo para casa e pular no colo dos meus pais, me sentir sã e salva de novo.

— Oi, meu amor. É tão bom ouvir a sua voz.

— A sua também. — Eu me larguei no assento, engolindo o choro.

— Está tudo bem? — A voz dela se encheu de preocupação. Devia ser o instinto materno dando as caras.

— Estou bem. — Foi como engolir vidro. — Só queria dizer oi. — *E que estou enlouquecendo. Vocês não sofreram o suficiente com a Alice, então decidi enlouquecer também.*

— Dinah. — Ela disse meu nome como só uma mãe poderia. — Você não é do tipo que liga só para dizer oi. O que está acontecendo?

— Nada. Eu só… — *Segura a onda, Dinah.* Minha mãe mal se aguentou com a Alice, e ainda não conseguia lidar com o acontecido. Eu não podia desabafar com ela. Não ainda. Não até eu ter certeza. A gente era muito parecida, e nenhuma de nós se dava bem com coisas que não podíamos resolver. — Na verdade, eu estava curiosa sobre a minha infância.

— Sua infância? — Sua voz pareceu confusa. — Agora você está me deixando assustada.

BELA LOUCURA

— Não, mãe, é para um trabalho. — Mentiras escapavam pela minha boca. — Só queria saber como eu era quando criança. Você sabe o que me fez parar de acreditar no Papai Noel?

Ela soltou um barulho que veio do fundo da garganta. Eu sabia que ela não estava engolindo a minha história, mas deixou passar.

— Quando bem pequenininha, você, na verdade, era bem mais sonhadora que a Alice. Você era realmente obcecada pelo seu mundo de faz de conta, e no jantar nos contava tudo o que tinha feito durante o dia. Seu pai e eu dizíamos que você seria escritora quando crescesse. Você estava sempre nos contando histórias grandiosas, fantásticas e detalhadas demais para uma criança de seis anos.

"Aí, um dia, tudo mudou. Foi como se um interruptor tivesse sido desligado. Você parou de brincar, parou de contar histórias. Ficou muito séria, e tudo tinha que ser como era. Você me fez comprar um monte de livros de matemática em vez dos de contos de fada. Implorou para o seu pai te ajudar a mudar o quarto com temática de fantasia que você tinha, dizendo que não era mais uma criancinha. Foi estranho acontecer praticamente da noite para o dia, mas acho que essas mudanças pelas quais as crianças passam são normais."

Será que era normal mesmo? Eu não me lembrava de ser uma criança criativa.

— Mas também foi quando parei com o sonambulismo, e os pesadelos começaram.

— Foi. — Ela suspirou. — Duraram anos. Até você fazer nove ou dez anos, eu acho. Nós te levamos a uma psicóloga infantil, que te receitou uns remédios. Os pesadelos pararam logo depois.

Como era possível eu não me lembrar? Uma criança de dez anos já conseguia se lembrar da própria vida. Tipo, foi há apenas nove anos.

— Eu fui a uma psicóloga?

— Sim, em Hartford. Uma mulher muito legal.

Como um elástico estalando na minha nuca, um arrepio subiu pelas minhas costas.

— Você se lembra do nome dela?

— Ah… hummm… — Minha mãe fez uma pausa. — Não me ocorre agora, mas tenho certeza de que consigo achar em algum lugar.

— Legal, você pode dar uma olhada?

— Posso sim. É para o trabalho da faculdade?

— É, você me conhece, preciso de cada detalhezinho.

Ela suspirou, ainda sem engolir a minha história.

— Preciso desligar. Obrigada, mãe.

— Imagina, querida. Quando você acha que vai conseguir visitar a gente? Se não me engano, Alice e Matt vão vir no outro domingo. Você e Scott vão aparecer também, né?

— Hum. Não sei. Talvez a gente esteja trabalhando.

— Por mais que eu ame você ser responsável financeiramente, não desperdice sua juventude, Dinah. Não se esqueça de viver e de aproveitar a vida.

— Pode deixar, mãe. — Eu travei os dentes. — Te amo. Tchau.

Nem sequer esperei que ela respondesse. Desliguei e respirei fundo, tremendo. Nenhum dos meus pais daria conta se eu seguisse o mesmo caminho que Alice. Eu não podia fazer isso com eles. Era comigo que eles podiam contar. Eu era estável e confiável.

Sem pensar duas vezes, peguei o frasco na bolsa. Abri a tampa, joguei um comprimido na boca e o engoli.

Eu faria tudo o que pudesse para pôr um fim àquilo...

Custasse o que custasse.

Ao abrir a porta do apartamento, tudo o que eu queria era tomar um banho e ir para a cama. Esquecer que aquele dia aconteceu.

Mas gargalhadas e risinhos me atingiram como um soco na cara quando entrei, me deixando irritada. Espalhados no sofá e nas cadeiras, bebendo e jogando videogame, estavam Scott e seus amigos: David, Marc e Leanne.

Eles eram legais, mas eu não estava com saco para interagir. Todos trabalhavam com ele e tinham interesses parecidos. Leanne era a menina nerd que só viam como amiga, mas, se prestassem atenção por um segundo, perceberiam que ela era engraçada, inteligente e super bonitinha mesmo com aquela calça cáqui unissex e a camisa polo.

A única coisa que me incomodava às vezes era que eu não tinha dúvida de que ela era caidinha pelo Scott. Nem por um segundo pensava que a garota fosse fazer alguma coisa, nem o Scott, mas às vezes eu achava a proximidade deles um saco. Não era bem ciúme, mas estava cansada das piadas internas e das brincadeiras entre eles. A garota era tão nerd quanto Scott. Eles entendiam o senso de humor um do outro e sempre riam de coisas que eu não compreendia.

— Amor! — Scott gritou, erguendo a cerveja, já com as bochechas vermelhas e meio altinho. Ele ficava um pouco espalhafatoso e desagradável quando bebia.

— Dinah! — Toda a sala aplaudiu, eles estavam praticamente bêbados. Pizza, cerveja e biscoitos estavam espalhados por toda a parte, e uma pilha de latinhas já se formava sobre a mesa de jantar e o balcão da cozinha.

— Oi. — Forcei um sorriso, tirei o casaco e os sapatos.

— Pensei que você fosse trabalhar hoje. — Scott se arrastou pelo sofá até mim, seus braços me seguraram, me puxando para um beijo com sabor de cerveja e Doritos.

— Liguei avisando que não estava me sentindo bem. — Tentei me desvencilhar dele.

— O quê? — O queixo dele caiu. — Você? Doente? — Sua palma desajeitada tateou minha bochecha e a testa, como se ele estivesse verificando se eu estava com febre.

Segurei as mãos dele e as tirei de mim, irritada.

— Não estou doente, só tive um dia horrível.

— Você não tinha só uma aula hoje? — Eu sabia que não era a intenção dele me irritar, mas, essa noite, Scott estava me dando nos nervos.

— Eu vou para a cama.

— O quê? Não — todos falaram juntos.

— Amor, fica. — Ele se aconchegou em mim. Bêbado. — Joga com a gente. Você não joga mais comigo. — Era verdade. Scott era competitivo demais e, depois de um tempo, perdia a graça. — Fica um pouco. Vem se divertir.

Em um dia qualquer, eu teria aceitado, mas hoje não.

— Foi um prazer ver vocês, pessoal. — Eu me afastei de Scott, suas mãos ainda me seguravam. — Boa noite.

— Boa noite — todos responderam enquanto eu ia para o banheiro.

— Cara, sua namorada é areia demais para o seu caminhãozinho. — Ouvi a voz deles. — Tipo A bela e o nerd.

— Cala a boca, cara — Scott resmungou.

— O quê? Como se você não soubesse. Dinah é nível Victoria's Secret. Você é um sortudo do caralho. É melhor se comportar direitinho para não levar um pé na bunda — David falou, com voz arrastada.

— Pé na bunda? Por que ela faria isso? — A voz de Scott se exaltou.

— Você não viu o olhar dela? Cara, você está muito na merda. — Marc riu.

— Por quê?

— Você convidou seus amigos sem falar nada com ela. Indefensável. Ela te deu o olhar de *você vai dormir no sofá hoje* — Marc provocou. — Não estou certo, Leanne?

— Está, foi mal. Você está muito na merda — ela respondeu, rindo.

Eu odiei ficar parecendo uma bruxa malvada, sempre estragando a diversão, como se fosse uma esposa megera e insuportável.

Lavei o rosto, encarei no espelho a menina de vinte anos que parecia ter oitenta.

Essa seria a minha vida? Dia após dia? O que Scott e eu faremos quando estivermos velhos de verdade?

A sensação de estar presa se abateu sobre mim, algo que nunca senti antes quando imaginava nós dois envelhecendo juntos. Ao olhar para o rosto do espelho, percebi que estava começando a não reconhecer mais aquela menina que sempre soube o que queria. Que tinha um plano e conquistava o que desejava.

Alice sempre me disse que eu estava tão determinada a sempre manter tudo organizado nas suas devidas caixinhas, deixando tudo em ordem, que se algo inesperado me acontecesse, eu perderia a cabeça. As coisas desmoronariam e virariam o mais completo caos.

Eu estava tentando, com unhas e dentes, manter tudo no devido lugar, mas sabia que aquelas caixinhas estavam prestes a desmoronar sobre mim.

BELA LOUCURA

CAPÍTULO 12

Scott entrou no quarto horas mais tarde. Eu sabia que Leanne foi a última a ir embora, porque eu não conseguia dormir, mesmo eu estando exausta. Minha mente estava inquieta, e a cama parecia cheia de pregos. Virei e revirei, tentando aquietar a cabeça, o que só piorou tudo, me deixando mais irritada e mal-humorada.

E me sentindo culpada.

Meu corpo não conseguia relaxar, meu sexo ainda doía, o que me dava mais raiva ainda.

— Amor — Scott murmurou ao se arrastar para a cama. Ele passou os braços pela minha cintura e me puxou para o peito, aconchegando-se, bêbado, no meu cabelo. — Eu te amo tanto. — Ele puxou a minha regata e passou a outra mão pelo meu quadril enquanto dava beijos desajeitados no meu pescoço.

— Scott… — Tentei me afastar, me esquivando de seu toque em vez de desejá-lo. — Para.

— Amor, senti saudade — ele sussurrou no meu ouvido, sua mão foi para baixo da minha blusa, segurando meu seio com força. A virilha se esfregava em mim, me sarrando. — Eu quero você.

— Scott, para. Não estou no clima.

Mentirosa. Só não com ele. Uma voz maligna rosnou no fundo da minha cabeça, me irritando ainda mais.

— Posso te deixar no clima. — Ele continuou a beijar o meu pescoço e passar a mão em mim. Gente bêbada sempre se acha sexy e sedutora. Mas isso só é verdade quando a outra pessoa está tão bêbada quanto ela. — Estou com tesão, fofinha.

Aquela palavra me arranhou como arame farpado. Era um apelido carinhoso que eu odiava. *Fofinha.* Soava arrogante. Era assim que as pessoas se referiam a uma criança ou a um bichinho de estimação.

Ele se esfregou nas minhas costas, murmurando coisas no meu ouvido, enfiou a mão na frente do meu short. Fiquei mais puta ainda, e dei uma cotovelada nele.

— Eu disse para parar. — E me desvencilhei de seus braços.

— Mas que porra é essa, Dinah? — Scott se sentou, a rejeição fez o humor dele mudar em um piscar de olhos, o que não era nada do feitio dele.

— Eu te falei. Tive um dia difícil.

— Jesus, você falou igual a uma velha.

Senti a fúria subindo, me queimando por dentro e me fazendo virar e sentar para encará-lo.

— Nem começa. Quantas vezes você me dispensou dizendo que tinha que trabalhar de manhã. — Minhas pálpebras estreitaram. — Só porque você está com tesão agora não quer dizer que eu também esteja.

Embora tivesse ficado excitada lá na faculdade... Afastei aquele pensamento.

— A gente mal fez vinte anos e já está dando desculpas? Ultimamente, a gente mal se toca. Deveríamos estar transando o tempo todo — ele se queixou.

— Talvez estivéssemos se não tivéssemos começado aos quinze.

— O quê? — Ele recuou de supetão.

— Nada. — Afastei o cabelo solto do rosto. — Esquece o que eu falei.

— Não, não esqueço. — Sua voz ficou constrita. — Você está dizendo que cansou de fazer sexo? Sexo comigo?

— Não! — respondi, mas senti que havia um fundinho de verdade no que ele tinha dito. — É claro que não. Só não estou me sentindo bem. Você consegue entender pelo menos isso?

Ele bufou e afastou o olhar.

— Tá, tudo bem. — Scott puxou as cobertas e saiu da cama.

— Aonde você vai?

— Tomar uma ducha. Posso? — E saiu pisando duro, a porta do banheiro se fechou com um pouco mais de força do que deveria.

Meus ombros caíram, meu humor foi de mal a pior. Talvez eu devesse ter deixado... talvez tivesse ajudado. Ele, eu... nós.

Eu poderia me juntar a ele no chuveiro, pedir desculpa com meu corpo e minha boca. Para ele saber que eu ainda o amava, que ainda me sentia atraída por ele. Mas parecia que eu não era capaz de sair da cama.

Fervilhando de raiva, virei de volta para o meu lado. Quinze minutos depois, Scott voltou, mas dessa vez não me tocou, nem se aventurou a chegar perto. Virou de lado, um de costas para o outro.

BELA LOUCURA

Comecei a me sentir culpada. Minha língua estava louca para pedir desculpa, eu queria me aconchegar nos braços dele, como fiz muitas vezes, mas não falei nada, e o tempo passou. Não demorou muito, seus roncos bêbados trovejavam pelo quarto, fazendo a raiva voltar a se avolumar em mim.

Minha mente, incapaz de esquecer o que aconteceu mais cedo, tentou pôr sentido nos eventos. Lutei para enfiar lógica naquilo, mas continuei dando voltas e voltas, sem achar nenhuma resposta.

Eu me virei de novo, e meu olhar capturou o espelho dourado de moldura antiga em cima da penteadeira, as luzes dos postes brilhavam nele. Foi algo que comprei por impulso em uma loja de móveis usados. Eu não era superfã de design nem de coisas retrô; gostava de tudo sem detalhes, simples e funcional. Mas quando vi esse espelho, não consegui ir embora sem ele, mesmo indo contra meu estilo.

Quando minha mãe veio nos visitar, disse que ele lhe lembrava de um que eu tinha quando criança, mas do qual me livrei quando redecorei o quarto. Eu não me lembrava do espelho, mas talvez fosse por isso que esse me atraiu. Era provável que o tivesse escolhido de forma inconsciente, porque ele despertava certa nostalgia em mim.

Ou era mais que isso? Será que tinha algum poder? Nos meus sonhos, era através dele que eu ia parar na tal da Winterland.

Saí com cuidado da cama, Scott continuou roncando enquanto eu tateava pelo quarto. A hora da bruxa me atraía para um buraco de magia e possibilidades. Mas a manhã as levava embora, e a luz do dia fazia a gente rir de si mesmo por acreditar em fantasmas e duendes.

— Você não está falando coisa com coisa, Dinah — resmunguei, repreendendo a mim mesma. — Não existe isso de viagem através de espelhos para um mundo de personagens natalinos. — Pressionei a mão na superfície. Eu tinha uma necessidade poderosa de provar a mim mesma que tudo aquilo era bobagem. Respirei bem fundo, e meus dedos roçaram o espelho.

Era frio.

Liso.

Firme.

Tal qual espelhos deveriam ser.

— Viu? Não é real. — Espalmei-o de novo. — É só estresse e cansaço.

Desde o que aconteceu com Alice e a volta dela do hospital psiquiátrico, minha mente estava completamente confusa. A sensação de estar esquecendo algo que não conseguia nunca lembrar me atormentava há dois anos. Minha mãe e eu nunca lidamos de verdade com o que aconteceu com a minha irmã. Talvez, de um jeito bizarro, essa era a minha forma de lidar com tudo aquilo.

Minhas mãos foram para o rosto, esfregando com força até que eu exalei. Tudo parecia estar de cabeça para baixo. E eu odiava aquilo.

— *Então se solte, meu bem.* — Uma voz distante fez minha cabeça se erguer. Olhei tudo ao meu redor, procurando o intruso. Um grito ficou preso na minha garganta. — *Sanidade é um luxo que você não pode manter, não se quiser continuar sã.*

Meu coração bateu descontroladamente no peito, meu corpo congelou de pavor enquanto eu olhava ao redor do quarto escuro. Nada parecia fora do lugar, não havia um assassino escondido no canto.

— *Todas as respostas que você busca são as que você não conhece.*

— Isso não faz sentido — murmurei. Eu estava mesmo discutindo com uma alucinação? Eu estava tendo outra crise?

Foquei em Scott e em objetos diferentes no quarto. Tentei me agarrar aos fatos, a objetos sólidos. À verdade. À realidade.

— *Como você sabe se essas coisas são verdadeiras, meu bem? Essa poderia ser a sua alucinação. Tudo depende da perspectiva.* — Uma onda invadiu a superfície do espelho, e um imenso sorriso de carvão surgiu na superfície.

— Ai, meu Deus. — Tropecei para trás, arquejando.

— *Venha, meu bem.* — O sorriso foi ficando mais largo até começar a se curvar em si mesmo, as partes de carvão giravam em espiral. Meus olhos seguiram como se estivessem hipnotizados. — *Fique à vontade...*

Como se eu não estivesse mais no meu corpo, levantei a mão, os dedos se esticaram para o espelho. Dessa vez, não senti a superfície sólida, e minha mão o atravessou como se fosse água.

Minha cabeça girou, o corpo tombou para a frente, e eu me senti mergulhando de cabeça na mais completa loucura.

Meu estômago revirou quando o chão de pedra se aproximou. Um vento vindo lá de baixo me envolveu suavemente, e me colocou de pé.

Era o mesmo lugar para onde eu tinha ido antes. Um cômodo sem janelas na fortaleza de pedra. Somente o espelho de quase quatro metros o adornava. Olhei para trás, para o espelho, e todos os meus músculos se contraíram. Eu não tinha notado da primeira vez que o espelho era uma versão maior do meu, mas cada detalhe era idêntico.

Engoli em seco, minha garganta estava fechada de ansiedade. Olhei ao redor, esperando encontrar o mesmo homem brutal escondido nas sombras. Aquele que havia me prendido contra a parede... o que tinha olhos azuis gelados e parecia não se afetar com nada, mas tinha fogo ardendo sob sua pele.

Frost.

Fagulhas de adrenalina zumbiam em meus membros, meu coração batia com força, esperando que ele surgisse, mas ninguém apareceu.

Com cuidado, desci as mesmas escadas de antes, as que me levaram para o primeiro piso do castelo. Eu sabia onde era a saída. Poderia sair correndo antes que alguém me encontrasse.

Mas não fiz isso.

Algo que Alice e eu tínhamos em comum era a curiosidade. Nossos pais sempre nos ensinaram a procurar mais conhecimento, a descobrir segredos, a nunca parar de aprender. Ao passo que Alice fazia isso pela aventura, eu juntava verdades e ideias como se fossem peças de quebra-cabeça. Quanto mais eu sabia, mais claro ficava o quadro geral e meu entendimento da situação.

Passei correndo por salas imensas que antes devem ter sido usadas como salões para receber visitas, sala de estar, escritório e sala de jantar. Agora não tinham mais vida nem personalidade. Não havia nem uma única foto, obra de arte ou bugiganga. Era sem alma e hostil. Uma fortaleza, sem dúvida nenhuma, não um lar.

Ao encontrar outro lance de escadas, desci por elas. O nervosismo dançava no meu estômago, mas eu não conseguia resistir ao desejo de descobrir tudo o que eu pudesse sobre Frost, descasar as camadas dele como ele fazia sempre que olhava para mim.

Arandelas iluminavam as paredes até o andar de baixo. Um corredor largo se estendia adiante, e outras passagens e cômodos se ramificavam da artéria principal. Segui em frente e notei que havia mais mobília aqui embaixo: alguns tapetes, um banco e, lá no fundo, eu conseguia ver uma pintura que ia do chão ao teto, mas não conseguia vê-la bem de onde estava.

Um zunido baixo de vozes me atraiu para outra passagem. Ouvi uma risada rouca e murmúrios vindos de um cômodo mais para o fim do corredor.

Um arrepio deu piruetas pelo meu pescoço, saltitando pelos meus braços. O ar parecia mais carregado; tudo ao meu redor estava vivo e prendendo a respiração conforme eu me aproximava pé ante pé.

— Pare de ser um bebê chorão! Já se passou um dia e você mal está com marcas agora — uma vozinha bufou.

— Mas ainda dói.

— Mas que guirlanda! Você está agindo como se estivesse morrendo.

— Aquelas coisas são de dar medo — uma voz profunda respondeu baixinho.

— Você tem dez vezes o tamanho deles.

— E havia dez milhões mais deles.

— Está exagerando, não? Bastava um golpe da sua garra e pronto. Mas, não, você estufa o peito e anda altivo, feito um pavão premiado.

— Eu rugi, não rugi?

— Você é mesmo uma vergonha para a sua espécie.

— Ei, eu faço amor, não guerra.

— Calem a boca vocês dois. Estão me dando dor de cabeça. — Como se um raio tivesse atravessado meus pulmões, eu me senti lutando para respirar.

Frost. Eu reconheci, quase como se sua voz tivesse entrado na minha alma e ficado gravada nela.

— Você está irritadinho hoje. Ô-ôu... é a sua vez de novo? — a vozinha perguntou.

Silêncio se seguiu, mas eu conseguia sentir a tensão deslizar pela minha pele como se fosse mel.

Eu me arrastei para mais perto, fiquei ao lado da porta, bem rente à parede, e inclinei a cabeça para espiar, absorvendo a cena. Meu queixo caiu, e tudo o que eu sabia que era verdadeiro no universo virou de ponta-cabeça.

No quarto havia um colchão imenso que cobria quase todo o chão, cheio de cobertores e travesseiros que tinham uma suave estampa francesa campestre de flores em tom pastel. Alguns banquinhos de tecido com bandejas brancas cheias de comida e bebida estavam espalhados por lá.

Mas não foi a decoração peculiar, fazendo um forte contraste com a do andar superior, que chamou minha atenção, e sim o que estava *em cima* do enorme colchão cheio de travesseiros.

Um urso polar *imenso*, branco e fofinho, fumava o que parecia ser maconha.

BELA LOUCURA

Puta merda…

Ao lado de uma das enormes garras de seus pés, estava Dor, enrolando bandagens ao redor do tornozelo do urso.

— Foi mal, chefe. Não foi o que eu quis dizer. — Dor apontou para o canto. Inclinando a cabeça para ver mais para dentro do quarto, senti o coração saltar do peito. Vestido com jeans escuro, blusa de frio e botas, com o cabelo molhado penteado para trás, Frost estava apoiado em uma mesa encostada na parede, com a cabeça baixa e a mão esfregando a nuca.

— Você sabe que não foi minha intenção abordar o assunto. — Dor continuou enfaixando a pata do urso polar.

— Então nem comece — Frost resmungou, e estremeci com o som da sua voz.

— Ai, Dor. — O urso se encolheu, e deu mais um trago. — Você está puxando o meu pelo.

— Ai minha cereja… você é um bebezão! — Dor jogou as mãos para o alto, o corpo minúsculo era um grão de poeira comparado ao urso gigantesco.

— Mamãe dizia que eu era muito sensível. É por isso que eu fumo… acalma os nervos. — Ele apertou o baseado entre as garras e soltou um suspiro dramático. — Ela disse que eu tinha uma alma muito pura e sentimentos profundos.

Dor bufou.

— Sensível? Pura? Eu tenho outros nomes para você, tipo molei…

— Dor. Pare. — Frost se afastou da mesa. — Você lembra bem o que aconteceu da última vez que você o fez perder o controle.

— Não é culpa minha ele ter comido tudo que tinha na cozinha.

— Muito menos minha! Eu como para me acalmar. — O urso fungou como se tivesse se ofendido. — Você sabe disso.

— Você comeu vinte quilos de chocolate — Dor exclamou. — E acabou com o hidromel.

— Eu fiz isso por você, para você não cair em tentação, e não ouvi nem um mísero obrigado.

— Obrigado? — Dor guinchou, a raiva fez seu corpinho tremer. — Você comeu o meu queijo especial todinho também. Levou uma semana para a gente conseguir te tirar do telhado.

— Ainda acho que os biscoitos de gengibre estavam tentando me comer.

— Aff! — Dor espalmou a cara e balançou a cabeça.

— Pessoal. — Frost chamou a atenção deles para si. — Eu não tenho muito mais tempo. — *Muito mais tempo? O que ele quis dizer?* — Os esquilos não vinham para essas bandas desde que... — Ele coçou a barba. Merda, o homem era deslumbrante, gostoso do tipo que esfaqueia seu peito e rouba o oxigênio. — Preciso me certificar de que não haja mais nada na floresta antes do Natal. Fazer rondas noturnas e alargar o perímetro; está ficando pior a cada ano e começando cada vez mais cedo.

— Conta comigo, capitão! — Dor bateu continência para ele.

— PB? — Frost cruzou os braços. Isso! PB! Eu me lembro de Frost dizer a Dor para ir chamar PB quando os esquilos nos atacaram. Depois ouvi um rugido.

— Mas fica tão escuro lá fora... e as árvores são malvadas comigo — PB disse baixinho, soprando fumaça.

— Ah, meu ponche de Natal. Preciso de uma bebida. — Dor juntou os dedos, implorando a Frost. — E salpicado com ameixas. Por favorzinho? Eu não suporto mais a sobriedade. Não com esse cabeça de algodão por perto.

— Não — Frost rosnou.

— Nossa, desmaiei uma... talvez duas vezes...

— Que tal quinze vezes?

— Quinze? Não, não pode ter sido tantas assim.

Frost inclinou a cabeça, sua expressão pétrea se fixou em Dor.

— Tudo bem, quinze foram as vezes que você foi encontrado nadando pelado na chaleira de alguém, e as pessoas não ficaram nada felizes.

— Eu estava bebendo na época.

— Ah que pena. Bem-vindo ao meu mundo — Dor bufou. — E mais, você não pegou...

Um rosnado soou do outro lado da sala, interrompendo Dor. Meus pelos se eriçaram, medo profundo se avolumou dentro de mim, minha pele ficou arrepiada.

— Tudo bem. Tudo bem, vamos lá, PB. Vamos começar a varredura da floresta.

— Mas... — Os longos cílios de PB tremularam de nervosismo.

— Eu vou levar uma lanterna. — Dor revirou os olhos, e começou a falar manso. — E dar um passa-fora naquelas árvores valentonas quando elas forem malvadas com você.

— Elas me chamaram de balofo... — PB resmungou e lutou para se virar, levantando-se devagar. O animal era imenso e quase tão largo quanto

BELA LOUCURA

alto. Não era do tipo de urso polar que a gente via no Canadá. Mais parecia um desenho animado, muito maior do que o real.

Dor fez sinal para PB.

— É, porque obviamente você…

— Dor — Frost deu o aviso.

— Porque obviamente você… *não* é balofo. Árvores doidas.

— Né? — PB fungou. — É muito pelo.

— Claro… — Dor engasgou.

— Ah, a gente pode levar uns cookies? — PB se espreguiçou, a barriga imensa balançou.

Dor balançou a cabeça e se virou para a porta, vindo na minha direção.

Merda… Qualquer plano foi descartado; meu instinto era de fugir e me esconder. Eu me virei e saí correndo, a voz deles mordiscava meus calcanhares, se aproximando. Virei no corredor, entrei em um cômodo escuro mais afastado e me escondi em meio às sombras.

Passos e murmúrios ecoaram das pedras, a voz dos dois parecia mais e mais distante enquanto eles se encaminhavam para as escadas.

Meus ombros relaxaram quando expirei, encostei na parede, aliviada. A luz do corredor se derramou no cômodo em que eu estava, iluminando-o o suficiente para eu ver que lá havia dezenas de imagens e pinturas. Estavam enfileiradas em três paredes, como se todas as do andar de cima tivessem sido trazidas e armazenadas ali.

Mas por quê? Por que ter tantas obras de arte e mantê-las escondidas aqui embaixo? Boa parte estava virada, então eu não conseguia ver as telas. Eu me aproximei de uma pilha delas, e meus dedos passaram sobre uma pintura cheia de textura, e eu a puxei. Vi a imagem de três crianças brincando na neve.

O cabelo de um dos meninos era tão brilhante quanto o sol, o outro era escuro como a noite. A bochecha da garotinha era rosada, o rosto feliz, e um cachecol vermelho e branco estava enrolado em torno do seu pescoço.

— *Dinah, você e eu contra o Jack em uma guerra de bolas de neve.* — *Blaze passou o braço ao meu redor. Eu conseguia senti-lo tremer violentamente sob o casaco acolchoado.*

— *Não é justo.* — *Eu me afastei dele, olhando para os gêmeos que eram como dia e noite.*

— *Por quê?* — *Blaze deu de ombros.* — *Essa é a área dele. Na verdade, só vai ser justo se nos unirmos contra ele. O cara está na vantagem aqui. Não podemos deixar ele ganhar.*

Os olhos de Jack se moveram para mim, me escrutinando, me esperando responder. Ele não era muito falante, não se comparado a Blaze, que quase nunca calava a boca. Jack observava. Contemplava.

— Vamos lá, Dinah. — Blaze puxou o meu casaco, tentando me afastar do seu irmão.

Hesitei, ainda dividida entre meus dois amigos.

— Tudo bem. — Jack, mesmo quando criança, tinha a voz rouca. — Pode fazer dupla com ele.

— Mas...

— É o que você quer. — A intensidade de seus olhos azuis me fez estremecer. Jack às vezes me dava medo, já Blaze sempre era alegre e divertido. — Além do que, ele está certo; eu tenho a vantagem aqui.

Assenti e me aproximei de Blaze, que enrolava bolas de neve com as mãos enluvadas. Jack e eu não usávamos luvas. Comparada com a neve do reino da Terra, a de Winterland não era nada fria para mim. Eu amava aquele lugar, odiava quando sabia que era hora de voltar para casa.

— Dinah? — Eu me virei para olhar para Jack. — Eu sempre ganho.

A lembrança voltou para mim em uma enxurrada e me fez me curvar. Ainda sentia o sabor do ar na língua, o cheiro de pinheiro e de neve; ouvia o barulho de nossas botas e nossas risadas enquanto Blaze e eu tentávamos nos defender de Frost.

A gente perdeu.

Sorrindo, me lembrei de Blaze ser um péssimo perdedor. Saía batendo pés, dizendo que estava cansado do frio. Eu o seguia de volta para a praia, deixando Frost para trás.

Aquilo tinha acontecido. Era tão real quanto qualquer memória de infância que eu tinha de Alice e eu. Eu costumava ir ali o tempo todo. Minhas lembranças ainda estavam nebulosas, só um punhado de momentos me sobrevinham, mas eu sabia com tudo de mim que Winterland era real.

Ou ao menos para mim. Eu a tinha bloqueado por tempo demais. Quando partes dela voltavam, eu culpava minha brincadeira de faz de conta, de quando pequena e criava amigos e um mundo tão maluco que não havia como acreditar que era real.

Meus olhos se prenderam a outra pintura da pilha, uma escura e agourenta, despertando certa tensão no meu peito. Estendi a mão para alcançá-la, meus nervos formigaram, avisos se espalharam pelo meu corpo como um incêndio descontrolado.

BELA LOUCURA

De repente, uma mão cobriu a minha boca, detendo o grito na minha garganta, e outra mão me puxou para um corpo firme. A súbita sensação de quente e frio tanto queimaram quanto aqueceram a minha pele, enquanto lábios roçavam a minha orelha.

— Que porra você está fazendo aqui, pequena Liddell? — Uma voz cheia de fúria rosnou no meu ouvido. Todo o seu corpo engoliu o meu, acendendo medo e desejo através de mim, prendendo o ar em meus pulmões.

— Voltou para mais? — Seu polegar se arrastou pelo cós do meu short de dormir. — Sabe o que eu faço com invasores que ficam xeretando o que não devem? — Sua respiração deslizou da minha orelha até a nuca, roçando um ponto sensível, enquanto os dedos corriam sobre o tecido da minha calcinha. Minhas costas arquearam, desejo escorreu para o meio das minhas coxas, meu corpo reagiu, descontrolado.

Ele me apertou com mais força, seu tom ficou mais feroz:

— Eu os *aniquilo*.

CAPÍTULO 13

Pavor, denso e turvo, se misturou com a adrenalina no meu sangue, deixando meus sentidos mais afiados.

O cheiro suave de pinheiro e neve me envolveu. O frio queimava meu corpo, a profundeza de sua voz fez meus ossos tremerem e zunirem como se alguém tivesse me jogado da cama direto na neve.

Eu estava em alerta, acordada, cheia de raiva e ligeiramente confusa.

— Me conte, pequenina — ele rosnou, e a vibração da sua voz fez minha pele se arrepiar. Ele tirou a mão da minha boca e a deslizou pelo meu pescoço. — Como você chegou aqui embaixo?

— Pe-pelos espelhos. — Minha voz saiu rouca e entrecortada.

— Então... agora você se lembra, não é? — A mão ao redor do meu pescoço apertou mais, despertando algo dentro de mim e enrijecendo meus mamilos. — Do que mais você se lembra, Dinah? — Seu polegar esfregou minha pulsação. Ele murmurou quando pressionou com um pouco mais de força. — Você gosta, não gosta?

— Não — disparei. Se Scott tivesse me pegado assim, eu teria batido nele. Esses joguinhos sexuais de dominante/submisso não eram para mim. Mas a umidade se espalhou pelo meu corpo ao mesmo tempo que minha mente me criticava. — Me. Solta.

— Mentindo assim perto do Natal? — Ele riu, e me puxou com mais firmeza para si. Meus músculos se contorceram, sentindo-o pressionar-se ainda mais em mim.

Ah, Santo panetone.

Firme e latejante, ele me encoxou. O homem era dotado, vigoroso e volumoso igual a uma meia transbordando de presentes. Cerrei os dentes. Um desespero puro de senti-lo, para que ele puxasse a minha calcinha e metesse com tudo dominou o meu corpo, me deixando com uma fúria abrasadora.

BELA LOUCURA

— Me solta. — Eu me debati, só para me esfregar ainda mais no cara em um esforço de me desvencilhar dele, tentando ignorar o clamor do meu corpo.

— Para. — Ele rosnou, sua mão na minha cintura me prendeu a ele. — Se continuar com isso, vou encontrar outras formas de te dominar.

Fiquei paralisada, minha cabeça se curvou o suficiente para olhar por cima do ombro, seus lábios carnudos estavam tão próximos dos meus.

— Contra a minha vontade? Diz muito do tipo de homem que você é.

— Contra a sua vontade? — A mão na minha cintura deslizou para o algodão do short.

— Sim — rebati, ao mesmo tempo que me sentia latejar de desejo, contradizendo a raiva se eriçando em mim.

— Jura? — Seus dedos deslizaram um pouco mais para baixo, e eu respirei pelo nariz. — Não foi o caso de hoje mais cedo, sem dúvida. Na verdade, eu acho que você queria mais.

— Aquilo não aconteceu, nem eu estava agindo como eu mesma.

— Muito pelo contrário, pequena Liddell — ele ressoou no meu ouvido, e meus músculos estremeceram com o desejo de me desfazer nele. — Aconteceu de verdade e, pela primeira vez na vida, você estava sendo você mesma.

— Você não sabe nada de mim — falei, entre dentes, batendo os ombros em seu peito em um esforço ridículo de escapar.

— Não? — Ele avançou por baixo do cós do short, deslizando os dedos logo acima do meu clitóris.

Quente.

Frio.

Fogo.

Gelo.

Uma onda de desejo se acumulou na minha garganta. Intensa. Desesperada. A sensação exacerbada produziu uma descarga no meu peito a ponto de me deixar ofegante.

— Você ficou muito boa em mentir para si mesma, enterrando quem é sob regras e restrições. — Ele passou mais perto do meu sexo, meu coração bateu com força. Meus quadris rogaram para se abrir enquanto ele me mantinha imóvel, não me atrevi a me mexer. Fiquei ainda mais sem fôlego enquanto ele descia mais, como se esperasse que eu me opusesse.

Eu deveria dizer para ele parar, mas meus dentes cravaram o lábio inferior, prendendo o gemido que queria escapulir.

— Porra, você está tão desesperada para alguém te levar ao limite. Te partir em pedacinhos. Romper as paredes e te fazer se sentir viva de novo. Ser você mesma. Com uma paixão que consome. — Ele deslizou para dentro de mim, meus lábios se entreabriram. — Que destrói.

Meu corpo afogou o meu juízo.

— Não é mesmo, pequenina? Você está tão encarcerada, privada de sexo e entediada que está morrendo por dentro. — Ele continuou a deslizar em mim, fazendo um gemido escapar. — Responde. — Ele apertou a minha garganta, lançando outra onda de sensações. — Diz, ou eu vou parar.

— Sim. — A palavra saiu em um estouro frenético. Uma névoa na minha mente deixou escapar toda a lógica, meu corpo estava no comando absoluto e eu não queria que Frost parasse.

O que estava acontecendo comigo? Nunca me perdi desse jeito. Nunca joguei tudo para o alto. Nunca ignorei o certo e o errado. E eu sabia que aquilo era errado, mas não tinha forças para colocar um fim ao que acontecia.

Sexo com Scott sempre foi gostoso, especialmente quando éramos adolescentes com tesão, descobrindo e aprendendo um sobre o outro. Fomos o primeiro e único um do outro. Eu não era sequer o tipo de garota que fantasiava com astros pop ou da televisão. Sempre foi ele, e nunca tive nenhum problema com isso. Mas eu não podia negar o desejo que havia em mim naquele momento, expulsando toda a lógica e o controle.

O polegar de Frost fez movimentos circulares.

— Ah, Deus... — Eu me deixei recostar nele, meus quadris se abriram.

— Que pena. — O tom dele mudou, frio e cruel. Ele tirou as mãos, lambeu-as e fez um som vibrado em sua garganta. — Tão gostoso, Dinah, mas não recompenso invasorazinhas mentirosas e desonestas. — Ele me soltou, quase me empurrando para longe. — Vá procurar o Blaze se quiser uma rapidinha.

— Quê? — Tropecei para frente e me virei para olhar para ele. Mesmo furioso, o homem ainda tirava o meu fôlego e tripudiava sobre ele. Minhas veias ainda latejavam de desejo enquanto a vergonha e a confusão davam as caras, florescendo em raiva.

— Acha mesma que posso perdoar o que você fez? — Ele grunhiu, os olhos azuis brilharam de ódio.

— Como? — Eu não fazia ideia do que ele estava falando.

— E aí você se esgueira de novo. Vindo logo para *cá*. — Ele me ignora, e prossegue: — Enfiando o nariz onde não é chamada. *Certas* coisas

BELA LOUCURA

não mudam, pelo visto. Você continua curiosa demais para o seu próprio bem. Ou o meu. — Seu corpo se avultou enquanto ele se afastava de mim. Contrapus seus passos, recuando. — Eu costumava seguir as regras, era o garoto bonzinho. — Ele fechou o espaço entre nós, seus olhos se iluminaram com ódio e fúria. — Você fez isso mudar. Agora, sou aquele que pega o que quer, sem se importar ou ter qualquer senso de justiça. Aquele que não tem regras nem leis que o governem.

— Do que você está falando? — Meu corpo e mente estavam atordoados com a mudança súbita de assunto.

— Não brinque comigo.

— Eu… eu não estou brincando.

Ele resmungou, as botas bateram nos meus dedos descalços. Dei com as costas nas pinturas, e as molduras de madeira arranharam a minha pele. Ele se avultou sobre mim, me prendendo, seu corpo grande engoliu o meu por completo. Os olhos azuis estavam reluzentes.

Perigosos

Ferozes.

Frios.

Violentos.

Ele parecia uma tempestade de inverno: apesar de toda beleza, te destruiria e enterraria.

— Por que você está aqui, Dinah? — ele perguntou entre dentes, com o corpo vibrando de fúria.

— Eu… eu não sei — consegui pôr para fora.

Sua mão disparou para o meu maxilar, os dedos cravaram no meu queixo.

— Não sabe? — Ele chegou a centímetros do meu rosto. — Faz mais de doze anos, e agora você volta. — Suas narinas inflaram, o peito estufou enquanto os olhos me percorriam. Era como atravessar teias de aranha. Eu conseguia sentir seu olhar me cobrindo toda. — Decidiu voltar e acabar comigo?

— O quê? — Franzi a testa, minha pele vibrava em todos os lugares que ele tocava, seus dedos me chamuscavam. — Como assim?

Como se estivesse em transe, ele me olhou por mais um segundo. Pensei ter visto pesar e anseio tremularem em seus olhos, mas aquilo sumiu tão rápido que tive certeza de que era apenas minha imaginação. Suas feições se cobriram de ódio, os ombros largos se empertigaram e os lábios se ergueram.

— Tudo bem. Vou te mostrar o que faço com invasores. — A mão grande segurou o meu bíceps, me empurrando para a frente.

— O que você está fazendo? — Ele me tirou do cômodo sem nenhum cuidado, marchando comigo pelo corredor, indo pelo lado oposto do que eu vim. — Para! Para onde você está me levando?

Sem nem me dar ouvidos, ele seguiu por outro corredor, seu aperto forte me mantinha tropeçando às suas costas.

— Me solta! — Unhei a mão dele, tentando me libertar, mas o homem só avançou mais rápido, agarrando o meu braço com mais firmeza. — Ai, me solta!

— Não foi você quem invadiu a *minha* casa? — Ele me perguntou. — Saiu xeretando aposentos privados, surrupiando coisas? — Ele parou de supetão diante de uma porta arqueada de madeira delineada de ferro. O tipo que a gente só imaginava em um castelo velho. — Tenho todo o direito de prender uma ladra.

— Ladra? — respondi. — Eu não roubei nada.

— Que mentira — ele bufou, deu um passo e sorriu com desdém. — Você roubou *tudo*.

— Q...? — Eu nem consegui terminar a palavra antes de ele abrir a porta e me jogar com toda a força lá dentro. Caí no chão duro de pedra com um baque. Mal tinha assimilado o acontecido quando ouvi a porta grossa de madeira bater com força seguido de um tinido metálico.

— Não! — Fiquei de pé com dificuldade, tomada pelo pavor. Corri para a porta, que não tinha maçaneta por dentro. Minhas unhas arranharam a madeira, empurrando e batendo. — O que você está fazendo?

— O que eu deveria ter feito doze anos atrás. — Seu tom profundo se infiltrou pela madeira e chegou até mim. — Espero que você goste da sua cela, pequenina.

— Espera! Não! Você não pode fazer isso! Me deixa sair! — Esmurrei a porta ao ouvir suas botas batendo na pedra, o som foi ficando abafado conforme ele se afastava. — *Frost!* — berrei. — Volte aqui. Você não pode me trancar sem mais nem menos.

Minha única resposta foi o silêncio.

— Frost! — gritei de novo, e bati o ombro na porta. — Seu imbecil! Volte aqui!

Silêncio.

Puta merda! Ele tinha mesmo me trancafiado e ido embora.

BELA LOUCURA

Chocada e assustada, olhei ao redor do cômodo em que ele me jogou. Sem janelas, uma única luz acima iluminava a sala quadrada. Só havia um catre no canto, chumbado ao chão, com um cobertor de lã e um travesseiro. Do outro lado, quatro correntes grossas pendiam da pedra, duas presas na parede e as outras no chão, com algemas pesadas em cada ponta. Ao me aproximar, passei os dedos por elas. Estavam cobertas por manchas vermelhas. Meus olhos dispararam para cada corrente, e vi manchas vermelhas nelas e no chão.

Sangue.

Era aqui que ele trancava os prisioneiros e os torturava? Eu seria a próxima? Frost era um assassino?

Eu me virei, corri para a porta e a esmurrei.

— Por favor! Me deixa sair! — gritei, batendo o punho na madeira. — Não posso ficar aqui. Scott vai acordar e notar que eu não estou lá. Por favor, me deixa sair.

Mas, depois de dez minutos, tudo que consegui foi me cansar. Frustração, medo e raiva borbulharam em soluços no meu peito; deslizei até o chão, minha bunda o atingiu com força. Puxei as pernas para o peito, meus músculos estavam fracos; a cabeça, pesada. Envolvi os braços ao redor das canelas e apoiei a cabeça nos joelhos.

Você é inteligente, Dinah. Não desperdice energia. Pense. Bole um plano.

Uma névoa tomou conta do meu cérebro, fazendo minhas pálpebras ficarem pesadas. Tentei resistir, mas o sono finalmente decidiu que aquela era uma boa hora de me levar.

Ele me carregou em seus braços até o reino entre este e o outro.

A sensação constante de alguém passando a mão pelo meu braço me despertou, meus olhos ainda estavam pesados. Empurrei o braço para longe.

— Scott, para — resmunguei, querendo me lançar de volta no sono, meus olhos estavam queimando por ter dormido pouco. Mas a consciência despertou meu corpo, senti dor e rigidez no pescoço e na bunda. Eu tinha dormido sentada?

Pisquei, abri os olhos e espiei o cômodo. A realidade não me despertou aos poucos. Ela me deu um soco no meio da cara.

Calabouço.

Presa.

Frost.

Meus pulmões se encheram de ansiedade, e percebi que aquilo não era um sonho. Eu estava completamente desperta.

As cócegas no meu braço me fizeram erguer a cabeça de supetão. Um rato cinza estava sentado lá, não muito maior que uma noz. As orelhas enormes eram duas vezes o tamanho da criatura. Mas faltava um pedaço em uma delas, como se fosse uma xícara lascada.

O bichinho ergueu a patinha minúscula e acenou para mim.

— Puta merda! — Recuei e bati com força na parede, jogando a coisinha no meu colo com um guincho. Todos os animais aqui pareciam mais com humanos ou desenho animado do que com animais de verdade, mas isso não diminuía a minha surpresa quando eles agiam como eu pensaria ser normal. Humano?

Voltei à posição que estava, e encostei as costas na parede enquanto a coisinha se empoleirava no meu joelho, inclinando a cabeça para mim.

— Vo-você fala? — Lambi os lábios, esperando ouvir uma vozinha vir do roedor. Por alguma razão, eu sabia que era um menino.

Os ombros dele se afundaram com um suspiro, e ele balançou a cabeça. Não fala, mas me entende.

Ele ergueu os braços, e as mãozinhas minúsculas começaram a se mover. Levei um momento para perceber o que estava acontecendo.

— Pelos sinos pequeninhos… — Meu queixo caiu.

Ele estava falando em Libras.

Eu havia feito uma aula de Libras na escola, depois de algumas crianças surdas irem ao Chalé do Papai Noel, e eu não queria que elas fossem deixadas de fora da experiência. Eu amei aprender. Achava a língua linda e fascinante.

Os dedos dele se moviam rápido, mas eu entendia o bastante para saber que ele me dizia que não podia falar.

— Qual é o seu nome? — Falei e sinalizei.

Ele franziu o nariz, os olhos se arregalaram maravilhados. Ele ficou ali parado por vários segundos, me encarando com olhos esbugalhados.

— Você está bem? — Meus dedos perguntaram.

BELA LOUCURA

111

— Ai, meu queijo do céu, *você sabe a língua de sinais?* — Suas mãos responderam, ele ainda estava perplexo.

— *Um pouquinho.* — Eu sabia que ele ouvia, mas ainda assim respondi com as mãos.

Os bigodes dele tremeram, os olhos marejaram, o que fez meu coração se derreter.

— *Só o sr. Frost usa sinais comigo. É tão bom falar com outra pessoa.*

— Frost sabe Libras?

O ratinho balançou a cabeça.

— *Aprendeu por minha causa.*

Olhei para as manchas vermelhas no chão e nas correntes, e não consegui imaginar o cara que eu conhecia aprendendo Libras por causa de um camundongo.

— Eu sou a Dinah, a propósito. — Eu estava tendo uma conversa completa em Libras com um rato. Esse lugar poderia ficar mais esquisito?

O dedo dele dançou ao redor.

— *Eu sou o Chip.* — Ele apontou para a orelha com um tiquinho de vergonha. — *Nasci assim. Sem voz e com uma orelha estragada.*

— Bem, isso faz de você alguém único e especial.

Eu podia jurar que vi o pelo dele enrubescer.

— Você sabe onde o Frost está?

Chip balançou a cabeça.

— Preciso voltar para casa. Scott, o meu namorado, vai pirar se acordar e não me encontrar. Preciso sair daqui.

Chip me observou por um instante, então, de repente, se virou, desceu pela minha perna e atravessou o chão, o corpinho minúsculo deslizou por debaixo da porta.

— Chip? — chamei, mas não tive resposta. — Tudo bem. Esquisito. — O que mais eu poderia esperar daquele lugar. Era pura maluquice.

Enterrei a cabeça nas mãos e respirei fundo. Quanto tempo mais Frost me manteria ali? Eu era uma prisioneira? Nunca mais sairia de Winterland? Ninguém jamais saberia o que foi feito de mim. Eu só conseguia pensar no sofrimento pelo qual minha família e Scott passariam. Eu nem sequer sabia há quanto tempo estava lá. Talvez Scott já tivesse acordado e chamado a polícia.

— Puta que pariu — gritei nos meus braços. Por que eu fui até ali? Minha vida era boa. Eu gostava das coisas em seu devido lugar, tudo organizadinho. Qual era o problema com isso?

PLINK.

O som de metal ecoou na pedra em um coro alto. Ergui a cabeça; a porta de madeira rangeu ao abrir, e fiquei em posição defensiva.

Esperei ver Frost do outro lado, seu rosto lindo e cruel olhando feio para mim. Mas tudo o que vi foi um corredor vazio. Um movimento à porta chamou minha atenção para o meu novo e minúsculo amigo. Ele balançou sobre os pés, com os braços erguidos em vitória.

— Chip! — Saltei de pé. — Você é incrível. Obrigada!

— *Foi moleza* — ele sinalizou. — *Não acho que as coisas devam ficar trancadas em gaiolas. Ainda mais quando são bonitas igual a você, srta. Dinah.*

— *Obrigada* — minhas mãos disseram, antes de eu levá-las ao coração.

Ele abaixou a cabeça envergonhado antes de fazer sinal para eu segui-lo. Logo ele estava zunindo pelo corredor, muito mais rápido do que eu poderia acompanhar. Chip era tão pequeno e se mesclava com as pedras que eu o perdi de vista enquanto ele nos conduzia por um labirinto de passagens, cada uma parecendo idêntica às outras.

— Chip? — sussurrei, esquadrinhando o chão à minha frente por qualquer sinal de movimento. Mas, na pouca luz, não consegui encontrá-lo. — Chip, cadê você? — É claro que ele não me responderia, mas eu esperava que ele pudesse me ouvir e voltar.

Ao chegar a uma bifurcação, meus pés reduziram a velocidade até parar, minhas sobrancelhas se enrugaram de confusão. Aquela divisão não estava ali ontem à noite. Quando Frost me levou para a cela, tinha sido pelo corredor principal. Caminho simples. Viramos só duas vezes.

— Minha santa rabanada! — Bati o pé de frustração. — As passagens mudam! — Igual às da floresta, que continuavam se alterando a cada vez que eu desviava o olhar. — Ahhh. — Agarrei a cabeça, meu cérebro cansado tentava lutar com a inconsistência e a falta de lógica daquele lugar. — Por que as coisas não podem fazer sentido?

Parecia que Frost estava me observando, rindo enquanto eu tentava escapar daquele labirinto rotatório no subsolo. De cara feia, olhei ao redor e cerrei os punhos. Eu daria um jeito naquilo. Eu sairia dali.

Optando pelo caminho da esquerda, segui o corredor até dar com uma parede.

— Tudo bem, tem o outro. — Eu me virei para voltar e estanquei. — Ah, mas que puta que pariu! — gritei. Quatro passagens se dividiram; o corredor pelo qual eu tinha acabado de vir já havia mudado. Nada se destacava, as quatro eram iguais.

BELA LOUCURA

— Escolha uma, Dinah. — Torcendo para ter escolhido a certa, segui pela terceira. O chão começou a descer, e as arandelas foram diminuindo. Quando me virei para escolher outro, dei de cara com a parede. Meu caminho estava bloqueado.

— Ai! — Raiva se eriçou na minha espinha enquanto eu esfregava o nariz e me virava. A mesma passagem ainda estava diante de mim, me levando para o único caminho que havia. Algo me dizia que eu estava sendo conduzida, que seria levada ao mesmo destino, não importava qual caminho escolhesse.

Encarei o corredor escuro, algo se contraiu nas minhas vísceras, me fazendo sentir como se eu estivesse em uma montanha-russa. Era escuro. Agourento.

Enquanto eu percorria o corredor, minha ansiedade aumentava, cravando em minha pele como se fossem agulhas. Minha garganta estava com dificuldade de engolir. Eu não conseguia descrever o que me dava medo. Aquele corredor parecia igual aos outros, mas meu estômago ainda estava revirado, afundado no lodo do medo. O lugar também parecia estranhamente familiar, como se algo em mim soubesse o que havia ali, mas sem ter uma lembrança clara do lugar.

Ao olhar para trás, vi que a parede ainda estava bloqueada, então forcei meus pés a continuarem se movendo. Mais à frente, vi uma porta e escadas que desciam.

Não. Pode parar. Uma voz na minha cabeça mexeu com os meus nervos, fazendo o temor tamborilar nas minhas veias. *Não vá lá embaixo.*

Parei, minha pele ficou vermelha de frio, a sensação me fez ter um déjà vu, como se eu já tivesse estado ali.

Se fosse o caso, como era possível eu não me lembrar?

Medo e curiosidade batalharam pelo controle das minhas pernas. Dei um passo à frente, sabendo qual tinha ganhado: a necessidade de saber. De resolver o quebra-cabeça. Sem dúvida nenhuma, eu seria a primeira a morrer em um filme de terror. Tremendo, fui até a porta. Vento soprava lá das profundezas, soando como gemidos e gritos. Meu coração batia acelerado. Eu me inclinei para dentro. O ar brincou com a minha audição, e murmúrios vinham como rajadas. Eu sabia que ali alguns ventos se queixavam e sussurravam, mas esse parecia diferente.

Pareciam crianças.

Inclinei a cabeça e tentei captar uma das vozes quando uma risada alta veio por trás de mim. Com um grito, eu me virei e encarei o túnel. Meu coração parecia que ia explodir de tensão; eu me encolhi, pronta para me defender do intruso.

Só que o intruso era eu; uma versão minha de sete anos.

— Castanha caramelizada — resmunguei, observando três crianças virem pelo corredor. Blaze e a menina estavam bem à frente de Frost, com os braços entrelaçados, correndo caminho abaixo.

— Gente, não faz isso! — Frost gritou, tentando nos alcançar. — A mãe e a tia disseram para a gente não vir aqui.

— Pelos elfos do Papai Noel, você é tão bonzinho. Aposto que é o número um da lista de puxa-sacos do Papai Noel. É melhor você não dedurar a gente. — Blaze resmungou, puxando a menina com força para junto de si, falando com ela: — Não consigo acreditar que ele é meu gêmeo. É tão bobo e chato. Né? — Olhei para a menina, e os olhos dela se afastaram de Blaze, os dentes roçaram o lábio inferior. Sua expressão dava a entender que aquela seria a última coisa de que ela chamaria Frost. — Né, Dinah?

— Ah, é. — A menina assentiu, revirando os olhos dramaticamente. — Chato pra dedéu.

— É por isso que você é a minha melhor amiga. Você é divertida.

A menina corou com o elogio, ficando toda sem jeito.

— Gente, estou falando sério — Frost gritou mais alto, a frustração encrespava a sua testa. — Elas disseram que era perigoso de verdade.

— Elas *sempre* dizem isso — Blaze respondeu.

— A minha mãe também é assim — a menina disse a Blaze. — Se soubesse que eu estou aqui, minha mãe teria um chilique.

— É o que deixa tudo tão divertido, né? — Blaze soltou o braço da menina e se virou para ela. — Eu aposto três renas.

— Ahhhh, aí não é justo — ela deixou escapar e bateu o pé.

— Que pena. Eu te desafiei primeiro. — Blaze a cutucou. — Vai amarelar?

— Não. — Ela ergueu o queixo em desafio. — Não vou amarelar.

— Que bom! — Blaze segurou a mão dela, puxando-a na direção das escadas, passando bem perto de mim. — Vamos lá!

— Não! Blaze! Dinah! — Frost correu atrás dos dois, os pés deles batiam no concreto. — Não!

Não consegui me mover, ouvi os gritos e os chamados um pelo outro. Tentei seguir em frente, mas havia um campo de força me impedindo de avançar, de segui-los. Quanto mais eu me esforçava, mais tudo ficava embaçado ao meu redor. Fiquei zonza, náusea floresceu no meu esôfago. Minha vista escureceu e minhas pernas bambearam.

BELA LOUCURA

Enquanto eu sentia minha queda, gritos estridentes vindos de longe preencheram meus ouvidos; os berros da menina me atingiram como balas de pavor. Imagens estilhaçadas pairavam nos limites da minha consciência.

— Dinah! Corre!

CAPÍTULO 14

O som de rosnados se aproximava. O pânico comprimia meu coração, e soluços subiram para a minha garganta enquanto minhas pernas curtas corriam, meus pés tropeçavam e batiam na pedra.

Não! Eu conseguia sentir o monstro se aproximar, disparando pavor pelas minhas veias, mas não consegui me levantar.

Lutei contra o aperto invisível, me esforcei para me levantar, senti a escuridão me cobrindo, meu corpinho tremia de medo.

Um rosnado ecoou pelas paredes. Meu corpo congelou, incapaz de se virar e olhar.

Fiquei parada, e senti a coisa de pé atrás de mim. Um choro sentido saiu da minha boca quando uma garra arranhou a minha nuca.

— Pequenina.

Mãos me seguraram.

— Não! — Chutei e esperneei, empurrei o monstro para longe, aos socos e arranhões, minhas unhas afundaram na sua pele.

— Dinah! — Dedos se entrelaçaram nas minhas mãos, prendendo-as. — Pare!

Sua voz profunda me arrancou do sonho, me despertando de supetão. Meus pulmões puxavam golfadas de ar.

Frost se agachou na minha frente, com o cabelo úmido e penteado para trás, e o olhar intenso cravado e mim.

Eu me sentei, olhei ao redor e vi que estava em uma das passagens, mas, mais uma vez, estava bem diferente de como estava quando tudo ficou preto. Nada de escadas nem becos sem saída.

— O... o que aconteceu? — Comecei a me levantar. Frost agarrou os meus braços, me puxando como se eu não pesasse nada.

— Eu ia te perguntar a mesma coisa. — Ele inclinou a cabeça e os lábios se moveram juntos.

BELA LOUCURA

Cacete, eles eram carnudos e sensuais. Era totalmente normal imaginar qual seria a sensação deles, não era? Assim... qualquer um faria isso. Ele tinha a boca mais perfeita que vi na vida.

— Dinah? — Ele estalou os dedos diante do meu rosto, atraindo toda minha atenção para si. — Como foi que você saiu da porra da cela?

Eu o encarei. Eu não ia entregar o Chip.

— Me diz! — Ele agarrou os meus braços. — Deveria ter sido impossível.

— Só se você acreditar que é — respondi, com um sorriso presunçoso, pensando que minha resposta o irritaria. Em vez disso, um sorrisinho debochado torceu a sua boca.

— Há um pouco da outra Dinah aí dentro.

— Você fala como se me conhecesse muito bem. Eu tinha sete anos, né? Era uma criança. Além do que, eu não era mais amiga do Blaze do que sua? — Pisquei para ele.

— Era. — Ele se inclinou para mais perto de mim, e apertou meu braço com mais força. — Mas não significa que eu não te conhecia. — Ele ergueu a cabeça, a boca roçou a minha orelha. — Talvez até melhor que o Blaze. Eu via *você*, Dinah. Ainda vejo. Eu poderia te estilhaçar, tirar cada camada, destruir, arrasar e te espalhar por aí, e, ainda assim, saberia como montar cada pedacinho de novo.

O corpo alto e musculoso se assomava sobre o meu. Seu cheiro e energia pareciam avassaladores e severos, me dando um medo profundo. Do tipo que sabia que ele poderia fazer exatamente o que falou.

— Engraçado, porque eu não sei nada de você. Nem quero saber. — Ergui o queixo, altiva.

— Ah, pequena Liddell, você está errada em ambos os aspectos. — Ele deu um sorrisinho, e seu rosto se aproximou do meu. — Você fez de mim quem eu sou. — Seu sarcasmo se transformou em algo perigoso, e uma sensação de alerta percorreu os meus membros.

— Me solta. — Puxei meu braço. — Preciso ir para casa.

Ele me puxou para longe da parede.

— Você está em casa. — Sua mão segurou o meu pulso, e ele marchou corredor abaixo, me puxando junto.

— Frost! Não. Não faça isso. Por favor.

Ele parou de supetão e se virou para mim; sua raiva aumentou.

— Engraçado, foi exatamente isso que eu falei para você — ele rosnou, seus olhos azuis brilharam. — Aqueles que cometem um crime não devem serem punidos? Não é essa a regra do seu mundo?

— Eu não fiz nada para você — exclamei. — A gente era amigo.

— Amigo? — Ele riu com crueldade. — Amigos não fazem o que você fez... eles não fogem. Não vão embora.

— É por isso que você está com raiva? Por eu ter crescido e parado de acreditar no Papai Noel? — Afundei o dedo em seu peito. — Você está magoado porque eu parei de acreditar em faz de conta?

— Faz de conta? — Ele bufou, suas botas cutucaram meus dedos, seu corpo pressionou o meu. — Eu pareço faz de conta para você? — Seus dedos deslizaram pelo meu braço, deixando arrepios em seu rastro. — Era imaginação quando meus dedos afundaram na sua boceta? Quando você estava gemendo? Querendo mais?

Um calor se acendeu dentro de mim com aquelas palavras, e minhas bochechas coraram ao lembrar do acontecido. Meu corpo reagiu no mesmo instante, me deixando molhada e cheia de desejo, enquanto eu me afundava em vergonha e constrangimento, dando início a uma batalha no meu interior.

— Era, Dinah? — Ele brincou comigo.

Bufando, virei o rosto para o lado, o que só o fez rir.

— Me deixa adivinhar... como alguém que gosta de todos os fatos e informações, você precisa que eu tente de novo, só para ter certeza de que coletou todos os dados para devida avaliação? — Sua respiração deslizou pelo meu pescoço. — Estou certo?

Cerrei os dentes, meu corpo e minha mente estavam em lados opostos, ambos me repreendendo. A mente sempre tinha estado no controle, e o corpo sempre chegava em um distante segundo lugar quando o assunto era desejo. Eu não me importava que Scott não me dava orgasmos de abalar as estruturas. Relacionamentos eram mais que isso. Ele era meu melhor amigo, então ignorei as vezes que fingi ou que estava pensando em outra coisa.

Com Frost, meu corpo parecia ir logo para a linha de frente, empurrando minha mente para a retaguarda. Luxúria assumia o controle, saltitando e gritando para ele como uma tiete. Eu odiava aquilo. Sempre tive orgulho de ser centrada, por nunca ter virado uma idiota por causa de garotos, igual à minha irmã e amigas, só porque o cara era bom de cama. Essas coisas um dia acabavam, né? Eu precisava voltar para casa, para o Scott, para me sentir segura e confortável de novo.

— Tadinha da Dinah. — Frost soltou uma risada sombria. — A tampa da sua caixa está se abrindo. O que vai fazer quando ela se soltar por completo e entornar tudo?

BELA LOUCURA

Virei a cabeça e olhei feio para ele. O comentário lembrou demais o da minha irmã.

Eu me aproximei, a raiva não me deixou recuar.

— Estou bem feliz com a minha vida, com as minhas escolhas. Talvez seja você quem precise parar de acreditar em contos de fadas.

— Contos de fadas? — Frost deu um passo para trás, bufando.

— Olhe ao seu redor. Castelos com calabouços, animais falantes como melhores amigos… — Minha voz se elevou, meus braços apontaram para ele. — O cara soturno e recluso que fica fazendo pirraça na própria torre porque, tadinho, é um incompreendido. Parece familiar?

— Tente traído — ele rosnou.

— Mais digno de novela ainda. — Bati as mãos. — Até mesmo o nome… Frost. Jack não é soturno e sombrio o suficiente para você?

Fúria acendeu em seus olhos. Em um pestanejar, ele agarrou os meus braços e me bateu na parede, fazendo adrenalina disparar nas minhas veias.

— Eu te avisei… nunca mais me chame assim.

— Por que, *Jack*?

Um rosnado trovejou da sua garganta. Ele deu um soco na parede, bem perto da minha cabeça.

— Cala a boca! Pelo menos uma vez, faça o que eu mandei.

Se antes eu estava com medo, aquilo só fazia com que eu me sentisse mais viva, a raiva lançou fagulhas entre nós.

— Não sou criança. Não sigo mais ordens — rosno de volta, sentindo cada fibra do jeans dele roçar minhas pernas nuas. — Especialmente as suas!

A fúria dele se transformou em uma calma sobrenatural.

— Que mentira. — Seu peito roçou os meus seios, enrijecendo meus mamilos. — Você era uma criança destemida e feroz, mas a Dinah crescida faz *o que quer que seja* que digam, não é? Ela é a garota boazinha e obediente. — Ele se apoiou nos antebraços, levando a boca tão perto da minha que eu quase consegui senti-la. Ofegante, fiquei presa à parede, e meu olhar se desviou para os seus lábios. — *Especialmente* se esse alguém fosse eu.

Eu queria que ele fizesse aquilo. Que ultrapassasse os limites. Que me beijasse até eu não conseguir respirar.

— Vá em frente. Pare de esperar que outra pessoa tome a iniciativa. — Seus olhos foram para a minha boca, como se ele estivesse lendo meus pensamentos. — Lá no fundo, é exatamente isso que você quer fazer. Mas está com medo. Resguardada demais.

A vibração das suas palavras me forçou a morder o lábio inferior.

— Não consegue, né? — ele falou baixo, balançando a cabeça. — Acha que crescer quer dizer perder a imaginação, a paixão. Você não cresceu, Dinah; só ficou sem graça pra caramba. Bem comum.

O insulto trespassou as minhas vísceras, fazendo minhas narinas inflarem.

— Vai se foder! — cuspi para ele.

— É um pedido? — Ele ergueu uma sobrancelha. — Porque você está precisando de uma boa foda para ver se esse pau desencrava do seu cu. Mas se quiser, é só pedir. Você já está bem crescidinha agora, né?

Um grito rasgou a minha garganta quando o empurrei, mal fazendo-o se afastar um centímetro.

— Sai de cima de mim! Eu odeio você!

— Pois somos dois — ele disse entre dentes. — E só para você saber, isso não é a porra de um conto de fadas. É um *pesadelo*.

— Frost? — uma voz ribombou no corredor. Era como se alguém tivesse derrubado as paredes grossas e deixado o sol entrar. — Dor disse que você estava aqui embaixo. — Uma pessoa virou no corredor.

— Blaze! — Eu me afastei de Frost e corri para o calor e a felicidade dele. Segurança. Eu estava segura.

— Dinah? — Ele me pegou no colo e me abraçou forte. — O que você está fazendo aqui? Está tudo bem?

— Longa história, e eu estou bem. — Eu o apertei antes de ele me pôr de novo no chão. Estava tão feliz por vê-lo. — Mas preciso ir para casa. Pode me ajudar?

— É claro. — Blaze disparou um olhar para o irmão por cima do meu ombro, então voltou a se fixar completamente em mim, sua mão acariciou o meu braço. — Embora eu fosse amar passar tempo com você. Vem ficar na praia comigo? A gente pode se conhecer de novo.

— Preciso mesmo ir para casa, desculpa. — Na verdade, eu queria passar mais tempo com Blaze. Meu melhor amigo da infância. Ele era o bonzinho. Aquele em quem eu podia confiar. Sempre tinha sido. Eu precisava ficar bem longe de Frost. Conseguia senti-lo às minhas costas, sua presença e escrutínio me abrindo feito uma noz.

— Que merda você está fazendo aqui, Blaze? — A voz de Frost me fez congelar.

— Pode acreditar que não quero estar aqui mais do que você — Blaze rebateu com ardor, sua mandíbula se repuxou.

BELA LOUCURA

— Duvido muito — Frost resmungou e levantou uma sobrancelha. — Engraçado, fazia doze anos que você não vinha aqui. Aí, do nada você aparece, irmão?

— Eu poderia dizer o mesmo quando você deu as caras lá na praia naquele dia, *irmão* — Blaze retrucou, o ódio mútuo deles crescia feito erva daninha.

Frost mudou o peso de um pé para outro.

— E voltamos à questão: que merda você está fazendo aqui? Veio salvar a pobrezinha e indefesa Dinah? — Frost zombou de mim.

Olhei feio para ele.

— Vai se foder. Eu não sou indefesa.

— É assim que você pede com jeitinho?

Um rosnado queimou a minha garganta, meu corpo avançou para aquele otário. Blaze me segurou, me puxando de volta para si.

— Não deixe que ele te atinja. É o que ele mais quer — Blaze sussurrou no meu ouvido, suas mãos me envolviam. — Não dê a ele essa satisfação. — Lábios roçaram a minha têmpora.

Um rosnado subiu de Frost quando suas pálpebras se estreitaram em nós dois, ele estufou o peito, como se quisesse partir para o ataque.

— Como você chegou aqui, Dinah?

— Pe-pelo espelho — respondi, me encolhendo com o absurdo da verdade.

— Pelo espelho? — Blaze me virou, seus olhos se arregalaram. — Não por uma das portas?

— Não.

Blaze estreitou os olhos para o irmão, e ergueu o lábio em acusação.

— Você não se livrou dele, né? Você disse que ia destruir aquela coisa — ele disse, bufando. Balançou a cabeça e segurou a minha cintura. — Não consegue deixar para lá, não importa o quanto se vanglorie, não é, irmão? É triste, porque não dá para manter algo que nunca foi seu. É melhor desistir.

Os olhos de Frost caíram para onde as mãos de Blaze me seguravam.

— Onde ele está? — Blaze deixou o polegar deslizar pela pele do osso do meu quadril, onde a regata fina estava. — Não me provoque, Frost.

— Não me provoque *você*, irmão. — Frost cerrou as mãos.

Eles se encararam. Havia um impasse, sussurros de segredos e chantagem disparando de um para o outro.

— Está na torre, não é? — Blaze me puxou para si. — Vou devolver Dinah para casa em segurança; deixá-la bem longe de você.

— Talvez seja de você que ela precise ficar longe.

— Continue repetindo isso para si mesmo. — Blaze apontou para o corredor e se curvou para a minha orelha, sua voz estava um trisco acima da média. — Tem certeza de que não quer ir para a praia como nos velhos tempos? O dia está bonito, e a Quin está no bar. Posso passar um pouco de protetor solar em você — As mãos de Blaze deslizaram pela minha cintura.

Era bastante tentador, para ser sincera, mas a cada minuto que eu ficava longe, era provável que Scott estivesse pirando, isso se já não tivesse ligado para todo mundo atrás de mim.

Viramos no fim do corredor, meus olhos dispararam para onde Frost estava. Os dele se prenderam em mim. Sua expressão era pétrea, mas eu conseguia sentir a raiva, o ódio por terem estragado os planos que ele tinha para mim.

Assim que ele sumiu de vista, senti um repuxar, mas não soube se era alívio ou decepção.

Alívio. Tinha que ser alívio.

Assim que chegasse em casa, eu ia quebrar aquele espelho e nunca mais voltaria. Fecharia bem a tampa e nunca mais a abriria.

Em questão de minutos, Blaze estava nos levando pelas escadas. As paredes ficaram no lugar como se tudo aquilo de antes tivesse sido uma alucinação. E como saber? Talvez tivesse sido. A realidade e minhas visões estavam se tornando uma coisa só, tudo parecia a mesma coisa.

Quando chegamos à torre, Blaze foi até o espelho.

— Não consigo acreditar que ele ficou com isso. Aquele mentiroso.

— Como assim?

— Ele me disse que o destruiria. — Blaze tocou a moldura dourada. — Só que não fez isso. Ele o escondeu na torre... talvez ainda tinha esperança?

— Esperança?

Blaze deu um sorrisinho e se virou para mim.

— Tudo mudou no dia que você foi embora daqui.

— O que mudou?

— Você não lembra?

— Não. Mal consigo recordar uma coisa ou outra. O resto é um breu.

— Há coisas que é melhor deixar assim. — Blaze se virou para mim, seus olhos azul-esverdeados fixos nos meus. — É melhor você não voltar mais aqui, Dinah. Para este castelo. Não é seguro… *Ele* não é seguro.

— Por quê? O que você quer dizer? — Suas palavras dispararam um alarme na minha cabeça, embora eu já tivesse sentido a escuridão desse lugar escorrendo das paredes e de Frost.

— Digamos apenas que ele não é quem diz ser. — Seus olhos dispararam ao redor, como se Frost fosse aparecer a qualquer momento. — Nossa mãe se foi por causa dele.

— Se foi? Tipo, morreu? — sussurrei, um arrepio percorreu o meu corpo. — Ele a matou?

Blaze não respondeu, sua atenção voltou para o espelho emoldurado.

— Esse espelho que você tem em casa… Onde você o conseguiu?

— Ah. É… — Minha testa franziu com a mudança súbita de assunto. — Em uma loja de objetos usados. A mulher vendeu por uma bagatela.

Ele balançou a cabeça.

— Ele encontrou você de novo, ou você o encontrou.

— Encontrou o quê?

— O espelho. — Blaze se aproximou de mim. — É o mesmo que você usava quando criança. Está ligado a esse aqui.

— Não é possível ser o mesmo. — Mas eu me lembrava da minha mãe dizendo o quanto era parecido com o que eu tinha.

Porque era o mesmo.

Eu havia me sentido atraída por ele, como se o espelho me chamasse. Eu não consegui sair da loja sem ele. Será que, inconscientemente, eu sabia que era o meu? Que ele tinha pertencido a mim, e que me traria de volta para cá?

— Há outras formas de vir para cá… para mim. — Blaze deu um passo à frente, suas mãos deslizaram pelas minhas bochechas. — Quebre o seu quando voltar. Encerre o elo com esse lugar horroroso. Não deixe que ele seja capaz de chegar até você.

Pisquei para ele, suas feições sinceras me fizeram me sentir tranquila e segura.

— Promete?

Eu me vi assentindo.

Ele inclinou a cabeça para a minha.

— Vou entrar em contato com você em breve. — Sua boca tocou a minha suavemente. Era quente e tranquilizante, como ouvir as ondas baterem na areia.

Então me senti girar.

Cair.

Voar.

Para cima e para baixo.

Senso.

Contrassenso.

Onde nada importava e tudo era importante.

CAPÍTULO 15

A luz nebulosa do sol se infiltrou pelas minhas pálpebras, e eu abri só uma fresta dos meus olhos. Estava tudo embaçado. Por um breve momento, olhei ao redor do quarto; os itens conhecidos pareciam estranhamente desconhecidos. Era como se o quarto não fosse real nem o lugar a que eu pertencia.

Memórias começaram a voltar.

Castelo.

Calabouço.

Frost.

Chip.

Blaze.

Espelho.

Um raio disparou pelo meu corpo como se eu tivesse sido eletrocutada. Respirei aliviada quando confirmei que estava na segurança da minha cama.

Foi só um sonho, Dinah. Nada disso aconteceu. De novo, só um sonho incrivelmente vívido.

Meu coração estava disparado, mente e corpo pareciam em desequilíbrio. Olhei para o lado e encontrei a cama vazia.

— Scott? — chamei com a voz rouca, prestando atenção em qualquer som ou movimento. Eu me virei para a cômoda e reparei na hora. — Puta merda! — Saltei da cama. Era mesmo dez e meia? Eu já tinha perdido a primeira aula. Por que Scott não me acordou? Ele sempre me acordava quando eu dormia demais. Será que ainda estava bravo comigo? Nossa briguinha foi ontem à noite mesmo? Porque parecia ter sido há eras, como se eu tivesse vivido várias vidas desde então.

Disparei até a sala para pegar o celular, que eu havia esquecido de carregar, dentro da bolsa. Verifiquei se ele tinha mandado mensagem, mas a única lá era da minha mãe.

> Oi, amor, não se esqueça de tirar folga domingo.

Cocei a cabeça, que latejava. Meus músculos estavam alvoraçados; nada parecia certo. Notei que havia um pedaço de papel na mesa. Eu o peguei e vi a letra de Scott:

> *Oi, amor. Acordei e você já tinha saído. Acho que deve ter ido correr. Vou trabalhar até tarde hoje. Não me espere acordada.*
>
> *Amo você, S*

Minhas mãos agarraram a mesa, meu corpo bambeou e fiquei ofegante. *Acordei e você já tinha saído.*

A frase deu voltas e voltas na minha cabeça, parecia um tornado. Perdi o equilíbrio falhou e bambeei. Eu não estava ali quando ele acordou.

Porque você estava em Winterland, Dinah. Trancada em uma cela por um louco, uma voz gritou no meu cérebro, fazendo minhas pernas fraquejarem e um som gutural atravessar meu peito. Toda a fundação que construí estava ruindo. Eu estava mergulhando em um mar de incerteza, me afundando bem abaixo do que considerariam sanidade. E não porque não era real, mas porque eu sabia que era.

Winterland era real para mim, o que ainda não fazia de lá um lugar de verdade.

As caixas de setores da minha vida não estavam simplesmente caindo, estavam estourando na minha cara e despertando cada medo que estava enterrado dentro de mim, rasgando o tecido do que me fazia ser eu.

— Não. — Balancei a cabeça, pânico fez minhas mãos tremerem enquanto eu levava a mão à bolsa e pegava os comprimidos. — Não. Não. Não. Não vou permitir que isso aconteça. — Eu era o tipo de pessoa que revirava os olhos e olhava torto para quem aventava a possibilidade de existirem outros reinos e outros mundos. Eu nem sequer acreditava em fantasmas ou extraterrestres.

Virei dois comprimidos, engoli com água e os senti descer pela minha garganta, meus nervos vibraram como cordas de violão. Eu estava apreensiva,

BELA LOUCURA

com medo. Marchei até o banheiro, determinada a manter os pés no chão. Parei diante do espelho.

"Quebre o seu quando voltar. Rompa o elo com esse lugar horroroso. Não deixe que ele seja capaz de chegar até você." Estremeci com a lembrança da voz de Blaze, a intensidade com que ele olhou para mim.

Destrua-o, Dinah. Rompa o elo. Cerre a porta para aquele mundo… para ele.

Minha mente foi logo para o homem que abriu as minhas fissuras, que se enfiou na minha psique e a estraçalhou. Aquele que me trancou em um calabouço, me ameaçou e me fez sentir medo, que…

Imagens do seu rosto vieram à minha mente, a sensação dele moldado às minhas costas, seu poder e sua força. Eu quase podia sentir os dedos dele deslizando por mim, me invadindo, dominando. O desejo intenso entrelaçado com ódio me preencheu junto com desespero puro… presa entre o tudo e o nada.

— Não. Para — rosnei para mim mesma. Ele era o príncipe malvado sobre o qual os contos de fadas nos precaviam. Aquele que era traiçoeiro e perverso, aquele de quem se deve ficar bem longe.

Subi na cômoda e agarrei a moldura. A peça era tão pesada que foi preciso Scott e eu juntarmos forças para conseguir colocá-la ali. Mas o desespero latejou nos meus músculos e a minha testa ficou coberta de suor enquanto eu lutava com o espelho, com dentes rilhados. Puxei e puxei, mas a moldura estava enraizada na parede, nem se mexia.

— Mas que porra? — berrei, puxando com mais força, me sentindo mais assustada e desesperada. — Sai! — Sacudi, puxei e agitei a coisa até ficar suada e exausta, e não consegui mexer nem um centímetro. — Vou te tirar daí a pauladas. Juro! — Tentei com toda a minha força movê-lo até que meus braços não aguentaram mais. Minha testa pousou na moldura, e eu puxei uma golfada de ar.

— *Dinah…*

Congelei. Meu nome foi dito tão baixinho e distante que torci para ter imaginado aquilo. Engoli em seco. Conseguia ouvir os carros lá fora, as pessoas se movendo pelo prédio, os canos velhos ligando e desligando.

Deve ter sido só um passarinho ou o vento.

— Dinah…

— Não! — gritei, saltei para o chão e me virei de volta para o espelho. — Para! Me deixa em paz! — Arranquei o edredom da cama, joguei sobre a moldura e o cobri por completo. — Eu vou te tirar daí nem que eu tenha que arrancar essa parede!

Abalada, me vesti às presas, precisando sair do apartamento. Os comprimidos chacoalhavam na minha bolsa enquanto eu andava apressada rua abaixo a caminho da cafeteria, esmagando uma fina camada de neve sob as botas. O ar quente da loja queimou o meu rosto, fazendo meu nariz escorrer logo que entrei. O burburinho baixo da conversa me rodeou, mas, em vez de me reconfortar, me fez sentir ainda mais como uma estranha. Havia um grupo de mães com os filhos num canto, estudantes, pessoas no computador, um grupo de homens idosos pondo o papo em dia enquanto tomavam um café... a vida de todos eles parecia normal. Perfeitamente encaixada no reino da sanidade, falando apenas de problemas corriqueiros.

Eu queria ser um deles.

— Senhorita? Vai pedir? — A moça de vinte e poucos anos atrás do caixa chamou minha atenção para si. Esfreguei a testa, minha mente parecia um pouco lenta, mas a energia zumbia dentro de mim. *Acho que eu não deveria ter dobrado a dose.*

— Você disse que quer um duplo? — A menina estreitou os olhos para mim, inclinando a cabeça.

Merda, eu falei em voz alta?

— Hum, falou. — Ela franziu a testa.

Embora eu talvez não precisasse de cafeína nenhuma, o ritual de fazer o pedido pareceu ser o que restava de normalidade no momento.

— Quer experimentar nosso capuccino de chocolate branco com menta? Acabou de chegar.

— Não. — Balancei a cabeça com força. Minha família amava menta desde que eu me entendia por gente, mas isso foi até dois anos atrás. Não sei a razão, mas agora nenhum de nós conseguia sentir o sabor do negócio sem estremecer. Com Alice era pior. Ela nem comia nada que tivesse menta. — Eu vou querer um de creme brulée, por favor.

Ela assentiu e anotou meu pedido no copo. Depois de pagar, fui me sentar, meu joelho quicava enquanto eu esperava.

— Dinah, se acalme — murmurei comigo mesma. — Olhe ao redor. Tudo está normal. Você está bem. — Tentei respirar fundo e deixar o ambiente comum acalmar os meus nervos.

— Dinah? — A voz de uma mulher me assustou, meu joelho bateu na mesa, e quase a derrubei. — Ah, desculpa ter te assustado.

Minha psicóloga estava à minha frente, carregando dois copos para viagem. Ela olhou para mim.

BELA LOUCURA

— Dra. Bell? — Um estranho impulso de sair correndo cercou as minhas pernas. — O-o quê a senhora está fazendo aqui?

— Bem, eu moro aqui perto. Venho neste lugar o tempo todo.

— Ah — respondi, encarando-a. Eu nunca a vi por ali, mas não era como se eu fosse lá todos os dias.

— Posso me sentar? — Ela apontou para a cadeira vazia na minha frente.

— Ah, hum, claro. — Minha boca e meu cérebro não pareciam estar se conectando hoje. — Preciso pegar o meu café.

— Não esquenta, eu vi e peguei para você. — Um sorriso se alargou em seus lábios. Ela se sentou e empurrou o café para mim. — Te economizei a viagem.

— Obrigada. — Peguei o copo. O vapor espiralava através da parte aberta da tampa.

— Eu te vi e quis saber como está. Você saiu de forma abrupta do consultório ontem.

Ontem? Foi só ontem?

Tamborilei o copo com as unhas, meus olhos não encontraram os dela.

— Desculpa.

— Não precisa se desculpar. — Ela se apoiou nos braços e deu tapinhas na minha mão. Cravei os dentes nos lábios, lutei para conter o instinto de me afastar. — Estou aqui para ajudar. Para liberar o caminho para você. Para te guiar rumo ao seu verdadeiro propósito.

— Parece coisa de seita.

Ela riu alto.

— Não, nada disso. — Ela deu outro tapinha na minha mão. — Sei que há um potencial imenso em você, Dinah. Às vezes, a gente só precisa de uma ajuda para não se autossabotar. — Ela se afastou, pegou o próprio copo e tomou um gole.

Encarei a minha bebida, minha mente parecia mais lenta, como se houvesse um vidro entre mim e o mundo.

— Você está bem? Parece um pouco pálida. — Ela se inclinou para mais perto. — Talvez um pouco de cafeína ajude.

— É. — Assenti e peguei o copo. Será que eu deveria contar que tomei mais comprimidos do que o que foi prescrito? Que eu estava perdendo a noção da realidade a cada vez que respirava? Eu sabia que não importava se Winterland fosse real para mim. Porque não era real para este mundo, e isso comprovava que eu estava louca.

Levei o café à boca e senti o cheiro, mas já era tarde demais. O líquido quente preencheu a minha boca e deslizou pela minha garganta.

Menta.

— Eca! — Balancei a cabeça, lutei para engolir, quase cuspi a bebida no chão. O cheiro e o sabor me fizeram viajar para outro tempo. Tive vislumbres confusos de uma mulher mais velha, de lábios vermelhos, olhos azuis frios e um cabelo branco brilhoso que ia até a altura do queixo. Ela estava de braço dado com Matt, o que não fazia sentido nenhum.

Tão rápido quanto a imagem veio, ela desapareceu, deixando para trás só inquietação e ansiedade.

— O que foi? — A dra. Bell me olhou com preocupação.

— Nada. — Voltei a encarar o nome no copo. — Eles cometeram um erro. Fizeram a bebida de menta. — Embora, por mais estranho que parecesse, também tinha gosto de creme brulée. Devem ter se enganado e posto ambos os sabores.

— Você não gosta?

— Não. — Balancei a cabeça. — Detesto.

— Sério? É o meu preferido.

— Na verdade, eu amava, mas agora… — Estremeci, minha cabeça parecia extremamente pesada.

— O que te fez parar de gostar?

— Eu… — Eu me remexi na cadeira, e uma coisinha cinza disparou pelo chão, chamando a minha atenção. Era um rato? Mas ninguém reagiu, nem uma única pessoa parecia ter notado aquilo no meio da cafeteria. Balancei a cabeça, e a criatura desapareceu. — Não sei. Toda a minha família começou a detestar o sabor.

— Que esquisito. — Ela ergueu uma sobrancelha. — Toda a sua família ao mesmo tempo?

— É… — Mal tinha respondido quando algo ligeiramente maior, outro rato, saltou na mesa ao meu lado. Esse estava vestindo capa vermelha e cartola. — Dor? — Pisquei.

— Corra, Dinah! — A voz dele estava cheia de pânico. — Está vindo atrás de você. — Ele fez sinal para eu segui-lo, saltou da mesa e disparou pelo chão, passando debaixo de um carrinho de bebê.

— Ah, meu cookie do céu — sussurrei comigo mesma, começando a ficar apavorada. Aquilo não podia estar acontecendo comigo. Meu coração estava disparado, minhas pernas quicavam inquietas.

BELA LOUCURA

— Dinah! Corra! — Dor acenou de debaixo do carrinho. Nas alças, estava Chip, que movia os dedos freneticamente e estava com os olhos arregalados.

As lâmpadas piscaram no teto.

Eu conseguia sentir, como se fosse uma neblina se aproximando. Pavor subiu pelas minhas costas, e tive a sensação de estar sendo caçada pelas sombras. Meu coração batia como um tambor, e meus músculos estavam congelados de medo.

As luzes piscaram, e eu fui arrastada enquanto o lugar mergulhava em escuridão.

Um rosnado baixo vibrou no ar, e senti algo às minhas costas. Não conseguia explicar, mas sabia que a coisa tinha vindo atrás de mim, que só queria a mim. Eu conseguia sentir sua presença imensa junto com sons de rosnados e bufos de fúria. Meu coração disparava cada vez mais rápido. Por alguma razão, não consegui me obrigar a me virar; meu corpo não permitia.

Uma garra arranhou a minha nuca, e eu soltei um soluço entrecortado, fechando as pálpebras com força. Eu ia morrer. Essa coisa ia arrancar minhas tripas e me matar bem ali.

Ela se inclinou, e eu consegui sentir o bafo quente no meu pescoço, adrenalina correu pelo meu sangue. Um rosnado profundo e ameaçador latejou na minha garganta. Tudo dentro de mim cambaleou, incluindo as pernas.

O instinto assumiu. *Corra, Dinah. Vai!*

Avancei, tropecei na perna da mesa e caí. Aos gritos, tentei me levantar. Uma mão prendeu o meu tornozelo, me puxando para trás. Um grito rasgou os meus pulmões enquanto eu esperneava tentando me desvencilhar.

— *Dinah.* — O nome gorgolejou tão profundamente que mal consegui ouvir. — *Está na hora.*

— Não! — Chutei, e o calcanhar da minha bota acertou alguma coisa, fazendo a mão se soltar e dar um grito distante de dor que soou no meu ouvido. Nem pensei naquilo quando o desespero de escapar me fez levantar. Corri porta afora, em direção à rua. Estava tudo um breu, e meu medo fez minhas botas baterem no chão no mesmo ritmo do meu coração. Eu conseguia ouvir gritarem meu nome de longe, com um tom assustado. Virei a cabeça por um instante.

Plaft.

— Ahhh! — Minhas canelas bateram em alguma coisa, e eu saí voando. Fechei os olhos, esperando bater no chão, mas o impacto não veio.

Que estranho.

Meus olhos se abriram enquanto o ar se movia ao meu redor, e, aos poucos, fui tateando um terreno familiar e desconhecido ao mesmo tempo. O pesar invadiu todo o meu corpo.

— Ah, filho de um quebra-nozes.

Brinquedos piscavam no céu, flutuando e acenando. Alguns vinham na minha direção, me caçando como zumbis. Tudo bem que eu estava feliz por não ter sido eviscerada e devorada, mas esse lugar me fazia pensar se isso teria sido tão ruim assim.

O impacto da dor e da solidão devastadora me fez me curvar, minha mente se encheu com os pensamentos deles, com a história deles.

— *Dinah. Me ajude* — uma voz me chamou. Eu não conseguia dizer se era coisa da minha cabeça, mas reconheci algo ali. Vislumbres estranhos de uma mulher estonteante com lábios vermelhos como sangue surgiram no fundo da minha mente, mas logo sumiram por causa do ataque implacável dos brinquedos. A angústia caiu sobre mim como uma cachoeira, esmigalhando a minha identidade.

— *Dinah... venha até mim.* — O som da voz me fez seguir adiante, desviando dos brinquedos quebrados e das peças perdidas de jogos.

Eu me protegi deles e avancei. Meu único objetivo era seguir a voz. Ela precisava de mim. Eu conseguia sentir um fio me puxando e me conduzindo. Atravessei uma barreira invisível onde os brinquedos ficaram alinhados, mas não me seguiram.

Um arrepio cobriu a minha pele. Mais sentimentos me engoliam, complexos e pesados. Luzes piscavam ao meu redor, pulsando e se agrupando, tentando bloquear o caminho. Os orbes dançantes pareciam baforadas de fumaça ou como quando vemos a poeira em um certo ângulo da iluminação.

Eles tentavam se comunicar comigo. Não queriam que eu continuasse. Eu podia sentir nos meus ossos.

— *Me liberte.* — A voz me fez passar pelos orbes, que me seguiram, zunindo mais alto, como um enxame de abelhas.

Havia uma caixa preta sob a árvore, raízes se enrolavam ao redor dela como uma criança egoísta se aferrando ao brinquedo favorito. Meu estômago revirou, um aviso apunhalou a minha nuca, mas eu não conseguia parar. Eu me abaixei com as mãos trêmulas.

— *Isso, Dinah. Este é o seu destino. Não consegue sentir? O poder dentro de você?* — A voz da mulher me envolvia. E, por incrível que pareça, senti que havia algo lá no fundo que eu mantinha escondido. — *Você fazia parte dessa história muito antes dela. É a única que tem o poder de alterar o que ela fez. Me ajude, Dinah.*

Estendi os dedos, rocei uma das raízes que prendiam a caixa. O zumbir dos orbes sibilou e eles se moveram freneticamente enquanto vozes zuniam à distância. Eu não conseguia entender bem o que diziam, mas meu coração disparou. Minha cabeça começou a doer e minha visão ficou borrada por um instante. Eu me curvei com um grito.

— *Não! Dinah. Abra a caixa. Me liberte* — a mulher sibilou enquanto eu me sentia flutuar. As vozes acima pareciam mais altas.

— Dinah, você consegue me ouvir? — A voz de um homem chegou até mim, uma que senti já ter ouvido antes. Era reconfortante e tentava me tirar do frio da escuridão. — O que você tomou? Consegue me dizer?

Tomei?

— O coração dela está a cem batimentos por minutos. — Uma mulher falou acima dele. — Senhorita, preciso que você abra os olhos. Me diga que drogas você tomou.

— Dinah, você consegue acordar? — A voz profunda e tranquilizante dele me despertou, me puxando em sua direção sem que eu pudesse controlar. — Diga a ela o que você tomou.

— *Dinah! Não!* — Ouvi a voz da caixa gritar me chamando, mas não consegui parar. A escuridão se transformou em uma luz ofuscante, me fazendo encolher.

Lâmpadas piscavam em um teto branquíssimo. Eu estava enjoada, sentindo como se as paredes ao meu redor girassem. Rodas rangiam e sapatos de solado macio batiam no chão. Fiquei tomada pelo medo e confusão. Eu estava completamente exausta.

Vi rostos desconhecidos me encarando. Uma mulher me empurrou. Havia outra à minha esquerda, e as duas usavam pijama cirúrgico azul. Seriam enfermeiras? Mas o enfermeiro ao meu lado usava roupas escuras. Seu corpo era forte e musculoso, e ele era lindo. Seus olhos brilhantes cor de âmbar me atraíam como um inseto para uma lâmpada. Era deslumbrante, com a pele negra e as maçãs do rosto bem-marcadas.

— Senhorita, consegue me dizer o seu nome? — A mulher à minha esquerda corria ao meu lado, mas eu continuava encarando o homem.

Ele se inclinou por cima de mim, com um sorriso cálido em seu rosto perfeito. Eu queria tocá-lo. Ele me fazia me sentir segura. Confortável. Atônita.

— Pode me dizer o seu nome?

— D-din-ah — murmurei, mas as letras gotejaram dos meus lábios como água. Ele se inclinou com a orelha virada para mim, e eu jurei conseguir sentir o cheiro de biscoito de baunilha.

— D-dd-in-ah. — Tentei de novo.

— Dinah. — Sua mão cobriu a minha. — Fique acordada como ela está pedindo. Por mim? Consegue fazer isso?

— Hum-hum. — Tentei assentir enquanto a escuridão me reivindicava, me chamando para voltar para a paz e a tranquilidade.

— Vamos lá, Dinah. Você prometeu que ficaria acordada. — Ele apertou a minha mão, mas tudo o que o gesto fez foi acalmar meu coração acelerado e me deixar abrir caminho para uma súbita serenidade.

BELA LOUCURA

CAPÍTULO 16

Vozes, bipes e sirenes cutucaram a minha consciência como um irmão pentelho, me trazendo de volta para o mundo.

— Carroll, se acalme. O médico disse que ela vai ficar bem. — Eu reconheci a voz do meu pai, e isso incitou meus olhos a se abrirem. Minha visão embaçada reparou no cômodo e meu cérebro logo reconheceu que era um quarto de hospital. Branco, marfim, gelo... todos os tons que tornavam o lugar estéril e inóspito cobriam as paredes e a cama.

Que porra que aconteceu?

— Não consigo acreditar que isso está acontecendo de novo, Lewis. — O sussurro rouco da minha mãe atraiu meus olhos para as formas que estavam paradas à porta. — Com nossas duas filhinhas? Não consigo passar por isso de novo. Já não enfrentamos problemas o bastante?

Meu pai afagou as costas dela, e não respondeu enquanto minha mãe andava em círculos.

— O que aconteceu com a Alice quase me matou... mas a Dinah? Não vou conseguir sobreviver se passar por isso com ela também. — A voz dela estava aguda. — É a última pessoa com quem isso deveria acontecer.

— As coisas não são bem assim...

— Eu sei, mas a Dinah é tão equilibrada e lógica. — Minha mãe soluçava tanto que seus ombros sacodiam. Fico com o coração partido de dor. — Meu Deus, Lewis, disseram que ela estava atacando as pessoas que tentavam ajudá-la lá na cafeteria. Gritando e berrando sobre um monstro. Igual foi com a Alice. Tudo de novo.

— Eu sei, meu amor. — Meu pai a abraçou. — Eu também não posso acreditar.

— O que a gente vai fazer? — Ela chorou no ombro dele.

— Já passamos por isso — meu pai respondeu ao soltá-la. — Ficaremos bem.

Minha mãe piscou rápido e assentiu, sua expressão era de pura agonia.

— Não vamos contar para a Alice. — Minha mãe respirou fundo. Reconheci a expressão dela de "decisão tomada".

— Como é que é? — Meu pai deu um passo para trás.

— Ainda não. — Ela ergueu a mão. — Vamos primeiro descobrir o que está acontecendo.

— Carroll...

— Alice mal se recuperou. Ela está feliz e saudável agora. A vida com Matt está boa. Não quero que nada seja um estopim para ela, ou que a faça ter uma recaída. Não até termos certeza.

— Tudo bem. — Meu pai coçou a cabeça, o cabelo caramelo grisalho brilhou na luz. — Você está certa.

— Sr. e sra. Liddell? — Uma mulher de jaleco branco se aproximou deles. — Sou a dra. Avery. Temos o resultado dos exames de Dinah. — Ela virou uma página na prancheta. — Então, tudo veio relativamente normal. Não detectamos nada de álcool nem drogas pesadas, embora tenhamos encontrado traços estranhos de psilocibina. Mas nada que pudesse causar a reação que ela teve.

— Psilocibina? — Minha mãe balançou a cabeça em descrença. — Tipo a dos cogumelos? — Seu queixo caiu. — Minha filha não usa drogas psicodélicas. De jeito nenhum. Não a Dinah.

— Carroll. — Meu pai levou a mão ao braço dela. — O que você quis dizer com estranhos, doutora?

A mulher balançou a cabeça e franziu os lábios.

— Fizemos vários exames, e todos deram resultados diferentes. A psilocibina evaporava rápido demais da amostra, o que não deveria acontecer. Em todos esses anos, nunca encontrei nada parecido. — Ela abraçou a prancheta. — Mas creio que precisemos abordar a outra causa para a crise de Dinah. Dei uma olhada no histórico familiar de vocês e vi que sua filha mais velha também passou por problemas psicológicos.

— Ela está bem agora — minha mãe respondeu imediatamente. — Completamente bem. Feliz e tem um negócio de sucesso na cidade.

— Carroll — meu pai avisou de novo. — Pare.

Minha mãe abaixou a cabeça, mordeu os lábios como se lutasse para não chorar. Ela ainda tentava com afinco mostrar que não éramos uma família de lunáticos.

— Recomendo que encontrem ajuda para Dinah. Talvez medicá-la

BELA LOUCURA

devidamente. Tratar logo disso antes que piore. — A médica entregou um cartão a eles. — Entrem em contato se tiverem perguntas. Eu gostaria que Dinah ficasse mais tempo sob observação.

— Sim, obrigado, dra. Avery. — Meus pais agradeceram quando ela saiu.

— É melhor ligar para o Scott. — Meu pai pegou o celular e secou uma lágrima, a voz dele estava embargada. — Ele vai ficar preocupado.

Minha mãe foi abaixo com aquela declaração. Eles se agarraram um ao outro, chorando, e aquilo fez meu coração se partir em mil pedaços. Eu odiava o que estava causando aos dois. Que minha mente estava falhando também e, no processo, magoando a minha família de novo.

Meio grogue, o sono me reivindicou outra vez, me levando para longe da dor. Depois de ir e vir, acordei de novo com uma enfermeira verificando meus sinais vitais. Scott dormia na cadeira ao lado da cama.

— Eu conheço você. — Minha garganta seca entrecortou as palavras.

A enfermeira olhou para baixo e sorriu.

— Você está acordada. — Ela pegou um copo ao lado da cama e me entregou um pouco de água. — Na verdade, estou bastante surpresa por você se lembrar de mim. Eu ajudei a te trazer para cá.

Abaixei a cabeça, agora me lembrando da razão para ela parecer conhecida.

— É. Estava tudo nebuloso, mas eu lembro. Também havia outro enfermeiro… o homem com belos olhos cor de âmbar.

Ela franziu a testa e as sobrancelhas sobre os olhos castanhos.

— Enfermeiro?

— É. A voz dele era tão tranquilizante.

— Meu bem… — Ela inclinou a cabeça para mim. — Não havia nenhum enfermeiro lá. Só eu e a Cora.

Uma onda de medo me fez estremecer enquanto eu bebericava a água. Eu o vi. Senti seu toque. O cheiro dele. Ele disse meu nome e parecia mais real para mim do que ela. O rosto dele estava nítido na minha cabeça.

— Ah. — Engoli com força. — Eu devia estar sonhando. — Embora soubesse que não era o caso. Eu me lembro dela lá. Até mesmo da outra enfermeira, Cora, me empurrando, mas ele era a estrela brilhante a que me agarrei, que me manteve segura.

— Seus sinais vitais estão bons. A médica disse que vai te dar alta em breve. — Ela apontou o queixo para o corpo adormecido na cadeira. — Além disso, ele está roncando e acordando a senhora do 23B.

Eu ri quando ela pegou o copo e o colocou na mesa. A mulher apertou o meu braço antes de ir.

No momento que ela se foi, o bom humor desapareceu do meu rosto. O homem não era real? Nem o monstro me atacando no café? Ou o lugar com os brinquedos? Chip? Dor?

Todas as alucinações eram vívidas, tangíveis, mas a realidade era um sonho difuso. Eu não lembrava muito de estar no café. Devo ter ido sozinha, né? Por que eu não conseguia lembrar? O que tinha me descontrolado? Foi do nada?

A única pessoa que eu sabia que entenderia pelo que eu estava passando era a última com quem eu deveria falar. Meus pais não queriam que Alice soubesse, e eu estava com medo de aquilo ser um estopim para ela. Eu não podia ter aquilo pesando na minha consciência também. Ela estava feliz demais, e aquilo traria de volta muita dor e escuridão. Não agora. Não até eu saber mais sobre o que eu tinha.

Eu precisava marcar outra consulta com a dra. Bell. Ao pensar no nome, um vislumbre dela sentada na minha frente na cafeteria cintilou nos meus pensamentos, mas sumiu com a mesma rapidez. A dra. Bell não estava lá, né?

Não. Por que estaria?

Balancei a cabeça. Devia ser outra alucinação. Eu estava chegando ao ponto em que não conseguia acreditar em nada: nem no que via, tocava ou lembrava. O que era ilusão? O que era verdade?

O Frost?

O Blaze?

Eu estava viajando na maionese.

— Olha o degrau — Scott falou enquanto entrávamos no nosso prédio, sua mão estava tímida nas minhas costas, a outra segurava minha bolsa. Desde que saíamos do hospital, o que levou mais tempo do que eu queria com os meus pais em cima da gente, ele estava me tratando como se eu fosse um pedaço de vidro fino. Todo mundo estava tenso e desconfortável, sem saber o que dizer ou fazer. Minha mãe tinha começado a falar, mas vi meu pai balançar a cabeça.

— Deixe-a descansar essa noite, Carroll. — Eu o ouvi sussurrar para ela. — Podemos conversar amanhã.

Então, em vez de desarmar a bomba gigante na sala, todos preferimos ignorá-la. E nós sabíamos que estávamos ignorando tudo, o que fez aquela tensão estranha aumentar ainda mais.

Scott estava mais esquisito que o normal. Não falou comigo por todo o trajeto até em casa, exceto para perguntar se eu estava aquecida, ainda que o aquecedor estivesse praticamente queimando a minha pele. Eu não fazia ideia do que disseram a ele, mas ao que parecia foi o suficiente para tirá-lo do prumo. Ele não havia reagido bem depois que viu em primeira mão Alice pirar no meu quarto ao assistir *Gremlins* dois anos atrás. Ele tinha ficado assustado pra caramba, e, embora agisse normalmente quando estava perto dela, eu sabia que aquilo de não entender por que o cérebro dela não conseguia diferenciar o que era real do que era alucinação ainda o incomodava. De como ela podia estar agindo normal em um instante e, no seguinte, vendo coisas que não existiam.

— A porta está bem aqui. — Ele apontou para o apartamento.

— Sim, Scott. Eu sei onde eu moro. — Ele estava tentando ser atencioso, até demais, o que estava me irritando. Eu não consegui evitar que o rancor explodisse na minha língua, de tão irritada que estava. — Loucura não quer dizer que de repente fiquei idiota ou que tive amnésia.

— Di… — disse, aborrecido, ao destrancar a porta.

— O que foi? — Passei reto e entrei no apartamento minúsculo. — Não consegue fazer piada sobre sua namorada ter ficado piradinha?

— Dinah. Para. — Ele bateu a porta, passou a mão pelo cabelo e sobre o rosto, então colocou minha bolsa na mesa. — Foi um dia longo. Estou cansado. Você está cansada. Vamos para a cama e conversamos de manhã.

— Sério? — Fiquei parada do outro lado da mesa. — Você não tem nada a dizer no momento?

— O que você quer que eu diga? — ele bufou, empurrou os ombros para trás e fechou a cara.

— Eu não sei. — Abri os braços. — Qualquer coisa. Me diga como você se sente. Pergunte algo… tipo o que aconteceu.

— Tudo bem. O que aconteceu? — Seu maxilar estalou.

Eu o encarei.

— Você está bravo comigo?

— Não, claro que não.

— Então o que foi? Está agindo como se estivesse com raiva.

— Não estou — ele exclamou e levou as mãos aos quadris.

— Jura? — Fiz pouco, já que suas palavras e seu tom diziam o contrário.

— Juro — ele gritou. — Não estou com raiva, Dinah. Estou com medo. Recebi uma ligação do seu pai dizendo que você estava no hospital e aí descobrir que era por causa de um colapso mental?

— E é isso que te dá medo? — Não era bem uma pergunta.

Ele resmungou, foi até a geladeira e pegou uma cerveja.

— Fala comigo.

— Não sei como te responder — ele murmurou, andando para lá e para cá.

— Responda com sinceridade. Você está com medo de que eu tenha um distúrbio mental igual ao que a Alice teve?

Ele fez um barulho do fundo da garganta e passou a mão pelo rosto e pela cabeça de novo.

— Me diz, Scott.

— Estou — ele gritou, jogou os braços para o alto e derrubou a minha bolsa, virando tudo o que tinha lá dentro. — Tá? Eu estou apavorado com a possibilidade de acontecer com você também. Não sei como lidar com isso.

Cruzei os braços e assenti. Eu que pedi por aquilo, mas, ainda assim, doeu.

— Não quero nada mais que isso. Basta ser sincero.

— Sincero. — Ele bufou de irritação. Agachou-se para juntar as coisas da bolsa, e estendeu a mão para um objeto.

O pânico fez os meus músculos estremecerem, fiquei sem ar enquanto o via pegar o frasco de comprimidos e ler o rótulo.

Mas que torta de cocô.

— Scott...

— O que é isso? — Ele olhou para mim com raiva ao se levantar. — Que porra é essa, Dinah?

— Eu posso explicar... — Mas nenhuma explicação me veio, só fiquei de boca aberta, feito um peixe.

Suas narinas inflaram enquanto ele virava o rótulo para mim.

— Vai me contar por que você está com antipsicóticos na bolsa, receitados por uma tal de dra. Bell? — Ele balançou o frasco, os comprimidos sacudiram lá dentro, contando os meus segredos. — Diga, Dinah!

BELA LOUCURA

— Eu… eu…

— Não dá para acreditar. — Ele interrompeu minha tentativa, andou para lá e para cá, balançando a cabeça. — Hoje não foi a primeira vez, foi?

Engoli em seco.

— Foi?

— Não. — Senti a vergonha queimando minha pele.

— Inacreditável. — Ele bateu o frasco no balcão. — Há quanto tempo está acontecendo?

Eu me encolhi, meu estômago revirou.

— Há. Quanto. Tempo. Dinah?

— Está mais constante ultimamente, mas…

— Mas o quê?

Eu mudei o peso de um pé para o outro.

— Co-começou há cerca de dois anos.

Eu o observei enquanto ele absorvia a informação. Inflando o corpo como um balão, seus ombros foram parar nas orelhas. Scott sempre foi tão calmo, tranquilo… Era preciso muito para deixar o cara com raiva. Mas, quando acontecia, ele perdia as estribeiras.

— Dois anos, porra! — Ele explodiu, o rosto ficou vermelho em alguns lugares. — Faz dois anos que você está escondendo isso de mim?

— Eu não estava escondendo de você. — Escondia de mim mesma.

— Que mentira! — ele gritou. — Você está indo ao psicólogo e tomando remédio, Dinah, sem me dizer! Isso é esconder.

— Eu não estava indo a lugar nenhum nem tomando remédio até poucas semanas atrás.

— E isso melhora as coisas?

— Não, eu só…

— Só o quê? Não queria me contar?

— Eu não queria contar para mim mesma. — A emoção se libertou. Raiva, vergonha, constrangimento e medo se uniram em um único nó. — Eu não queria reconhecer o que estava acontecendo. Vi o que aconteceu com a minha irmã a cada dia. Tive medo. Não queria que acontecesse comigo também.

— Então você deveria ter falado comigo — ele gritou também. — Pensei que fôssemos uma equipe. Jesus, a gente está junto desde os quinze anos. Contamos tudo um para o outro… ou costumávamos contar, porque ultimamente…

— O quê?

— Ultimamente a gente nem fica junto. Brigamos o tempo todo. Sei que não sou o único que sente essa tensão entre nós. — Ele aponta para mim. — Mas agora eu sei o que é.

— Espera. Então a culpa é minha?

— Não foi o que eu disse.

— Não precisou. — Eu me afastei da mesa, colocando um espaço entre nós, mas ele me seguiu até o sofá.

— Quando foi a última vez que a gente transou?

— Êpa. — Ergui as mãos. — Você não pode culpar só a mim pela falta de sexo.

— Eu tentei de novo naquele dia. Foi você quem me dispensou.

— Ah, puta que pariu, Scott. Você estava bêbado, fedendo a cerveja e salgadinho, e eu tinha tido um dia pavoroso.

— Sinto muito por você sentir tanta repulsa do seu namorado.

— Não foi o que eu quis dizer.

— É mesmo? — ele perdeu a paciência, e se afastou de mim. — Foi o que pareceu.

— Scott... — Estendi a mão para ele, que se desvencilhou do meu toque.

— Pois saiba que tem quem me ache atraente.

Ergui a cabeça de supetão, sentindo a conversa mudar de rumo, minha nuca se arrepiou.

— O que você quer dizer com isso?

— Nada.

— Não. Você começou, agora termina.

— Só estou dizendo que tem gente que não sente repulsa por mim. — Raiva eriçava suas palavras como uma proteção, e ele não olhava para mim.

— Você está falando da Leanne.

Ele ergueu a cabeça e respirou fundo.

Na mosca.

— Não. Não me referi a ela. — Seu olhar foi para o lado. Scott era um péssimo mentiroso. Sempre foi.

— Acha que eu sou cega? — retruquei. — Qualquer um consegue ver que ela tem uma quedinha por você.

— E você não liga?

— Deveria? Ela é uma fofa, e sei que você nunca ultrapassaria os limites. — Scott mudou o peso para outra perna e olhou para baixo. Meu estômago despencou, alarmado. — Aconteceu... aconteceu alguma coisa entre vocês?

BELA LOUCURA

— Não. — Suas sobrancelhas se franziram. Ele respondeu rápido demais.

— Você está mentindo. — Cruzei os braços sobre a cintura, como se pudesse bloquear o que sabia que estava por vir.

— Não aconteceu nada. — Ele bebeu a cerveja e me deu as costas.

— Ai, meu Deus, aconteceu alguma coisa sim. O que foi, Scott? Me conta!

— Não foi nada de mais. — Ele se virou com os braços abertos. — Esquece.

— Nada? Com certeza foi alguma coisa.

Silêncio.

— Me conta!

— A gente se beijou. Foi uma vez só, e logo pus fim àquilo. Não significou nada.

— Quando? — Meus ombros se ergueram, mas eu me sentia estranhamente calma por dentro.

— Que diferença faz?

— Quando?!

— Uma noite dessas. Satisfeita? Estávamos os dois bêbados, jogando videogame, e acabou antes mesmo de começar. Foi um erro idiota.

— Na noite em que todo mundo estava aqui?

— É. — Ele beliscou o alto do nariz. — Os caras foram embora, e a gente continuou bebendo e jogando. Rindo e se divertindo, sei lá... simplesmente aconteceu.

Palavra nenhuma saiu da minha boca.

— Diz alguma coisa.

— Não há muito a dizer.

— Não significou nada.

— Foi por isso que você estava tão afoito para fazer sexo naquele dia? Por culpa?

— Não! — Ele empurrou a cadeira para a mesa. — Não é normal querer fazer sexo com a minha namorada linda?

Eu me abracei com mais força.

Seus ombros relaxaram, vendo que a luta que esperava não viria.

— A gente tem estado tão distante esses tempos... Mal nos vemos. Trabalhamos o tempo todo. E a faculdade... — Ele respirou fundo. — Eu estava bêbado e fui um idiota. Desculpa.

Mordisquei o lábio inferior e encarei as botas. Eu estava brava e magoada, mas, ao mesmo tempo, estava sendo hipócrita. Mesmo que Frost fosse uma alucinação... cada toque tinha parecido bastante real.

144 **STACEY MARIE BROWN**

E eu ainda quis mais.

— Di? — A voz dele ficou embargada ao dizer meu nome. — Eu sinto muito.

Assenti, minha garganta estava apertada.

— Eu sei.

Ele veio até mim.

— Você pode me perdoar?

Engoli em seco e assenti devagar. Por mais estranho que parecesse, eu não estava brava com ele nem com Leanne. Só triste, como se estivesse de luto por alguma coisa.

Scott me abraçou, me puxou para perto e aconchegou a cabeça no meu pescoço. Ele era só uns dois centímetros mais alto que eu, então não precisou se curvar muito.

— Eu te amo.

— Eu também te amo. — Saiu no automático, como um hábito, como seu eu não ouvisse mais aquelas palavras.

Eu amava o Scott de todo o meu coração, mas não podia ignorar o espinho cravado no meu peito. Era pequeno, mas eu conseguia sentir que ele se avolumava de dúvidas.

— Vamos dormir. — Ele beijou a minha testa e se afastou. — Podemos conversar amanhã. Estamos os dois exaustos.

— Sim. Claro. — Assenti, não me sentindo tão segura quanto soava.

— Tudo bem. — Ele suspirou aliviado e seguiu para o quarto. — Só quero tomar um banho e esquecer do dia de hoje.

Ele foi a passos lentos pelo corredor, mas não fui junto.

Eu me sentia entorpecida, exaurida. Esse tinha sido um dos piores dias da minha vida. Ter um colapso em público, ir parar no hospital e acabar descobrindo que o meu namorado beijou outra menina. Mas eu não sentia as emoções que deveria estar sentindo, ainda mais quanto ao último acontecimento. Eu não estava com raiva nem com ciúme. Se Leanne entrasse aqui, agora, eu não teria nenhum problema.

Qual a razão? Por que eu não sentia ciúme? Sempre pensei que um tiquinho de possessividade era sinal de um relacionamento saudável, mas não me sentia assim no momento. Olhei para o sofá e os imaginei sentados jogando, rindo e implicando um com o outro, os corpos perto. E, então, o beijo. Eu conseguia imaginar com tanta facilidade, como se fosse a coisa mais normal do mundo.

BELA LOUCURA

Meu estômago revirou, lágrimas saltaram para os meus olhos, um soluço ficou preso em meus pulmões. Não porque os dois se beijando me incomodasse, mas porque não incomodou.

Apoiei o queixo no peito, uma lágrima rolou pela minha bochecha. Eu conseguia sentir as coisas mudarem. Minhas defesas estavam sucumbindo e eu não podia fazer nada para impedir.

— Dinah, por que tem um edredom cobrindo o espelho? — A voz de Scott veio lá do quarto.

Eu me inclinei para trás até minha cabeça encostar no sofá.

Filho de um quebra-nozes.

CAPÍTULO 17

O resto da semana se moveu a um ritmo glacial, cheio de medo e tensão. Entre faculdade, trabalho e casa, eu vivia em constante apreensão com cada coisinha que se movesse ou fizesse barulho. Tudo me deixava sobressaltada e me fazia duvidar da minha própria sombra.

Meus pais estavam me rondando para saber se eu tinha marcado consulta com a psicóloga. A preocupação deles era tanta que até adiaram o almoço com Alice e Matt. Parecia que não queriam que eu a infectasse de novo. Já eu e Scott dávamos voltas em torno um do outro, agindo como se estivesse tudo bem, embora soubéssemos que nada estava. A distância entre nós, uma que nunca tivemos antes, só aumentava. Nunca tivemos uma conversa, já que os horários de trabalho e faculdade pareciam sempre em conflito, orbitando em torno um do outro.

As coisas estavam agitadas no trabalho, e as provas antes das férias de inverno estavam chegando, o que nos deixava ainda mais estressados, bicando nossos nervos e humor como abutres. Eu lutava para me concentrar nas aulas, recorrendo mais e mais a meus desenhos, ansiando começar a desenvolver as cenas em um programa, trazê-los realmente à vida.

— Eles estão mais sombrios que o normal. — O corpo largo do professor Cogsworth se aproximou da minha mesa, o dedo gordinho tocou o cenário.

— Professor. — Idiota que sou, tentei cobrir o desenho feio, esconder o fato de que, mais uma vez, eu não estava prestando atenção na aula. — Eu só…

— Não estava fazendo a tarefa. — Um sorriso apareceu em meio à sua barba bifurcada. — Não é nada do seu feitio, Dinah.

Mordi o lábio, muito envergonhada por decepcionar um dos meus professores preferidos.

— Desculpa. — Puxei o notebook para mais perto. — Vou começar agora. Ele me avaliou por um instante.

BELA LOUCURA

— Sabe, Dinah, a vida não é uma linha reta. Há reviravoltas demais para nos tirar do curso. Mas elas nem sempre são desvios. Às vezes, é só a vida tentando nos avisar alguma coisa.

— E o que isso quer dizer? — Um rubor subiu pelo meu pescoço e bochechas, as palavras dele fizeram me remexer no assento.

— Às vezes, é questão de arriscar tudo por um sonho que ninguém além de você consegue enxergar.

Meus pulmões se contraíram, as minhas bochechas ficaram ainda mais quentes. Era como se esse homem estivesse espiando a minha alma, vendo tudo que eu tentava esconder.

— Eu... eu não entendi. — Minha voz saiu baixa, trêmula.

Ele inclinou a cabeça, a expressão ficou séria e decidida.

— Creio que entendeu, sim.

Minha garganta ficou seca, suor escorreu pela minha testa.

— Esqueça como você acha que as coisas deveriam ser, e verá que o mundo está cheio de surpresas e possibilidades. Não permita que a sua mente te aprisione. Você está destinada a coisas grandiosas, Dinah. Há muito mais do que essa vida comum. — Ele balançou a cabeça, um sorriso largo deixou suas bochechas ainda mais fofas, seu jeito feliz voltou. — Agora, volte ao trabalho, senão vou ter que te dedurar para o seu pai quando o vir no nosso café amanhã. — Ele me deu um tapinha no braço e saiu, me deixando abalada e inquieta.

Virei a cabeça para o notebook, com aqueles números e letras dispostos em linhas e blocos intermináveis. Há um instante, todos faziam sentido, preto no branco. Agora, eu os encarava como se fossem desconhecidos. Os números se misturaram formando um fundo preto. Partes do código se uniram, meus olhos se fixaram nas palavras se formando na tela, me fazendo lembrar daquelas imagens que formavam um desenho quando se olha muito para elas.

ESTÁ NA HORA, DINAH pipocou na tela e fez meu peito congelar.

Pisquei, e a mensagem sumiu. Lá estava só o meu código pela metade, esperando que eu o terminasse.

Um arrepio subiu pela minha espinha, e, com o coração acelerado, fechei o notebook, saltei da cadeira e enfiei minhas coisas na bolsa.

— Dinah? A aula não acabou. — Ouvi o professor Cogsworth dizer para mim enquanto eu seguia direto para a porta. Parecia que meus pulmões estavam amarrados, lutando por ar.

Ao sair para a noite, o ar congelante do inverno bateu em meu rosto e desceu pela minha garganta. A respiração dolorosa me ajudou a estabilizar os pés.

Enquanto meus pulmões se libertavam, sugavam ar, minha pele arrepiava... e não era de frio. Era mais como se alguém tivesse soprado a minha nuca. Fiquei alarmada e olhei ao redor. Eu sabia que estava sendo observada. Como se milhares de agulhas me espetassem, eu conseguia sentir olhos em mim. À espreita. Caçando.

Havia uns poucos gatos pingados no campus, a luz dos postes lançava um brilho sinistro nos caminhos congelados, sombras profundas onde a luz não alcançava. Eu sempre fui cuidadosa. Sendo mulher, era necessário. Levava spray de pimenta para todos os lados, mas não era dos monstros humanos que eu estava com medo.

Era dos que estavam na minha mente.

Engoli em seco e corri para o estacionamento. Minha pele incomodava, como se estivesse coberta por formigas minúsculas. Saí em disparada, ansiedade fez meu coração bater acelerado.

Uma rajada de vento chicoteou ao meu redor.

— *Diinnnaaahhh.*

Um grito escapuliu da minha boca enquanto eu procurava a chave na bolsa, meus dedos desajeitados a derrubaram no chão.

— Merda — falei entre dentes quando o chaveiro escorregou para debaixo do carro. Fiquei de joelhos, enfiei a mão lá embaixo, passei de um lado para o outro e não encontrei nada. Meu pânico aumentou.

Cada poste lá se apagou ao mesmo tempo, fazendo meus músculos travarem de pavor e os meus pulmões entrarem em colapso. A fatiazinha de lua espiando entre as nuvens mal delineava os objetos. O lugar era puro breu.

Um rosnado baixo e profundo me envolveu como uma névoa espessa, se infiltrando nos meus ossos. Minha mente entrou em pânico, expulsando todos os pensamentos.

O som de pés esmagando a camada fina de gelo me arrepiou da cabeça aos pés, fazendo meu coração ir parar na garganta no que os passos chegavam mais perto.

Faça alguma coisa meu cérebro gritava.

Enfiei a cabeça debaixo do carro, minha mão tateava freneticamente em busca das chaves, até que vi um brilho metálico perto do pneu do lado do carona.

BELA LOUCURA

Os passos pesados se aproximavam do carro. Eu conseguia ouvir a coisa arfando e a vibração na sua garganta cada vez que ela respirava.

Agindo por puro instinto, deslizei o corpo para debaixo do carro, peguei as chaves com as juntas dos dedos. Fiquei deitada de barriga no chão, olhei lá para fora e me preparei. Meu fôlego e coração estavam tão acelerados que pareciam um farol conduzindo o monstro até mim.

Tum.

Tum.

Os passos e o meu coração batiam no mesmo ritmo. Um movimento na frente do meu carro me deixou sem ar, e meus olhos se encheram de lágrimas. Virei uma estátua quando a coisa parou bem na frente. Não consegui reconhecer nada além do que pareciam ser botas com pelos longos e desgrenhados e pernas do tamanho de um tronco de árvore.

Um grito de pavor ficou alojado na minha garganta, rilhei os dentes para impedir que o som escapasse.

Por um momento, a coisa não se moveu. Então ouvi outro rosnado baixo.

Raaaaasssp. O som da unha arranhando o metal rasgou os meus tímpanos, fazendo o medo ir tão fundo que minha cabeça girou e bile se acumulou na minha boca.

A criatura se moveu, e meus olhos acompanharam, observando cada movimento enquanto ela rodeava o carro e parava do lado do motorista. A coisa respirou fundo pelo nariz, como se me farejasse. Prendi o fôlego, cravei as unhas na palma da mão, pronta para fugir pelo outro lado. Ela ficou ali por mais um instante.

Cada um dos meus nervos estava ligado, cada sentido tão aguçado a ponto de doer. Eu esperava que a coisa se agachasse e me pegasse, mas, em vez disso, recuou e sumiu de vista.

Silêncio.

Fechei as pálpebras com força, e meus pulmões liberaram uma lufadinha de ar.

Para onde aquilo foi? Será que embora?

Triiiimmmm!

O toque agudo soou noite afora, como o choro de uma criança, fazendo meu sangue gelar. Peguei a bolsa e tentei desligar o aparelho, sentindo o pavor dominar meu estômago. Desliguei. Meus ouvidos se aguçaram, tentando captar algum barulho, qualquer sinal de que a coisa tinha voltado para me procurar.

Silêncio.

Nada.

Meus ombros se afundaram enquanto cada segundo se passava. Talvez a criatura não tenha ouvido.

Mãos envolveram meus tornozelos e um grito se arrancou dos meus pulmões enquanto eu era arrastada de debaixo do carro. O som de tecido rasgando no pavimento explodiu nos meus ouvidos enquanto meu corpo raspava o chão.

Dedos apertaram o meu corpo. Eu estava esperneando e gritando. A necessidade desesperada de viver moveu minhas ações enquanto eu me debatia contra o agressor, minhas unhas cravaram a sua pele.

— Dinah — um homem gritou. Meus braços foram presos ao chão, o que me deixou mais feroz e desesperada. — Dinah, pare! Sou eu! — A voz familiar foi como um interruptor ligando as luzes.

Minhas pernas pararam de atacar, meus olhos olhavam ao redor descontroladamente. Eu estava no estacionamento, mas todas as luzes estavam acesas, iluminando o punhado de gente ao redor. Eram rostos que eu conhecia, tanto de estudantes quanto de professores, mas foi aquele com arranhões no rosto, o que me segurava, que me deu a sensação de ter levado um soco na boca do estômago.

Scott me encarava como se eu fosse um animal selvagem. Um que ele temia.

Ao sentir meus músculos relaxarem, ele me soltou, as mãos se moveram para as coxas. Eu me sentei, morta de vergonha. Os rostos na multidão, amigos e colegas do meu pai, pessoas que eu conhecia das aulas, todas tinham visto o meu colapso.

Lambi os lábios ressecados e vi as manchas de sangue no rosto de Scott.

— Desculpa. — Estendi a mão para ele, mas ele afastou o rosto do meu toque, cerrando a mandíbula.

Abaixei a mão, meus olhos marejaram.

— Você está bem? — ele perguntou, olhando para tudo, menos para mim.

Pisquei rápido e assenti.

Scott me ajudou a levantar, seu maxilar estava travado enquanto ele me levava de volta para o meu carro. A multidão se dispersou, mas eu ouvia a conversa deles, a fofoca.

— Scott...

— Agora não, Dinah. — Seu tom estava constrito quando ele abriu a porta do carona, indicando que me levaria para casa. Scott entrou e bateu a

BELA LOUCURA

porta. Por um segundo, só ficou ali sentado, o silêncio estava carregado de tensão. Espiei o seu perfil e o vi rangendo os dentes, apertando e soltando o volante.

— Desculpa. — A necessidade de pedir perdão por machucá-lo, por ter enlouquecido, escapou de meus lábios.

— O que aconteceu, Dinah? — Ele encarava a janela, indiferente. Assustado.

— Eu não sei.

— Não minta para mim.

Passei as mãos pelo cabelo e olhei pela janela.

— Foi outra crise? — ele perguntou.

Minha garganta estava tão apertada que eu só consegui assentir.

Ele suspirou ao ouvir a minha resposta.

— O que você vê quando isso acontece?

Era tão difícil de explicar, ou talvez só fosse difícil de admitir.

— Um monstro. Um da minha infância.

— Como os que a sua irmã via? Os gremlins?

— Não. — Balancei a cabeça.

— Então o que é?

— Eu não sei.

Ele bateu a cabeça no descanso do banco.

— Estou me esforçando para ser compreensivo. Tentando entender como a minha namorada foi de ser perfeitamente normal para isso.

— *Isso?* — retruquei. — Você quer dizer *louca*?

Ele cobriu o rosto com as mãos e soltou outro suspiro.

— Sei tanto quanto você sobre o que ou por que isso está acontecendo. — Eu me virei para vê-lo melhor. — Pode acreditar quando digo que não quero nada disso. Não quero ver coisas que parecem tão reais que não sei diferenciá-las da realidade.

— Viu, eu não consigo compreender isso. Como pode parecer real se está acontecendo na sua cabeça? Por que você não consegue diferenciar?

Eu não sabia como responder.

Ficamos quietos por um minuto até que ele voltou a falar.

— Você me assustou pra caralho, Di. Vim te fazer uma surpresa, te levar para jantar, esperando passar um tempinho contigo, e te encontro no chão, aos berros e se debatendo. — Ele agarrou o volante de novo. — Meu professor de economia viu…

— Sinto muito. Da próxima vez que eu pirar, vou prestar atenção em quem está por perto.

— Dinah, qual é... — Ele suspirou, havia dor e exaustão nos seus traços. — Não me transforme no vilão dessa história. Estou tentando entender.

— Eu sei. — Pisquei para afastar a vergonha. — Desculpa. Desculpa por você também ter que passar por isso.

— Você está tomando o remédio?

— Estou, mas ela disse que talvez leve um tempo para fazer efeito.

— Então você marcou a consulta?

— Sim, ela vai me encaixar amanhã.

— A gente tem o jantar de Natal da empresa amanhã à noite.

— Tudo bem.

— A gente não precisa ir.

— Não, você tem que ir. — Balancei a cabeça, sabendo o quanto era importante para ele. Ia abrir uma vaga nova que pagava melhor, e eu sabia que Scott esperava ser todo simpático e chamar atenção do chefe. — Eu vou ver a dra. Bell assim que terminar meu turno no chalé. Chego em casa às cinco.

— Tem certeza?

— Sim, vai ser divertido. — Era mentira, mas era o que casais faziam: iam a coisas que não queriam para apoiar o outro.

Ele assentiu e ligou o carro. O trajeto de volta para casa foi feito em completo silêncio.

Ao sair do carro, Scott esperou que eu me aproximasse, sua atenção se desviou para o capô do veículo.

— Alguém passou a chave no seu carro?

Uma bala de medo atingiu o meu coração enquanto eu observava o dedo dele traçar a linha grossa que cortava a pintura branca.

— Caramba, eles arranharam a sua pintura para valer. — Ele balançou a cabeça e se virou para o prédio. — Que otário. Quem faz uma coisa dessas?

Meus olhos se fixaram no arranhão que descia pelo capô como se fosse um cartão de visitas. Minha pele corava e perdia a cor.

Um monstro faz... um de verdade.

BELA LOUCURA

CAPÍTULO 18

— Dinah? — A dra. Bell articulou o meu nome, afastando minha atenção da neve que caía lá fora. O céu ficava mais escuro a cada segundo. Flocos leves e suaves beijavam o chão, cobrindo de beleza a terra seca e morta lá embaixo.

A manhã e a tarde no trabalho tinham sido preenchidas com crianças de mãos grudentas chorando, gritando, correndo e vomitando. Tudo o que eu queria era ir para casa, tomar um banho e dormir. Não ter que colocar um vestido e ir para a festa do trabalho do Scott, fingindo que tudo estava normal e feliz.

— Sim? — Eu me remexi no sofá e enfiei o cabelo atrás da orelha.

— Você parece mais distraída hoje. Quer me contar algo?

Um bufo escapou do meu nariz. Só sobre a minha vida ruindo, nada de mais.

— É por isso que estou aqui. Sem julgamentos. Minha obrigação é ajudar você. Guiar você.

É o que as pessoas dizem, mas é a maior mentira. Todos nós julgamos, ainda mais a nós mesmos. A declaração fez meus olhos dispararem para ela. Uma onda de déjà vu roçou a minha mente, como se ela já tivesse dito aquilo antes. Uma imagem dela sentada diante de mim na cafeteria surgiu na minha cabeça, clara e definida. A mulher estava com o cabelo penteado para trás, usando um casaco preto com pelo no colarinho e um broche de rosa na lapela. Mas, quando eu tentava lembrar do resto, a imagem desapareceu na incerteza daquele dia.

— Você está bem?

Esfreguei a testa.

— Só um pouco estranha.

— O que foi?

— Por acaso nós nos vimos na cafeteria uns dias atrás?

— Não. — Ela cruzou as mãos e me encarou, cética. — Por que você disse isso?

— Não sei. — Meus dedos beliscaram as têmporas. — Algo surgiu na minha cabeça, como se você tivesse estado lá.

— Foi no dia que você teve a crise, não foi? Quando foi levada para o hospital por estar tendo alucinações?

— Isso. — Minhas bochechas coraram de vergonha.

— Você deve ter me imaginado lá. Talvez como referência. Segurança.

Assenti concordando, mas meu estômago revirou, sem conseguir deixar para lá a sensação de que algo não se encaixava. Uma sensação de inquietação e dúvida. Eu me lembrava do casaco preto debruado de pelo que ela usava, embora nunca a tenha visto com ele.

— Pode me dizer o que viu na alucinação?

Meus dentes rangeram, o instinto de não contar veio com tudo, e me fez virar para a janela.

— Só vou conseguir te ajudar, Dinah, se você se abrir comigo.

Era por isso que eu estava ali. Eu precisava de ajuda. A decepção, a vergonha e o pesar que eu estava causando nos meus pais e em Scott era inaceitável. Eu precisava pelo menos tentar. Cravei as unhas na palma das mãos, soltei um suspiro carregado e empurrei os ombros para trás.

— É um monstro. Sonho com ele desde criança. Os pesadelos passaram por um tempo, mas agora estão de volta.

— Qual é a aparência desse monstro?

— Não sei. Ele sempre está nas sombras. Me caçando. Parece… — Lambi os lábios. — Parece que está atrás de vingança ou algo parecido.

— Vingança? — Sua sobrancelha se ergueu acima da armação dos óculos. — O que te faz pensar isso?

— Intuição. — Curvei a mão sobre a barriga. — Como se eu tivesse feito algo errado.

— Errado? Tipo o quê?

Dou de ombros.

— Não sei, mas a sensação é essa.

— Vamos tentar lembrar. Feche os olhos. — Ela se inclinou para a frente e esperou até que eu fechasse as pálpebras. — Revire a sua memória.

Tentei lembrar da época em que ele assombrava meus sonhos, mas não consegui captar nada importante.

BELA LOUCURA

— Concentre-se nos seus sentimentos; vá além do medo. O que você fez?

Relaxei e tentei me concentrar, a culpa tremulou na minha barriga em uma compreensão profunda. Eu sabia por que ele estava atrás de mim, mas não conseguia me lembrar do que tinha feito.

— Não consigo lembrar.

— Tente. Com mais afinco. — A voz dela estava cheia de frustração. — Se você sente culpa, é porque fez alguma coisa. O que foi?

— É só um sonho.

— Está óbvio que ele representa alguma coisa para você. Descobrir o que é pode ser útil — ela respondeu. — Você disse que fez alguma coisa…

Minha cabeça começou a latejar, a exaustão estava me deixando irritada.

— Estou cansada demais.

— Não. Pense, Dinah! — A ordem me fez abrir os olhos e ergueu minhas defesas. — Me diz, como você fez aquilo?

Fez aquilo?

— Aquilo o quê? — Estreitei os olhos para ela.

A mulher parou e piscou para mim antes de se levantar da cadeira.

— Podemos voltar a abordar o assunto na sua próxima consulta. — Ela foi até a mesa e pegou um frasco. — Vou aumentar a dosagem.

— O quê? — Fiquei de pé, um nó se formou no meu estômago.

— Está claro que a dosagem atual não está dando resultado. — Ela foi até mim e me entregou o frasco. — A dosagem aqui é maior. Tome dois de manhã e dois no jantar.

Encarei o frasco, querendo devolvê-lo para ela.

— Eles vão ajudar, Dinah. — Ela fechou minha mão ao redor dele. — É o que você quer, não é? Melhorar?

Assenti.

Ela pegou um copo de água na mesa.

— Comece agora. Me mostre que você está pronta para seguir nessa jornada de ficar boa de novo.

Entorpecida, abri a tampa e virei dois comprimidos brancos na mão. Mas algo me impediu de tomá-los.

— Dinah? — A dra. Bell estendeu o copo para mim. — Só posso ajudar se você permitir.

E eu vou. Quero ficar sã, normal, feliz.

Joguei os comprimidos na boca e os engoli com água. Mais uma vez, tinham um gosto ligeiramente açucarado, mas isso poderia ser por causa do doce que comi no trabalho.

156 **STACEY MARIE BROWN**

Um sorriso se desenhou no rosto da dra. Bell enquanto eu devolvia o copo para ela.

— Boa menina.

Uma centelha de confusão me fez pestanejar. Boa menina? Que coisa mais estranha para se dizer a um paciente.

— Eu gostaria de ver você de novo na segunda-feira.

— Tenho aula e trabalho. — Peguei o casaco e pendurei a bolsa com meu uniforme de elfo no braço.

— Não acha que sua saúde mental deveria ser prioridade? — Ela me levou até a porta. — O tempo está acabando.

— O quê? — Ela murmurou a última frase tão depressa que não sei se tinha entendido direito.

— A gente se vê segunda, Dinah. Tenha um bom fim de semana. — Ela me direcionou até a saída e fechou a porta logo que eu saí.

Acenei com a cabeça para a recepcionista, cujo nome eu não conseguia lembrar por nada, e eu geralmente era boa com detalhes. Ao me aproximar da porta, reparei no cabideiro. Sempre o vi, mas nunca tinha reparado nele. Meu olhar se fixou no casaco de lã preta debruado de pelo pendurado lá.

Estanquei, meu coração disparou. Levei a mão à lapela e prendi o fôlego. Havia um broche de rosa, bem no lugar que, de alguma forma, eu sabia que ele estaria.

— Posso ajudar com alguma coisa? — a recepcionista perguntou.

— Não, não. Estou bem. — Afastei a mão e saí. Ansiedade queimava os meus nervos, pavor se empoçava no meu estômago.

Não fique paranoica, Dinah. A imagem deve ter ficado no seu subconsciente quando entrou, e você não percebeu. A lógica ralhou comigo, enquanto outra voz se perguntava como eu saberia de um detalhe tão ínfimo como um broche em um casaco.

Ainda mais inquieta do que quando cheguei, corri para o meu carro a toda velocidade, ouvindo os comprimidos novos chacoalharem no frasco de plástico como se estivessem em uma máquina de pinball, gritando para o mundo que eu tinha enlouquecido.

O celular apitou enquanto eu entrava no carro. Era uma mensagem do Scott.

Onde você se enfiou? Você não disse que chegaria às cinco?

Olhei o relógio no painel do carro: 17h46.

— Merda! — Joguei a bolsa no banco, liguei o carro e fui na direção de casa. Como assim já era tão tarde?

BELA LOUCURA

Acelerei e cheguei em quinze minutos, então disparei pelas escadas.

— Scott, desculpa! — Irrompi pela porta e encontrei rostos que não eram os do meu namorado.

— Dinah! — David e Marc gritaram, erguendo as cervejas em cumprimento enquanto eu entrava, fazendo eu me sentir como se tivesse dado de cara com a parede. Eles pareciam prontos para uma festa, estavam de calça, blusa social e gravata com tema natalino. Não consegui conter a irritação por não saber que eles estariam lá. Eu já estava apavorada por ter que ficar jogando conversa fiada perto de gente que eu não conhecia a noite toda.

— Oi. — Entrei, fechei a porta e desviei o foco para a pessoa na cozinha. Leanne usava um vestido vermelho rodado, curto e brilhoso, e salto alto. Tinha feito cachos no cabelo e maquiagem. Ela estava muito bonita. Eu geralmente a via sem maquiagem, usando calça cáqui e blusa polo com o cabelo preso.

Ela virou a cabeça para mim e, por um breve segundo, eu poderia jurar ter visto uma centelha de medo, culpa e inveja em seu olhar, mas aquilo se dissolveu em um sorriso suave.

— Oi, Dinah.

— Oi. — Eu a encarei por mais tempo do que esperava, tentando descobrir o que eu sentia ao vê-la. A garota tinha beijado o meu namorado, no nosso apartamento, comigo no quarto ao lado. Ainda assim, não conseguia sentir raiva nem ódio dela.

Talvez a medicação estivesse me entorpecendo, mas eu não estava nada ressentida.

— Você está bonita. — Apontei para ela.

Seus olhos se arregalaram, e ela corou, como se meu elogio a tivesse feito ganhar a noite.

— Sério?

— Sim. — Assenti, e adentrei na sala.

— Obrigada.

— É verdade, Grodsky. — David engoliu a cerveja e apontou a cabeça para ela. — Nem te reconheci.

Ela fez careta para ele. O som da briguinha dos dois me seguiu até o quarto.

Scott estava sentado na cama, calçando as meias natalinas, de cara amarrada.

— Oi… — Entrei.

Ele não respondeu, só terminou de se vestir.

— Scott, desculpa. Não percebi que era tão tarde. A sessão deveria ter terminado…

— Agora não importa. — Ele foi até o espelho e arrumou a gravata. — Vamos sair assim que você estiver pronta.

— Vou me apressar. — Entrei no closet.

Mais uma vez, ele não respondeu. Saiu do quarto e falou alto com os amigos, sendo seu eu normal e feliz.

O peso da sua decepção pesou em meus ombros, meu corpo parecia dez vezes mais pesado. Peguei um vestido evasê aberto nas costas. Era de manga curta e o tule da saia tinha bordados de miçanga e lantejoulas. Era simples e elegante, mas as costas nuas o deixavam sexy e divertido. Geralmente eu me vestia com recato, mas, quando vi esse vestido, não resisti e o comprei por impulso. Outra coisa que não era do meu feitio.

Calcei os saltos vermelhos e coloquei brincos da mesma cor, deixei o cabelo solto e ondulado, passei um pouco mais de maquiagem. Saí correndo do quarto, não querendo ser a razão para eles se atrasarem ainda mais.

— Uau. — Leanne piscou quando saí. — Você só levou cinco minutos para ficar assim? — Uma expressão de dor tomou os seus traços. — Agora eu quero mesmo morrer. Eu levei uma hora para me arrumar.

Scott abriu a boca, como se quisesse responder, seus olhos percorreram Leanne, mas ele logo fechou a boca, e o foco voltou para mim. Sua indiferença derreteu um pouquinho quando sua mão buscou a minha.

— Você está linda.

— Obrigada. — Notei que todos os caras usavam gravata parecida. Ao olhar com mais atenção, vi que a de Marc era de uma versão antiga do Frosty, e David tinha um Rudolph de *A rena do nariz vermelho*. Ao me virar para Scott, reparei na gravata dele. O chão pareceu sumir, e meus pulmões se contraíram.

O desenho da gravata de Scott era dos irmãos Miser. Além dos de terror, esse era o único filme que eu me recusava a assistir desde os sete anos.

Fiquei sem ar enquanto encarava os rostos de desenhos de argila em sua gravata. Um rostinho redondo com uma chama vermelha ardente na cabeça contrastava com o bonequinho magro e azulado que parecia frio e pudico. Nada parecido com os que eu conhecia. Especialmente Frost. Ele não era suave, puro e frio como gelo. Era agressivo e desgovernado… tipo uma tempestade violenta.

BELA LOUCURA

— Gostou? — Scott puxou a gravata. — Decidimos ir como nos velhos tempos.

— Si-sim. — Eu mal consegui responder. Era um desenho que eu nunca deixava Alice colocar na nossa maratona de filmes de Natal. E Scott sabia que eu o detestava desde criança. Será que ele escolheu de propósito, mesmo sabendo que eu odiava o filme?

Eu o observei brincar e provocar os amigos, o rosto convidativo e risonho. Não. Scott não era assim. Ele nunca seria malicioso. Não era do feitio dele.

É só coincidência, Dinah. Deixa para lá.

— Todo mundo pronto? Os carros de aplicativo já estão esperando lá embaixo. — Leanne balançou o telefone e passou pelos caras para pegar casaco e bolsa. Seu corpo miúdo estava em exibição naquele vestido. Scott a acompanhou com o olhar. O rosto estava inexpressivo, mas os olhos a observavam, quase como se ele não percebesse que fazia isso. Até me pegar encarando. Parou de prestar atenção nela e um sorriso se formou no seu rosto enquanto ele afagava as minhas costas. Então pegou meu casaco e me ajudou a vesti-lo.

— Tudo bem? — ele sussurrou no meu ouvido, e eu sabia o que a pergunta significava: *você está medicada e vai ficar estável na frente do meu chefe e dos meus colegas de trabalho?*

Assenti e os segui para fora do apartamento.

Eu estava longe de estar bem. Mas essa noite eu fingiria e seria a melhor namorada do mundo, dando mais apoio do que Scott poderia esperar.

Essa noite, eu seria a Dinah sã.

Holly Jolly Christmas tocava no salão alugado para a festa quando saímos da noite gelada e deixávamos os casacos na chapelaria. O ar quente atingiu minha pele enquanto meus olhos reparavam nas pessoas conversando, rindo, dançando e circulando pelo ambiente decorado. Luzes brancas estavam penduradas nas vigas do teto, delineando as passagens e janelas. Laços e meias, assim como dreidels e menorás, cobriam as mesas e paredes. Uma imensa árvore de Natal com presentes falsos estava no canto que dava vista para o rio Connecticut. A sala resplandecia com luzes e calor.

A empresa de Scott foi além do esperado com essa festa: alugou o Glastonbury Boathouse, oferecendo bebida e comida de graça para funcionários, gerência e família para demonstrar a gratidão que sentiam. Como se algo assim fosse compensar o salário ínfimo que era pago no resto do ano.

Scott me contou que eles distribuiriam prêmios e fariam homenagens aos funcionários mais para o fim da noite. Eu sabia que ele esperava receber um por causa de todas as horas-extras e energia que dedicou nos seis meses desde que foi contratado.

— Open bar! — Marc comemorou, e já saiu saltitando, se embrenhando em meio à multidão, com David e Leanne logo atrás.

Scott fechou a mão na minha e virou a cabeça para mim.

— Tem certeza de que está bem?

Eu conseguia sentir a ansiedade brotando nele, seus ombros estavam tensos.

— Tenho. — Assenti, parecendo muito mais confiante do que me sentia de verdade. — Estou bem.

— Eu quero muito, muito mesmo, impressionar o meu chefe hoje à noite. — Ele ergueu minhas mãos entre nós. — É muito mais dinheiro. Vai nos ajudar demais. E é um trabalho que eu super quero fazer.

— Eu sei. — Apertei as mãos dele. — Estou contigo. Vou garantir que ele saia daqui hoje com você como primeira opção na cabeça.

Scott suspirou e assentiu.

— Certo. — Ele afastou o mau humor. — Vamos pegar uma bebida e nos divertir. — Entrelaçando a mão na minha, ele nos dirigiu em meio à multidão, indo aproveitar a bebida grátis.

Ele logo encontrou os amigos no bar. Eles estavam muito animados, entusiasmados por causa da testosterona extra, virando doses e gritando alto. Legalmente, alguns de nós não deveriam estar bebendo, mas pensei que era um caso de "é Natal, e a gente vai fingir que não viu" enquanto Scott colocava um copo do que parecia ser refrigerante puro na minha mão. Uísque com Coca-Cola desceu queimando pela minha garganta e deixou a minha cabeça mais leve, aliviando a tensão dos meus músculos. O salão tinha ficado tão quente que foi uma delícia sentir a bebida gelada descer. Delicioso até demais.

— Caramba, Di. — Ele acenou para o bartender e pediu mais. — Era um duplo.

BELA LOUCURA

Peguei o segundo, tomei outro gole, e mais um pouco da tensão deixou os meus ombros.

— Lá está ele. O meu chefe, Doug Evans — Scott sussurrou no meu ouvido, sua cabeça indicou o homem rodeado de gente no meio do salão. A esposa estava ao seu lado, conversando com outra mulher. Doug era bem mediano, nada nele se destacava. Quarenta e poucos anos, olhos castanhos e cabelo curto da mesma cor, e ele parecia estar ficando calvo. Tinha quase um e oitenta, usava terno cinza com gravata vermelha. A expressão e a aura dele não eram lá muito convidativas ou calorosas. — Quero falar com ele agora.

— Vai lá. — Fiz sinal para ele ir. — Vou ficar aqui.

— Por que você ficaria aqui? — Sua mão deu um empurrãozinho nas minhas costas. — Quero te apresentar a ele.

Uma onda de nervosismo ultrapassou a leve calma da bebida, me fazendo tomar outro gole. *Você vai ficar bem. Você vai ficar bem*, repeti o mantra para mim mesma enquanto abríamos caminho pelo salão, e me forcei a sorrir. *Fique sã, Dinah. A namorada perfeita e racional.*

— Sr. Evans — Scott o cumprimentou e estendeu a mão.

— Scott, que prazer vê-lo. — O sr. Evans apertou a mão dele. Seu tom era monótono em comparação com suas palavras.

— Digo o mesmo, senhor. — Eu conhecia Scott há tempo o bastante para saber que a voz dele mudava um pouquinho quando ficava nervoso e impressionado com alguém. — Eu gostaria de te apresentar à minha namorada, Dinah. — Ele apontou para mim.

— Dinah. — O olhar de Doug me percorreu com um pouco de surpresa, como se não esperasse alguém como eu. Sua postura mudou. Ele estufou o peito de forma que ficasse mais largo e maior, então pegou a minha mão e seu escrutínio me percorreu feito fogo descontrolado. — É um prazer conhecer você.

Meu instinto foi puxar a mão. O tom nojento e agressivo foi subindo pelo meu braço, cobrindo a minha pele.

— Já faz mais de seis meses que Scott está conosco, e só agora te conheci? — Ele apertou a minha mão antes de eu forçá-lo a soltá-la, puxando-a de volta para mim, um sorriso fingido estava nos meus lábios. — Precisamos remediar isso.

Olhei para a esposa dele, que ainda estava entretida conversando com outra pessoa, sem parecer se importar com quem o marido falava.

— Seria ótimo, senhor. — Scott assentiu com fervor. — Talvez possamos marcar um jantar para qualquer dia desses.

O olhar de Doug foi de Scott para mim, sua intenção ficou bem clara.

— É claro.

Meu estômago revirou, o álcool começou a correr na minha corrente sanguínea e alcançou meu cérebro. Esse homem estava me cantando na cara dura, a esposa não se importava e meu namorado nem percebia.

— Na verdade, eu estava querendo conversar sobre a vaga que está para abrir. — A voz de Scott ficou constrita.

Doug ergueu as sobrancelhas, e finalmente parou de olhar para mim.

— É um cargo sênior.

— Eu sei, senhor, mas acho que posso fazer um excelente trabalho.

A expressão de Doug estava cheia de dúvida. Eu já conseguia sentir a recusa saindo da boca dele.

— Scott seria maravilhoso para o trabalho — adicionei, voltando o olhar dele para mim. — Ele dá duro. E aprende muito rápido. O senhor já deve ter notado quanto tempo extra ele dedica à empresa. Ninguém vai se esforçar mais que ele.

Doug mudou o peso de um pé para o outro, os olhos não se desviaram de mim.

— Ninguém?

O pânico me deixou sem ar. A temperatura ali estava chegando ao ponto de ebulição, os dois drinques duplos nadavam nas minhas veias. Droga! Será que eu podia beber sendo que estava tomando remédio?

Um sorriso lento se curvou no rosto de Doug e ele voltou o foco para Scott.

— Bem, sua namorada deslumbrante me fez refletir. Talvez eu repense a minha decisão.

— Sério? — Os olhos de Scott se arregalaram.

— Sério. — Os olhos de Doug me percorreram. — Ela é bem convincente. — Ele deixou o copo vazio em uma mesa ali perto. — Vá pegar mais bebidas para a gente, e aí falaremos mais do assunto. — Ele apontou a cabeça para Scott.

— Sim. Sim, é claro! — O entusiasmo dele foi às alturas, Scott praticamente saltitava. — O que vai querer, senhor?

— Uísque com gelo.

— Tudo bem. Dinah e eu já voltamos.

— Ah, eu gostaria de conversar um pouco mais com ela, se não se importar. Saber mais de você.

BELA LOUCURA

Olhei feio para Scott, disparando uma expressão de *não se atreva a me deixar sozinha com ele.*

— É claro. — Ele sorriu satisfeito, ignorando por completo o meu pânico, e sumiu em meio à multidão.

— Dinah. — Doug se afastou da esposa, que pareceu nem notar que ele estava no recinto. — O jeito como você fala do seu namorado é admirável.

— Admirável? — Franzi a testa. — Por que eu não falaria dele assim? Scott é incrível. E acho que ele é mais do que qualificado para a função.

Os olhos dele voltaram a vagar por mim, a língua deslizou pelo lábio inferior.

— Está claro que ele te ama, e que você o respeita bastante.

Empurrei os ombros para trás, enrijecendo quando ele se inclinou para mim, aproximando a boca da minha orelha.

— Assim como a sua irmã, você é cheia de magnitude. Sua paixão é boa demais para ele... ou para esse mundo. — O tom dele soou estranho. Já a intenção pareceu um quebrador de gelo batendo no meu peito.

— O quê? — Eu me afastei dele, sentindo o medo se aproximar.

Ele me observou, seu sorriso se curvou, quase parecendo uma boca de carvão.

— Caaaaaara... é uma festa! — Duas pessoas pequenas dispararam na minha direção, chamando minha atenção para si. Pânico bateu na minha garganta, e meus olhos se fixaram nelas.

Ah, não. Por favor, não.

— Mano, eu amo uma festa! — exclamou Jangle, o louro mais magro, apontando para a mesa de comida. — Podemos comer quantos doces quisermos.

Ah. Não. Ah. Não... não agora!

Minha garganta fechou enquanto eu os observava disparar em meio às pessoas, bater em uma das mesas e fazer um prato de biscoito cair no chão.

Virei a cabeça para longe deles e esfreguei as têmporas. *Eles não são de verdade. Eles não são de verdade.*

— Dinah? — A voz de Doug me chamou de volta para ele, mas foi o que vi atrás dele que prendeu todo a minha atenção.

Quin estava no bar, girando garrafas e servindo bebidas. — Oi, *Wahine*! Vem aqui. Estou fazendo meus famosos drinques de cranberry.

— Eles são in-crí-veis! — Dor saltou de um dos copos, nadando na bebida. — Eu me sinto leve e feliz, como uma estrelinha brilhante. Brilha. Brilha... — *Soluço.* — Estreliiinhaaa...

— Ah, Senhor — murmurei e fechei os olhos. *Qual é, Dinah, se controla. Eles. Não. São. De. Verdade.*

O som de louça quebrando me fez voltar a olhar para a comida. Metade dos pratos cobria o chão, e um ratinho minúsculo estava perto de um pedaço de queijo, com bandejas espalhadas ao redor dele. Os olhos imensos de Chip pareciam cheios de culpa quando ele enfiou o queijo na boca, deixando um lado da bochecha igual a um balão, os dedos dele sinalizaram "Ôpaa".

A sala girou, meus temores apertavam o peito. Parecia que cada olhar ali queimava a minha pele, como se soubessem que aquilo estava ligado a mim.

A queda de caixas de papelão me fez olhar para outro canto do salão, um rugido tomou o ar.

— Ah, puta merda... — suspirei.

No canto, perto da árvore de Natal e do caraoquê, um urso polar do tamanho de uma SUV pulava no lugar, tentando tirar uma caixa da perna.

— Dor, socorro! Tira isso de mim! Está me atacando! Eu vou morrer! — A bunda de PB resvalou na árvore de seis metros de altura, inclinando-a.

— Mas que meia suja! Saiam! — Meu corpo reagiu. Corri para a árvore, acenando para as pessoas saírem de perto. Mas era tarde demais. A árvore caiu, esmagando o palco do caraoquê e todo o equipamento. Luzes piscaram acima e se apagaram, deixando o salão nas sombras. Pessoas gritavam, tentando sair do caminho enquanto enfeites se espatifavam no chão, explodindo como bombas. A árvore caiu com um estrondo, espalhando mais enfeites por todo lado.

Eu me joguei no chão e cobri a cabeça enquanto vidro e plástico voavam pelo ar feito balas.

Gritos de medo soaram nos meus ouvidos até que tudo ficou em silêncio. Um silêncio sobrenatural.

Um arrepio subiu pela minha espinha, e eu ergui a cabeça devagar, meus olhos se abriram e encontraram o lugar todo turvo. A única luz era a da lua se infiltrando pelas janelas. Meu estômago embrulhou, tirando todo o ar dos meus pulmões.

Não. É tudo coisa da minha cabeça. Não é de verdade, Dinah. Você tem o poder de fazer isso ir embora.

Mas não importava quantas vezes eu repetisse isso para mim, tentando me ancorar à realidade, me beliscando até sentir dor. Nada mais era realidade

BELA LOUCURA

165

aos meus olhos. O nó apertado no meu estômago e a coceira no fundo da minha mente sugeriam que tudo era apenas a minha verdade.

Um rosnado baixo penetrou o espaço ao meu redor. Meus músculos congelaram, sabendo que ele estava ali atrás de mim. Meus olhos marejaram de medo. Minha respiração ficou presa, saindo em baforadas de fumaça enquanto sua presença surgia às minhas costas e seus olhos queimavam em mim.

Passos vibraram no chão e rajadas de ar saíam carregadas de suas narinas, soprando ar quente pelas minhas costas, fazendo os pelos da minha nuca se arrepiarem. A forma imensa pairava acima de mim, mas eu não conseguia me virar e olhar. Encarar a criatura.

Um rosnado atingiu meu rosto quando a coisa se aproximou da minha orelha, forçando um grito a fincar garras no fundo da minha garganta. Sua respiração aqueceu a minha pele. Meus lábios cerraram, meu coração batia desgovernado no peito, meu corpo tremia. Garras longas me envolveram pelo pescoço, e um gemido escapou dos meus lábios. Pavor me engolfou, me afundando, me prendendo. Minha cabeça girava de medo. Outro rosnado estalou no meu ouvido, soando como o meu nome.

— Dinnnnaaahhh — a coisa sibilou. Grunhi quando unhas cravaram na minha garganta até eu sentir sangue escorrer pelo meu pescoço. A ponta de uma língua lambeu a minha orelha.

Um grito escapou do meu peito. Eu sabia que aquele era o fim. O monstro me mataria dessa vez.

— Dinah! — Uma voz fez meus olhos se abrirem, e eu vi Dor a alguns metros dali, com Chip sinalizando enlouquecidamente para mim. O rugido de um urso encheu o salão, fazendo o monstro se afastar e afrouxar seu aperto. — Corra!

Com a criatura distraída, aproveitei a oportunidade. Eu me afastei com tudo, fiquei de pé aos tropeções e fui na direção de Dor e Chip. Coisas quebravam e se estilhavam atrás de mim enquanto eu corria.

Um rosnado fez o espaço tremer, e eu sabia que a criatura estava vindo no meu encalço. Eu ainda não conseguia olhar para trás, como se estivesse impedida de realmente vê-la. Passos estrondosos me seguiam, meu coração batia descompassado, bile queimava a minha garganta.

— Dor, Chip, vão! Fujam! — Mas eles não se moveram, o que fez mais pânico se espalhar pelo meu peito.

Então, unhas arranharam minhas costas, se enroscando no meu cabelo.

Nããã||

— Dinah! — Ouvi gritarem meu nome antes de eu cair sobre os meus amigos, protegendo-os do monstro. Eu me preparei para o golpe, para sentir as garras rasgando a minha pele, me abrindo como uma pinhata. Eu me curvei em torno dos meus amigos, um soluço aterrorizado subiu pela minha garganta, fechei as pálpebras com força, esperando.

E esperando.

Mas o golpe nunca veio.

— Dinah! — Meu nome mais uma vez cortou o ar, e eu forcei meus olhos a se abrirem.

Uma luz quente penetrou o forte que construí com meus braços e corpo, meu peito arfava enquanto eu me dava conta de que estava tudo bem. O monstro não me atacou. Olhei para baixo, o espaço estava vazio. Dor e Chip tinham sumido. Minha cabeça recuou, meus pensamentos estavam densos feito sopa cremosa, e eu lutava para entender tudo aquilo.

Para onde eles foram? O que aconteceu?

Sentia olhares em mim... muitos deles. Virei a cabeça e arquejei. O salão estava cheio de rostos, todos me encarando, com expressões que iam do medo ao pavor e à descrença. Algumas até mesmo demonstravam pena.

Lutei para engolir, meu olhar percorreu o salão. Parecia que um tornado havia passado por ali. Mesas de comida estavam viradas, as coisas espalhadas por toda a parte. A árvore de Natal estava caída ao meu lado, o chão coberto de detritos. O aparelho de caraoquê estava aos pedaços. O som de crianças chorando era o único barulho no recinto.

Senti a ansiedade pesar no meu peito quando meus olhos encontraram Scott mais para trás, me encarando como se tivesse medo de mim. Seu corpo estava rígido; o rosto vermelho, constrito; as mãos estendidas como se eu fosse um animal selvagem.

Medo, vergonha, condenação e raiva.

Ah Deus... pisquei e reparei no lugar. O que foi que eu fiz? O modo como olhavam para mim deixava claro que foi tudo obra minha. Não só acabei com o salão, com a festa, mas todo mundo me viu enlouquecer: os colegas de trabalho de Scott, os amigos, o chefe dele. Não havia explicação para aquilo. Não havia como consertar as coisas. Nenhuma piadinha a fazer.

Culpa e humilhação verteram de mim como lava. Minha vergonha me queimou de dentro para fora. O silêncio palpável acompanhado por medo e censura da multidão esmagou os meus pulmões.

BELA LOUCURA

— Dinah? — O tom aterrorizado e envergonhado de Scott me deixou arrasada, fazendo lágrimas se empoçarem nos meus olhos.

Eu precisava sair dali.

Eu me fechei em mim mesma, me levantei e corri para a saída. Eu conseguia sentir sangue escorrendo pelas minhas pernas e pescoço, mas ignorei. Empurrei as portas, o ar gelado entrou nos meus pulmões enquanto eu corria para longe da festa.

Para longe de Scott.

Para longe da vergonha.

Sendo que tudo o que eu queria era correr para longe de mim mesma.

CAPÍTULO 19

Quando o táxi me deixou no prédio, um pouco do medo e da vergonha haviam se transformado em raiva. Raiva da situação, da minha falta de controle. Da injustiça dessa doença mental ter se abatido sobre mim e minha irmã. Porque não importava o que minha mente me dizia, não importava o quanto aquilo parecia real, porque não era. Neste universo, não existiam outros reinos. Papai Noel e contos de fadas não eram reais. Só havia magia em livros e nos filmes.

Neste mundo, eu era louca.

Entrei no apartamento batendo os pés e fui direto para a cozinha. Peguei algo na gaveta e segui para o quarto, meu corpo todo queimava de fúria. Scott havia tirado o edredom de cima do espelho, e eu vi o meu reflexo enquanto marchava até ele. Eu parecia uma estranha. Fogo e ferocidade emanavam da garota que parecia ter saído de uma briga. Meu cabelo estava todo bagunçado, sangue escorria dos cortes do meu rosto e pernas, meu vestido estava sujo de comida, pó e da purpurina dos enfeites.

Minhas feridas eram genuínas. A destruição no salão com certeza foi real, e o olhar da multidão estava gravado no meu cérebro.

A única mentira era o que estava na minha mente. Dor, Chip, Quin, PB e o monstro que me assombrava desde a infância.

— Já chega — murmurei entre os dentes, fúria movia minhas ações. Peguei o edredom e mais uma vez o joguei sobre o espelho, passei a mão no martelo que peguei na cozinha. — Vai se foder! — Atingi o espelho.

CRAAAASH!

O som do vidro estilhaçando ecoou pelo quarto, fazendo um pânico estranho percorrer meu sangue. Usei o sentimento como combustível para continuar e dei outro golpe. O edredom impedia os cacos de voarem na minha direção.

BELA LOUCURA

— Me deixa em paz!

Crack!

— Você arruinou tudo. Eu odeio você!

Crack!

Lágrimas escorriam pelo meu rosto. Um pesar profundo abria um buraco no meu peito a cada golpe, o que me deixou ainda mais irritada.

— Dinah! — Ouvi gritarem meu nome às minhas costas, mas eu estava entregue demais à raiva. Meu braço atacou de novo, partindo outro pedaço do espelho. — Dinah, o que você está fazendo? Para!

Braços me envolveram, mas eu lutei contra eles, e dei outro golpe.

— Dinah! Para, por favor! Solta! — As mãos de Scott agarraram o martelo. O pavor na voz dele me despertou do transe, e meu corpo despencou quando ele tirou a ferramenta de mim.

Um soluço carregado subiu pela minha garganta. Tudo que tinha acontecido naquela noite voltou com tudo, e eu não podia negar que quebrar o espelho havia estilhaçado a minha alma, como se ele fosse parte mim.

O som da minha respiração pesada tomou o quarto, Scott ficou calado atrás de mim. Lágrimas caíam no tapete, e eu agarrei meus joelhos, tentando me acalmar, procurando as palavras certas para dizer.

Ele não falou nada, mas eu conseguia sentir o quanto ele estava abalado, como se fosse uma teia emaranhada e grossa. Scott estava ofegante, o quarto pulsava de tensão. Por fim, ele pigarreou.

— Vou ligar para os seus pais.

— O quê? — Eu me virei, sentindo a ansiedade disparar pelo meu sangue. — Não.

Sua mandíbula estava cerrada, seus ombros vibravam.

— Não? — ele bufou, com a voz calma, mas furiosa. — Essa decisão não é mais sua, Dinah. — Ele deu um passo até mim e jogou o martelo na cama. — Chego em casa e te vejo quebrando o espelho sem motivo nenhum. Você acabou de perder a cabeça na frente de toda a empresa em que eu trabalho... na frente da família deles. Crianças ficaram machucadas... Dezenas delas. Meu chefe foi parar no hospital porque foi atingido no rosto pelo vidro da árvore. — Scott elevou o tom, suas bochechas ficaram mais coradas. — Então eu não ligo mais para o que você quer. Você está doente. Muito doente.

— Eu estou tomando outro remédio. Vai fazer efeito! Preciso de mais tempo para me ajustar...

— Puta que pariu! — Scott berrou, me fazendo saltar. Ele nunca xingava assim. — Você está ouvindo o que está dizendo, Dinah? Dando desculpas? Você precisa de ajuda!

— E estou tendo.

— Não é o bastante. — Ele se aproximou de mim. — Você precisa ir para um lugar onde possam ficar de olho em você.

— De olho em mim? — exclamei. — Tipo um hospital psiquiátrico? Você quer me internar igual fizeram com a minha irmã?

— Ela melhorou, não foi?

— Não tinha nada de errado com ela. — Eu me ouvi gritar de volta, sem saber o que dizia. Minha irmã ficou doente e voltou melhor... mas por que eu sentia que aquilo não era exatamente verdade? Uma memória nebulosa dela sendo levada surgiu na minha cabeça. Parecia que eu estava deixando passar algo de importância vital, como se metade da história estivesse escondida. — Não vou deixar você fazer o mesmo comigo.

Scott se inclinou sobre os calcanhares e ergueu o queixo para a minha resposta.

— Eu amo você, Dinah, e não vou ficar parado vendo isso acontecer. Vou ligar para os seus pais. — Ele pegou o celular.

— Não! — Eu estendi a mão para o aparelho, tirando-o dele. — Por favor, me dê mais tempo. O remédio vai fazer efeito.

— Me devolve o meu telefone. — Ele estendeu a mão, o braço tremia de raiva.

Balancei a cabeça e abracei o celular junto ao peito.

— Agora, Dinah! — A ordem dele atravessou o cômodo.

Eu não respondi. A necessidade de não permitir que meus pais soubessem era instintiva. Como se eu tivesse uma noção arraigada de que eu sucumbiria no momento que me levassem para uma clínica. *Eles entregaram Alice para um monstro*, uma voz dizia no fundo da minha cabeça. *Eles tiraram a escolha dela, dizendo que era para o bem dela. Farão o mesmo contigo.*

— Dinah...

Eu me afastei dele.

— MAS QUE INFERNO! — Scott gritou enquanto puxava os cabelos. — Estou tentando te ajudar. Tem noção de como foi ver você essa noite? — Ele esticou os braços, transtornado. — De como foi todo mundo ver a minha namorada enlouquecendo? Você estava aterrorizada, gritando nada com nada, saltando sobre as mesas. Derrubou a árvore, correu como

BELA LOUCURA

se algo a perseguisse, como se estivesse sendo caçada. — Ele se movia em uma linha frenética. — Tem noção do quanto foi ruim? Você machucou pessoas essa noite, Dinah! Filhos dos meus colegas de trabalho. Acha que vou conseguir encarar aquelas pessoas de novo? Já posso dar adeus àquela promoção. Você fez meu chefe ir parar no hospital!

A vergonha tomou conta do meu rosto; remorso, culpa e constrangimento pesaram o meu peito.

— Desculpa.

— Desculpa já não basta — ele retrucou, fazendo mais lágrimas caírem. — Me diz o que você estava vendo. Como é possível você não conseguir saber a diferença entre o que é alucinação e o que não é? Como?

Pressionei os lábios com força e virei a cabeça para o lado. Eu não podia responder. Eu sabia que ele jamais entenderia, não importava o que eu dissesse. A experiência de ver Alice pirar o perturbou por muito tempo. Até hoje, ele ainda não a vê do mesmo jeito, mesmo depois de todo esse tempo.

— Eu não sei o que fazer, Dinah. — Ele esfregava a cabeça sem parar, puxou a gravata e a jogou na cama. — Eu... eu não estou preparado para lidar com isso. Não fazia parte dos nossos planos.

— E você acha que eu estou? Acha que eu quero que isso aconteça comigo? — Apontei com o dedo para meu próprio peito. — A resposta é não, Scott. Estou com medo e fazendo o meu melhor. Mas não acho que as coisas vão ser conforme planejamos, não mais.

— Se você buscar tratamento...

— Não importa. Mesmo que eu me trate, as coisas mudaram para mim. Eu sempre vou ser a garota de quem as pessoas vão ter medo, e vou estar sempre assustada, imaginando se vai acontecer de novo. Toda vez que eu agir um pouquinho diferente, você já vai duvidar de mim. Você nunca mais vai confiar em mim ou na minha opinião. Poxa... e se isso nunca passar? E se essa for quem eu sou agora? — Apontei para mim mesma. — Já pensou nisso? Vai dar conta se eu *nunca* mais melhorar? E se eu ficar tomando remédio para sempre e continuar vendo coisas? Pelo resto da minha... da nossa vida?

Scott me observou, seu peito subia e descia, a expressão horrorizada com a minha pergunta fez a verdade pulsar no meu coração... a conclusão que nenhum de nós queria encarar.

A resposta era não.

Trüim.

STACEY MARIE BROWN

O telefone dele tocou nas minhas mãos, e eu logo olhei para a tela.

O nome de Leanne piscava para mim.

Um sabor ácido subiu pela minha garganta quando entendi outra coisa, algo que ficou tão claro que me perguntei há quanto tempo eu fingia que não notava. Que mantive a verdade escondida. Por mais estranho que pareça, eu não sentia ciúme nem raiva, só tristeza.

Tentei conter as lágrimas e entreguei o celular a Scott.

— Atenda. Tenho certeza de que ela está preocupada com você.

Scott franziu a testa ao pegar o celular e ver quem era. Ele olhou para mim com um semblante confuso, cheio de pânico e pesar.

Um sorriso triste surgiu sem querer no meu rosto, meus olhos expressavam minha sinceridade, dizendo a ele o que nenhum de nós queria falar em voz alta.

— Atende. — Apontei o queixo para o aparelho.

Ele se remexeu, passou as mãos pelo cabelo, mas atendeu.

— Oi, Lea. — Ele tentou disfarçar o carinho da voz, mas eu o conhecia bem demais. Não dava para negar: nós nos conhecíamos há tempo demais para mentir um para o outro.

Consegui ouvir a voz dela pelo telefone, mas não as palavras.

— Estamos bem. Sim, ela está aqui. — Os olhos dele não encontraram os meus. — Sim… sim… tudo bem… obrigado. A gente se fala depois. — Ele desligou e enfiou o aparelho no bolso.

— Ela ligou para saber como você estava. Já que você saiu correndo… — Ele pigarreou para dispersar a raiva. — Também queria me dizer que Doug já teve alta e que vai ficar de repouso em casa. Levou dez pontos no rosto.

O cara era um imbecil, mas eu ainda fiquei triste ao saber que ele tinha se machucado. Culpa e autoaversão me sufocaram.

Ficamos quietos por uns instantes até que Scott suspirou, seus ombros ficaram caídos.

— O que a gente faz, Dinah?

Senti meu coração se partindo e as lágrimas voltaram a se acumular nos meus olhos.

— Acho que você sabe…

Seu olhar encontrou o meu, seu semblante estava neutro, como se ele estivesse com medo de perguntar ou de entender.

— Você não está feliz — falei, rouca. — E isso já faz tempo.

— O quê? É claro…

BELA LOUCURA

— Não, Scott, você não está. As pessoas que nos tornamos desde que viemos morar juntos? Elas não são felizes. Você costumava ser tão tranquilo e feliz… sorria e era engraçado. Eu odeio ter tirado isso de você.

— Você não tirou nada de mim. — Ele se aproximou. — Eu te amo.

— Eu também te amo.

— Então por quê?

— Porque a gente não está mais apaixonado um pelo outro.

— O quê? — Ele se sobressaltou, como se eu tivesse lhe dado um tapa.

— A gente está junto há tanto tempo que ficamos acostumados um com o outro. Temos vinte anos e agimos como se tivéssemos quarenta. A gente ia acabar com uma casa, filhos e nos perguntando se estávamos destinados a muito mais do que planejamos. Vai chegar o dia em que guardaremos mágoa um do outro e que nos odiaremos ou que estaremos tão afundados na rotina que nem vamos notar que não somos felizes há anos. Que não fazemos mais sexo. — Tipo agora.

Meu coração doía, mas eu sabia que estava fazendo o que era certo para nós dois. Este era um momento em que a presença de Scott me atrapalharia em vez de me ajudar. Eu precisava ficar sozinha.

— Então você quer que eu te abandone? Que eu seja o babaca que larga a namorada numa hora dessas? Você sabe que eu não sou assim. Não posso deixar você.

— Eu sei. E é por isso que sou eu que estou pedindo para você ir embora. — Minhas palavras vacilaram um pouco, emoção se prendeu à minha garganta. — Acho que precisamos de um tempo para pensar no que queremos. Eu preciso ficar boa, descobrir o que está acontecendo comigo. E acho que você precisa fazer o mesmo.

— Dinah… — Uma lágrima rolou do olho dele. — Não posso deixar você. Você é minha melhor amiga.

Melhores amigos. Era o que éramos; a parte de amantes do nosso relacionamento havia acabado sem que nem percebêssemos.

— Eu vou ficar bem. Vou ligar para os meus pais. Prometo. — Deixei as lágrimas rolarem de novo. — O que eu fiz hoje, com você… se você perder seu emprego ou aquela promoção, jamais vou me perdoar. — Ergui a cabeça e firmei a voz. — Por favor, Scott.

Um soluço saiu de sua garganta. Ele demorou um minuto até que o vi balançar a cabeça.

— Ok.

Em silêncio, ele pegou uma bolsa e jogou umas coisas lá enquanto eu observava.

— Vou ficar uns dias com o Marc.

— Tudo bem. — Entorpecida, eu o segui até a porta.

Ele se virou e me abraçou, o peito estava carregado de pesar.

— Eu te ligo em breve. Te amo.

— Te amo também. — Eu o apertei com força e me afastei.

Seu pomo de adão balançou, os olhos brilharam enquanto me olhavam por mais um segundo, então ele se virou e saiu, fechando a porta ao passar.

Encarei a peça de madeira.

O garoto que eu amava há mais de cinco anos acabou de ir embora. O plano que traçamos juntos por tanto tempo se desfazia sob meus pés.

Meu coração doía profundamente enquanto as lágrimas escorriam. Esperei pelo pânico, pela devastação arrasadora e pela infelicidade me atingindo feito um tornado. A perda da minha âncora, da minha outra metade, do meu amor, dos nossos planos me destruindo...

Mas aquilo nunca chegou.

Lutei para abrir os olhos enquanto a luz de um novo dia expunha o quarto em um cinza-opaco. Encarei a janela. Neve fofa caía suavemente como se andasse ao meu redor na ponta dos pés, sem saber qual era o meu humor.

Eu estava encolhida no meio da cama, por cima das cobertas, ainda usando o vestido de ontem à noite, me lembrando de que aquilo não foi um sonho que eu poderia simplesmente esquecer. Não, o pesadelo foi real. Sangue seco ainda cobria a minha pele, meu rosto estava rígido com as lágrimas secas. Eu tinha chorado até desmaiar de exaustão.

Ontem, eu não tinha esperado que iria para a cama sozinha, que meu namorado de longa-data sairia de casa por um tempo, depois de uma noite desastrosa.

Tudo por culpa minha.

Mais tarde, percebi a idiotice que foi beber enquanto tomava remédio controlado, mas na hora não pensei em nada que não fosse me sentir normal, alegre e relaxada por um instante.

Minha decisão terminou em catástrofe. Agora Scott poderia perder a promoção, isso se o emprego não fosse junto.

Zum-zum.

Meu telefone vibrou na mesa de cabeceira, meus músculos pesados lutaram para se mover enquanto eu o pegava. O nome de Gabe piscava na tela.

— Alô?

— Cadê você, porra? — O tom dele estava irritado. — Você deveria ter chegado há meia hora! Você nunca se atrasa.

Eu me levantei de supetão e olhei para o relógio, levei um momento para registrar o que ele mostrava.

— Ah, merda! — Saí tropeçando da cama. — Desculpa. Estou a caminho.

— Sábado não é dia de se atrasar. Já está cheio de pirralho aqui. Jenny está sozinha. Lei só chega mais tarde. Traga esse rabo para cá o mais rápido possível, Dinah — Gabe ladrou antes de desligar.

Fins de semana tão perto do Natal eram corridos. Um fluxo sem fim de crianças agitadas com dedos e rostos grudentos e pais exaustos que as deixavam correr soltas.

— Merda. — meus músculos se contraíram de ansiedade e culpa por decepcionar as pessoas. Corri para o banho, e logo me lavei e vesti o uniforme de elfo. Pulei o café e fui direto para a porta.

Eu já estava a meio caminho do trabalho quando percebi que esqueci a bolsa. Na qual estava minha carteira de motorista, a carteira... e o remédio.

— Droga! — Bati no volante. Eu não podia voltar, mas o pensamento de não tomar a dose do dia fez a ansiedade duplicar.

— Eu vou ficar bem — murmurei comigo mesma. — Ontem à noite foi porque misturei os dois. — Nem mesmo eu acreditei nas palavras que saíram dos meus lábios.

Meu trabalho era cheio de personagens natalinos, de faz de conta e de loucura.

O que poderia dar errado?

O fluxo infinito de crianças manteve minha cabeça ocupada pela maior parte do dia. Estávamos tão atarefados que não tive nem tempo de comer. Eu era a única dobrando, vendo os colegas irem e virem. O dia logo se transformou em noite, e a escuridão tomou conta do céu que já estava turvo às quatro da tarde, deixando tudo um breu quando chegou a hora de fechar.

— Puta merda, estou exausta. — Lei se jogou na cadeira, atirando os sapatos de guizo em cima de um banquinho. — E cheguei depois de você.

Larguei o aspirador e girei o pescoço. Na verdade, eu estava agradecida pelo turno duplo... impediu o meu cérebro de ficar revirando minha situação com Scott e o incidente de ontem à noite.

— Vai ter festa no campus. Quer ir? — Lei esticou os tornozelos, e o sinos tilintaram baixinho. — Ou tem que ir para casa encontrar o Scott?

— Não, preciso ir para casa... — Eu me detive, percebendo que a resposta saiu no automático dos meus lábios e foi como uma facada. Direto no peito. Scott não estaria esperando por mim.

— Ei? Você está bem? — Lei se aprumou e inclinou a cabeça. Eu nem sequer percebi que a dor estava estampada no meu rosto.

— Tudo bem. — Balancei a cabeça e pigarreei.

— Não minta. Dá pra ver que tem algo errado. — Ela se levantou e foi até mim. — Me conta.

Lei era uma das poucas pessoas em quem eu podia confiar. Minha personalidade era de guardar tudo para si, manter as coisas no privado e não deixar as pessoas verem minhas dores, mas ela era alguém que entenderia.

— Humfffff... — Soltei um fôlego trêmulo. — Scott e eu meio que terminamos ontem à noite.

— Puta. Merda! — ela deixou escapar, boquiaberta. — Está de sacanagem?

— Não. — Encarei os sapatos. — Não sei se de vez ou se a gente está só dando um tempo para pensar em algumas coisas.

— Jesus... isso é grave. Sinto muito. Sei que vocês estão juntos há um tempão. — Ela me puxou para um abraço. — Quer conversar?

— Não. — Dei um passo para trás, me sentindo triste, mas também aliviada por ter contado para alguém. — Não quero.

— Eu entendo. — Ela fechou os lábios. — Tem certeza de que não quer ir comigo? Melhor do que ficar sozinha remoendo as coisas. Que tal se divertir um pouquinho?

BELA LOUCURA

177

— Não. — Balancei a cabeça. — Vou direto para casa. O dia foi longo.

— Sim, claro — ela respondeu e pegou a bolsa. — Você tem meu número, se precisar conversar.

— Obrigada. Agora, vai. Eu tranco tudo. — E então voltaria para um apartamento frio e vazio, onde o silêncio e a solidão me atormentariam.

Eu dizia não para tudo que ficava fora da minha zona de conforto. Era uma reação instintiva. Eu estava muito confortável no meu próprio mundinho. Mas estava começando a odiar as paredes que construí ao redor de mim mesma. Será que eu sempre fui assim, tão controlada? Lei levava os estudos tão a sério quanto eu, e, ainda assim, ela saía e se divertia como uma garota comum de vinte anos.

O medo me rondou, junto com a emoção de me forçar a fazer alguma coisa.

— Quer saber? — Não me deixei dar para trás. — Mudei de ideia. Eu vou com você.

— Oi? — Lei congelou, seu queixo caiu. — Sério?

— Sério. — Forcei minha cabeça a assentir, sentindo a dúvida já se infiltrar, querendo a segurança do meu sofá e do meu cobertor. Mas eu sabia que, se fizesse aquilo, não levaria muito tempo para o ambiente me lembrar de que minha vida estava desmoronando. — Só preciso passar em casa para me trocar.

— Ah, nem pensar. — Lei balançou a cabeça. — Eu te conheço. Se você for para casa, não vai nem aparecer na festa. Tenho um monte de roupa no carro.

— Você tem roupa no carro?

— Claro. Mal fico em casa. Tenho várias opções, tudo depende do meu humor e de para onde estou indo. Alguma vai servir em você.

— Eu passo em casa bem rapidinho.

— Nada disso — ela disse com mais firmeza. — Finalmente arranquei um sim de você, não vou deixar a oportunidade passar. Você precisa disso, garota. Se tem alguém que precisa, esse alguém é você! — Ela pegou as chaves do carro. — Volto já. Prometo trazer algo que vai te deixar gostosa. Uma festa depois de terminar é indispensável. É parte da cura.

Ela correu porta afora, permitindo que o medo se infiltrasse. Eu devia ir para casa, tomar o remédio, beber um chocolate-quente, pôr um filme triste e chorar. Depois ligar para minha mãe e minha irmã. Contar tudo o que está se passando.

— Pare de pensar, Dinah. — Lei já estava de volta, com os braços cheios de roupa. — Você não vai se safar dessa.

— Acho que não tenho forças para ir. Não sei se vou ser muito divertida.

— Não tem nada a ver com diversão. Você vai odiar, te garanto, mas vai me agradecer depois.

Eu ri alto.

— Isso não está ajudando muito a sua causa.

Ela jogou roupas para mim, um sorriso estranho curvou os seus lábios.

— Às vezes, pirar um pouquinho é só um jeito novo de se achar.

CAPÍTULO 20

Música alta ecoava pela casa de dois andares. Calor explodia na minha pele enquanto uma grande quantidade de corpos circulava pela sala de estar e pela cozinha. Estudantes com copos vermelhos e latinhas de cerveja na mão se misturavam sob o brilho dos pisca-piscas. Parecia uma república de estudantes como qualquer outra, com apenas uns poucos móveis que mal se aguentavam em pé. Tudo descombinado, surrado e, por razões que eu preferia nem pensar, grudento.

Vi muitos colegas de classe. E considerando as olhadas repetidas, comentários e queixos caídos, ou eles não tinham me reconhecido imediatamente ou não acreditavam que eu estava mesmo em uma festa.

Preciso dar crédito a Lei, ela se saiu muito bem ao me arrumar. Tínhamos quase o mesmo tamanho, então a saia de lantejoulas prateadas, as botas pretas e a regata me serviram direitinho. Era mais algo que Alice usaria, mas essa noite era uma daquelas noites em que eu deveria ir além dos meus limites.

Bebendo uma cerveja que eu mesma abri, segui Lei por cerca de uma hora. Por mais estudiosa que ela fosse, também era bastante popular. Ela tinha dado várias aulas de reforço para os caras do basquete, e eles a cumprimentaram com abraços calorosos e batendo as mãos logo que ela entrou, em seguida viraram o foco para mim.

— Quem é a sua amiga, Lei? — Um apontou o queixo para mim, seus olhos castanhos brilhavam de interesse ao percorrer o meu corpo. Eu já tinha visto fotos dele o bastante para saber que era um dos astros do basquete. O cara era alto, forte e muito bonito com o cabelo ondulado louro e covinhas. Ele tinha um sorriso simpático que provavelmente fazia as garotas abrirem as pernas logo que ele sorria para elas.

— Ela se chama Dinah, e não é para o seu bico, Jacob. — Ele apontou o dedo para ele. — Não se esqueça de que fui sua tutora por um ano. Vi com quem você piranhava. Ela não é o seu tipo.

— Qual? Linda?

— Não. Inteligente — Lei rebateu.

Jacob jogou a cabeça para trás e gargalhou.

— Essa doeu, Okada. — Ao chamá-la pelo sobrenome, ele bateu a mão no coração, fingindo ofensa, mas o sorriso de covinha mostrou que era só cena. — Além do mais, não sou de discriminar. Gosto de todas.

Ela bufou e balançou a cabeça. Outro jogador perto dela a puxou para jogar pingue-pongue , e eu fiquei com o lourinho.

— Eu me chamo Jacob, a propósito. — Os olhos dele voltaram para mim, e a covinha apareceu em sua bochecha. Ele tinha um jeito descontraído, o que me fez relaxar um pouco.

— É um prazer te conhecer. Dinah. — Apontei para mim mesma.

— Eu sei. — O sorriso dele se abriu mais ainda.

Deus, eu era esquisita. Nunca precisei fazer isso e não tinha ideia de como flertar. Não que eu quisesse, simplesmente acabei de perceber que eu era sem noção de tudo. Estava tão acostumada a ter um namorado que nunca precisei paquerar nem conhecer ninguém melhor. Eu me sentia desconfortável e desajeitada.

— Ei, relaxa. — Jacob cruzou os braços e abriu um sorriso simpático e acolhedor. — Não importa o que Lei diga, não sou tão ruim assim. Juro. — Ele ergueu as mãos, a cerveja balançou no copo. — Vou me esforçar para não dar em cima de você.

— Obrigada. — Eu ri. — Agradeço de verdade. — Tomei outro gole, me sentindo um pouco mais à vontade. — O problema sou eu. Não vou a festas, tipo... nunca.

— Sério? Por quê?

— Eu sempre tive namorado. Acho que eu pensava que festas e essa loucura toda da faculdade não estavam nos planos.

Ele me observou por um instante antes de se afastar do balcão, seu corpo alto se aproximou do meu.

— E o que te trouxe aqui, Dinah?

— Eu não sei.

Ele se aproximou mais, se assomando sobre mim, meu fôlego ficou ligeiramente preso com sua proximidade, mas parecia que eu não conseguia me afastar. Estava congelada no lugar.

BELA LOUCURA

— Cadê o namorado? — A voz ficou um pouco mais baixa, criando intimidade. Seu corpo estava tão perto que consegui sentir seu cheiro. Era familiar, como um aroma de mar e areia quente. O perfume fez meu coração bater no peito.

— Não sei — sussurrei, meus olhos não se aventuraram a ir além do seu peito, temendo olhar para cima.

— Você não sabe... porque ele está aqui e você o perdeu de vista, ou porque não tem mais namorado? — Ele se aproximou ainda mais, calor pulsava na minha pele exposta, apertando a minha garganta. Eu deveria ter empurrado o cara para longe e ido embora. Estava claro que ele era um galinha, mas uma certa emoção tomou conta dos meus nervos. Nunca fiquei com ninguém em uma festa, nunca tive uma transa de uma noite só nem nunca beijei outro cara.

Pelo menos não um de verdade.

— Dinah? — Meu nome saiu rouco e cheio de desejo, me fazendo contrair as coxas.

— Segunda opção. A gente terminou. — Eu me sentia tonta e descontrolada, minha boca falou antes que eu conseguisse pensar direito.

Jacob se inclinou mais, e sua boca se aproximou do meu ouvido.

— Você não tem ideia do quanto isso me deixa feliz, *wahine*. Faz séculos que estou esperando por você.

Puxei o ar com tudo e levantei a cabeça de supetão. Olhos verde-espuma-do-mar me olhavam de cima; um sorriso simpático repuxava o rosto lindo e bronzeado.

— Blaze?

Suas mãos deslizaram do meu pescoço até o maxilar, segurando o meu rosto, seus lábios tomaram os meus, e ele me respondeu com a boca em vez de palavras. Seus lábios quentes e macios reivindicaram os meus, famintos. Era como entrar em uma banheira quentinha que te abraçava e relaxava seus músculos.

Não demorou muito para o choque passar e eu corresponder com vontade. Um formigamento de excitação tomou minha pele quando senti sua boca se mover na minha, a língua entrar, aprofundando o beijo.

Um gemido escapou de sua garganta.

— Porra, Dinah. — Ele nos tirou da cozinha muito iluminada e fomos para um canto escuro da sala. — Você não tem noção de há quanto tempo eu queria fazer isso. Te beijar de verdade. E, ainda assim, não sou eu de verdade.

Eu me sentia tonta; minha mente não pensava em nada que não fosse "eu quero mais". Fiquei na ponta dos pés e cobri sua boca com a minha, meus dentes mordiscaram seus lábios.

— Pelos elfos do Papai Noel — ele disse entre dentes, seu corpo pressionou o meu com força na parede, a ereção queimava a minha barriga. — Venha comigo.

— Para onde?

— Winterland — ele murmurou no meu ouvido, mordendo meu pescoço. — Eu quero você na minha cama lá no bangalô que dá vista para o mar. Quero fazer amor contigo a noite toda. Vou explorar cada centímetro do seu corpo.

Minha respiração desacelerou, minha boceta se contraiu ao ouvir suas palavras e a promessa de prazer infinito, de me perder por um tempinho. Senti um frio na barriga. Blaze cuidaria de mim. Eu sabia que sim, e eu queria tanto aquilo. Eu não fazia sexo gostoso há séculos, e meu corpo estremeceu diante da possibilidade.

Ainda assim, eu estava hesitante. E não por causa da pessoa que eu deveria ter sido.

— Não pense demais, Dinah. Não é complicado. Seu corpo precisa, e eu não quero nada mais do que te dar exatamente isso. — Suas mãos deslizaram pelas minhas costelas, roçaram meus seios e os quadris se moveram contra mim. — Eu quero te fazer gozar tão gostoso que toda Winterland vai ouvir você.

— Sim — respondi, sem querer pensar em nada além da sensação de me sentir bem por uma noite.

— Obrigado, São Nicolau — ele suspirou e entrelaçou nossos dedos. Ele estava prestes a se virar quando uma mão segurou o seu ombro. Em um segundo, seu corpo foi arrancado de perto do meu, e ele foi lançado para o outro lado da sala.

— Fique longe dela, caralho. — Um cara de cabelo escuro, ainda mais alto e mais forte, rosnou para Jacob/Blaze antes de se virar para mim.

Eu arquejei. Era o Astro do Basquete em pessoa, o que estava sempre dando em cima de mim, mas seus olhos castanho-esverdeados estavam azul-gelo, como da última vez.

Frost.

— Qual é a porra do seu problema, *irmão*? — Blaze se levantou e empurrou Frost, que não se moveu um milímetro, atraindo a atenção da multidão.

BELA LOUCURA

183

Frost avançou até Blaze, rosnando.

— Não toque nela.

— Ela pode decidir por si só. E já fez isso. Sempre fomos *nós*. Ela sempre escolheu ficar comigo. Não com *você* — ele jogou na cara do irmão, e um sorrisinho satisfeito apareceu em seus lábios. — Não é, Dinah?

Eu não conseguia falar, só olhava para os dois, com o queixo caído. A aparência deles podia ser parecida com a de caras que eu não conhecia muito bem, mas todo o resto era tão igual ao que eu conhecia dos irmãos Miser que isso era tudo o que eu podia ver.

Frost bufou com o meu silêncio. Sua cabeça se inclinou para o lado e a voz saiu fria e cheia de raiva.

— Eu já te falei. Ela é minha. — Não era uma declaração, mas uma ameaça.

Blaze fuzilou o irmão com o olhar.

— Puta merda! Jacob e Trevor estão brigando por causa da mesma garota — um cara berrou lá na sala.

Trevor! Isso! Esse é o nome do Rei do Basquete.

— Eles não são melhores amigos?

Ouvi sussurros zumbindo ao redor da minha orelha, olhos me fitaram com curiosidade, me enchendo de pânico e ansiedade.

— Quem é ela?

— É a Dinah Liddell?

— Eles estão brigando por causa da Dinah? Ela não tem namorado?

Com os ombros para trás e erguendo o queixo em desafio, Frost avançou até o irmão, ambos já estavam prontos para cair na porrada.

Eu precisava sair dali. Realidade e fantasia estavam dando voltas e se misturando na minha cabeça. Por um momento, eu havia me entregado, deixado o mundo entrar, mas agora percebia a loucura que tinha sido. Isso se aquilo estivesse mesmo acontecendo. Eu poderia estar reagindo a algo que nem era verdade, assim como foi na festa do Scott.

Sem confiar no meu juízo, peguei o casaco e disparei em meio à multidão, precisando dar o fora dali.

— Dinah! — Blaze gritou, mas eu corri para a porta.

— Ei! — Lei segurou o meu braço e me fez parar, seus olhos estavam arregalados. — Mas que porra? Eu te deixo sozinha por cinco minutos e você faz os dois caras mais gostosos, os mais populares do time de basquete, brigarem por sua causa? Caramba, gata, estou impressionada! — Ela deu uma piscadinha para mim. — O melhor jeito de superar alguém é acabar debaixo de uma outra pessoa... ou de duas.

Sexo. Algo sobre o que eu estava tão certa há apenas um momento havia se transformado em indecisão, culpa e medo.

Como eu podia ir para a cama com alguém tão rapidamente, se o corpo de Scott ainda marcava a nossa?

— Dinah? — Blaze me chamou em meio à multidão, vindo na minha direção.

— Desculpa, eu vou para casa. — Dei um tapinha na mão de Lei. — Te ligo depois.

— Não... espera.

— Vir aqui foi um erro. Eu não estou pronta. — Não dei a ela chance de responder, saí correndo porta afora e desci a calçada. Passei os aplicativos até encontrar o de carros e segui a passos rápidos pelo caminho cheio de gelo. O clima cruel mordiscou meu nariz e bochechas, os postes lançavam um brilho amarelo na neve fresca enquanto meus pés me carregavam rua abaixo. Eu não queria ficar bem na frente da casa, onde Blaze me encontraria.

Cães latiam ao longe, e o som abafado da música da casa dançava na noite que, do contrário, estaria tranquila. Os saltos das botas estalavam no cimento enlameado, meu foco estava no celular, e eu estava tão distraída na tarefa de conseguir um carro que nem prestei atenção aos arredores.

Idiota.

Braços me envolveram e uma mão grande cobriu a minha boca, detendo o grito que se formou na minha garganta. Medo me percorreu e, me debatendo, tentei gritar de novo, minhas pernas balançaram, os saltos bateram nas canelas do agressor, enquanto ele me tirava da rua e me levava para o jardim lateral de uma casa escura. Sem luzes nem testemunhas.

— Para — uma voz rosnou no meu ouvido, braços se apertaram ao meu redor, espalhando ainda mais pavor por mim.

Era aqui que eu seria estuprada? Assassinada?

— Pare com isso — ele resmungou de novo e me colocou no chão, sua força me fez bater na parede da casa, e seu corpo prendeu o meu. Para minha repulsa, e contra minha vontade, meu corpo respondeu ao sentir a ereção dele em mim. Minha saia subiu, e a coisa estava quente e pulsante.

— Você só está se esfregando no pau desse otário.

Adrenalina corria com tanta força pelo meu corpo que levei um instante para reparar nos olhos azuis cor de tempestade, no cabelo escuro e no cheiro de neve preenchendo meu nariz.

Frost.

Mais ou menos. Lá nas sombras, era mais fácil ver a ele em vez de Trevor. Parei de me debater, mas minha guarda estava de pé, pronta para atacar se fosse necessário.

— A gente não para de se encontrar nessas situações, não é? — Sua voz profunda aqueceu meu peito e meu pescoço.

— Não por vontade minha. — Rilhei os dentes, irritada, e senti a mentira escorrer para o meio das minhas pernas.

Ele sorriu levemente. Parece que ele também não tinha acreditado.

— Fique longe do meu irmão. — Suas mãos seguraram meus braços para trás, seu corpo estava completamente encostado no meu, ele semicerrou os olhos para mim.

— Não. — Ergui o queixo. — Você não tem o direito de me dizer o que fazer. — Minha raiva por causa do modo como a noite terminou por causa dele veio com tudo. — Eu posso dar para quem eu quiser, quando eu quiser.

Os olhos dele se iluminaram, um rosnado escapou de seus lábios, e eu jurei que, por um segundo, vi um canino ficar mais afiado, mas isso logo desapareceu.

— Você está errada, pequenina. — Ele pressionou com mais força no meu corpo, minha saia subiu mais ainda enquanto ele se movia. O tecido da minha calcinha e o jeans dele roçavam em mim. — Você é *minha*.

O desejo me dominou, fazendo minha cabeça se jogar para trás e meus cílios tremularem. Medo ainda apertava meu peito, e perigo latejava nas minhas veias; o ar frio mordiscava a minha pele. Tudo parecia vivo. Ávido.

— Eu não sou de ninguém — tentei rebater, mas minha voz saiu rouca.

— Mesmo? — Frost moveu a mão para a minha cabeça, puxou meu cabelo com força e inclinou meu rosto para si. — Seu namoradinho legal e tranquilo não ia gostar de ouvir isso.

— Não tenho mais namorado. — A declaração escapou antes que eu pudesse detê-la.

Os olhos de Frost brilharam, um sorriso se insinuou em seus lábios.

— Ah, que pena.

— Até parece que você está com pena.

— Você está certa. Não dou a mínima para aquele otário. Ele é um menino legal e bonzinho, mas não serve para você.

— O que isso quer dizer? — Um sentimento explodiu em mim, e eu me empurrei contra o seu corpo.

— Você não merece o menino bonzinho, nem o quer.

— Quero, sim.

— Mentirosa. — Ele abaixou a mão, arrastou-a pela minha coxa e a agarrou com possessividade. Aquilo espalhou gelo e fogo por mim, acendendo os meus nervos. — Você anseia por alguém que te desafie, que te impulsione, que te provoque, que te possua. Que abale o seu mundo ao ponto de você não conseguir respirar. Que reivindique cada centímetro seu.

— Não sou um objeto para ser possuído. E estou perfeitamente feliz com quem eu sou e com o que eu quero.

— Você não faz mais a mínima ideia do que quer — ele disse, mordaz. — Nunca conheci uma garota que precisasse tanto de uma *boa trepada* como você. Ao ponto de você não saber mais se isso existe. Uma trepada forte. Violenta. Brutal. E em grande quantidade.

Bufei indignada com aquelas palavras. Nunca um cara falou daquele jeito comigo. Falar sacanagem e ter um comportamento dominante são coisas de que nunca gostei… ou em que sequer pensei.

As palavras de Frost me atingiram, fazendo a lógica explodir em chamas. Um desejo desesperado percorreu o meu corpo, minha boceta estava molhada e latejante, minha cabeça anuviada de tesão.

— Não, eu… — Ele passou a mão pela minha bunda, depois na parte interna da coxa, se aproximando da calcinha. A outra mão puxou meu cabelo com força, interrompendo minha recusa. Dor e prazer lutavam entre si, minhas costas se arquearam, provando que retaliar seria inútil.

Um sorriso malicioso se insinuou em sua boca, como se soubesse que não importava o que a minha cabeça dissesse, meu corpo já tinha aceitado, o que me deixou lavada em fúria.

— Está na hora de você ser punida pelos seus crimes, Dinah. Pelo que você fez.

— Eu… eu não fiz nada.

Seus dedos arrancaram a minha calcinha. Eu sibilei por entre os dentes, tentando resistir às sensações que tomavam conta de mim. Ar frio soprou as minhas dobras úmidas, fiapos de lógica me diziam para parar. Que era perigoso.

Mais cedo com Blaze, foi gostoso. Desejo. Luxúria. Eu me sentia segura com o jeito que eu sabia que ele faria *amor* comigo. Um sexo gostoso sob o sol quente, que deixaria um sorriso no meu rosto.

BELA LOUCURA

Frost arremessava toda a segurança para o despenhadeiro. Ele arrancava o chão de sob os meus pés, pronto para me jogar longe. Medo e desejo colidiram, se debateram e se destruíram. E se batiam e esperneavam até eu não conseguir saber o que era o quê. Meu coração batia descontrolado.

Ele não faria amor comigo. Seria uma trepada. Bruta e descontrolada. Ele me deixaria em frangalhos. A veemência em seus olhos me dizia que ele me possuiria, me reivindicaria, me tomaria e me destruiria. Ele me aniquilaria. Não deixaria nada além de escombros.

Era perigoso.

Violento.

E eu queria isso.

Ansiava por isso.

Precisava disso.

Seus dedos deslizaram por mim, e um bufado escapou da minha boca.

— Você está encharcada por minha causa — ele rosnou no meu ouvido, me fazendo ficar mais molhada ainda. — Consigo sentir o quanto você quer... precisa tanto que não consegue nem pensar. — Seus dedos foram mais fundo.

— Sim... — Parecia que eu não conseguia controlar os pensamentos que escapuliam pela minha língua. — Por favor, não pare desta vez.

— Você acha que merece? Depois de tudo o que fez?

— Acho. — Uma fome febril atacou meus nervos com êxtase. — Por favor.

— Um favor em troca de outro. — Ele tirou os dedos, brincando bem de levinho comigo, meu corpo tremia com um desejo desenfreado.

— Frost... — Meus quadris pinotearam para ele, exigindo mais, mas sua mão mal encostava em mim. Era uma tortura.

— Você precisa ir até mim amanhã.

— Para você me prender de novo? — falei entre dentes. — Mas nem fodendo.

Ele ergueu uma sobrancelha, o polegar roçou o feixe de nervos.

— Ah, Deus. — Arqueei as costas, meu corpo estava fora de controle.

— Você quer *chegar lá?* — Ele mordiscou a minha orelha, a voz dele me causou um espasmo. — Venha até mim amanhã. E poderei fazer qualquer coisa que eu julgar digna da sua punição.

— Não — disparei. — Não sou um animal.

— Animais merecem ser mais bem tratados do que você, pequenina. — Ele passou um único dedo por mim, e pressionou.

— Puta que pariu. — Meu corpo estremeceu; senti o ar ser arrancado dos meus pulmões. Cada terminação nervosa parecia um fio sob tensão, se contraindo e queimando, precisando tanto se libertar que chegava a doer.

— Dinah?

Eu não conseguia mais pensar, o desespero tinha transformado minha mente em um animal selvagem.

Ele começou a se afastar.

— Não! — Minha mão segurou o seu pulso. Seus olhos me percorreram com uma confiança presunçosa. — Sim, tudo bem! Sim! — Eu diria qualquer coisa que ele quisesse.

— Foi o que eu pensei. — A presunção desenhou um sorriso em sua boca. Parte de mim queria dar um tapa nele, e a outra só o queria mais. Ele se aproximou, os dentes se arrastaram pela minha orelha. — Me diz, pequenina, quer que seja gostoso e tranquilo? — A outra mão puxou a regata até expor os meus seios, o ar frio provocou minha pele quente. Meus mamilos estavam rijos e sensíveis, e eu me senti me empurrar em sua mão, desesperada para ser tocada, mas ele me esperou responder. — Seu sangue ferve por aventura? Por perigo?

Ele tirou a mão, o olhar intenso fixado em mim fez meu desespero por ele rugir.

— Me diz — ele ordenou.

— Não — crocitei.

— Não o quê?

— Não quero que seja tranquilo.

— O que você quer?

Engoli em seco, a confissão estava na ponta da língua. A verdade do que eu queria batalhava com o meu orgulho.

Ele deu um sorrisinho e recuou um passo, como se estivesse indo embora.

Reagi, minhas mãos o agarraram pela blusa e o puxaram de volta para mim.

— Perigo. Eu quero que você trepe comigo. Que me quebre em pedaços. — Minha voz estava rouca e exigente.

Ele ficou rígido quando minha boca roçou a dele, mas ignorei, peguei o que queria. A eletricidade detonou dentro de mim quando tomei os lábios dele nos meus. Frost ainda ficou parado por um segundo, não querendo corresponder ao beijo. Então, um rosnado vibrou por sua garganta. Minhas costas bateram na parede, seu corpo empurrou o meu, as mãos puxavam meu cabelo enquanto ele me consumia.

BELA LOUCURA

Faminto.

Rude.

Desesperado.

Feroz.

Como se nenhum de nós tivesse o mínimo controle.

Mesmo que tivesse sido por apenas uma pessoa, eu tinha beijado muito, mas nada, nada mesmo, se assemelhava a isso.

A língua dele deslizou pelos meus lábios, e meu gemido alto ecoou pelo ar frio. Sua reação foi desesperada. Ele me ergueu e minhas pernas o envolveram. Minha boceta nua esfregou em seu jeans.

— Porra, Dinah. — Seus lábios pressionaram os meus, e seus dedos se afundaram na minha cabeça, me deixando completamente descontrolada. O cara frio, insensível e indiferente tinha ido embora. Frost me consumia como se fosse ele quem estivesse possuído.

Feroz.

Sacana.

Selvagem.

— Me come. Agora. — Eu estava tão enlouquecida que não me importava mais se alguém passasse por ali ou se o dono da casa nos pegasse no flagra. Nunca na minha vida tinha me sentido tão fora de controle… desesperada para sentir alguém cravado dentro de mim.

Lutando com o botão da calça, ele soltou um gemido profundo quando meus dedos o envolveram, acariciando-o.

— Porra! — ele rosnou. — Como é possível eu sentir tanto tudo isso?

Puxei a calça dele para baixo, e sua ponta deslizou entre minhas dobras.

— Ah, Deus — eu gemi alto, tentando me ajeitar para que ele pudesse estocar.

— Não — ele também gemeu.

— O quê? Por quê? — O desespero assumiu.

— Não como ele. Como esse babaca. — Frost disse entre dentes, apontando para o corpo de Trevor. — Quando *eu* comer você, e *eu* vou, serei *eu*. Não ele.

Ele colocou minhas pernas no chão, mas antes que eu pudesse reclamar, ficou de joelhos e levantou minha saia curta até a cintura. Então me empurrou para a parede, me encarou e deslizou a língua pelo lábio.

— Eu… eu *preciso* sentir seu gosto.

Eu arquejei quando sua boca roçou a parte interna da minha coxa

190   **STACEY MARIE BROWN**

enquanto ele pegava uma das minhas pernas e a colocava sobre o ombro. Sua língua atacou, e eu cravei as unhas na madeira da casa. Ele deslizou dois dedos para dentro de mim, movendo-os devagar enquanto a língua se concentrava no meu sexo.

Um gemido escapou de mim, e minhas mãos foram para a sua cabeça, puxando-o para perto. Meus quadris se moviam, querendo mais.

— Porra, Dinah, você tem um gosto bom pra caralho. Como a neve mais doce.

— Você está dizendo que eu tenho gosto de raspadinha?

Eu o senti rindo contra mim, o que forçou minhas pálpebras a se abrirem.

— A coisa mais doce que eu já lambi. — Ele tirou os dedos, e a boca assumiu, sua língua foi mais fundo. Um som contido me atravessou, e eu abri ainda mais as pernas para ele.

Como se algo dentro dele tivesse se libertado, Frost agarrou meus quadris e me segurou enquanto chupava com tudo, mordiscava e lambia como se estivesse faminto. Sua língua foi mais longe, e eu arfei. Uma sensação gelada lambia minhas dobras, fazendo um contraste com o calor do meu corpo, estimulando cada centímetro até dor e prazer começarem a digladiar de novo, arrancando o ar dos meus pulmões. Ele foi ainda mais fundo, lambendo um ponto que fez minhas pernas fraquejarem. Uma litania de palavras sem sentido e gemidos foram proferidos a plenos pulmões, meu corpo e minha mente se estilhaçaram. As sensações brutais que me reivindicaram foram quase demais para suportar, e eu me remexi para me esquivar. Frost segurou com mais força, me prendendo enquanto me devorava implacavelmente. Meu corpo tremeu com violência ao queimar com um orgasmo.

Um prazer que eu nunca tinha sentido na vida arrasou com o que restava do meu cérebro, meu corpo reagiu por instinto. Cravei as unhas em seu couro cabeludo, minha boceta roçava sua boca com tanta intensidade que minha vista borrou e os músculos começaram a tremer.

— Frost! — gemi, sentindo o orgasmo chegar, fazendo minha cabeça dar voltas. Eu não queria que terminasse, mas era impossível lutar contra a necessidade de ter mais prazer. Ele empurrou minha perna mais para cima, a língua se curvou e lambeu as paredes que eu tinha construído ao meu redor, enquanto seu polegar esfregava o feixe de nervos.

Eu estava perdida.

BELA LOUCURA

Eu tinha me encontrado.

Eu não era nada.

Eu era tudo.

Meu mundo explodiu. Meus gemidos altos ecoaram pelo vazio enquanto eu convulsionava, prazer rompendo cada célula do meu corpo, fazendo parecer que eu não conseguiria ir mais alto.

Então, dentes afiados me mordiscaram.

E eu vi que estava errada.

Sei que gritei. O som perfurou o ar, mas eu não estava mais no meu corpo, e sim sendo arremessada para longe da realidade.

Êxtase me invadiu com tanta violência que eu não consegui me controlar e me debati feito um peixe. Frost me segurou contra a parede da casa, minhas pernas estavam bambas, meu corpo estremeceu com os orgasmos até que eu fui voltando a mim aos poucos, arfando.

Por um instante, podia jurar que os caninos dele eram adagas longas e que uma língua pontuda se movia entre eles. Mas, quando pisquei, tudo sumiu.

— Me diz, pequenina. — Ele se levantou, e seu corpo se assomou acima do meu, a boca brilhava por minha causa. — Ainda acha que ninguém é dono da sua boceta?

Olhei para cima, e um desejo renovado subiu pela parte de trás das minhas coxas, fazendo meu sexo se contrair como se respondesse: *Você é.*

— Fique longe do meu irmão — Frost disse entre dentes, antes de se inclinar para mim e sua boca tomar a minha em um beijo faminto, despertando meu desejo. Eu poderia gozar só com o jeito que ele me beijava.

— É minha. Só minha — ele rosnou no meu pescoço, seu dedo roçou em mim de novo, me fazendo estremecer. Ele tinha o poder de me fazer passar do líquido ao fogo em um instante.

Eu queria mais.

— É minha, para possuir ou punir. — Sua mão abaixou a minha saia, me cobrindo, tocando demoradamente as minhas coxas. — Amanhã. Trato é trato. É hora de você encarar o seu crime, Dinah.

— Que crime? — Minha resposta mal foi um sussurro.

— Seu carro chegou. — Frost deu um passo para trás e apontou a cabeça para o veículo subindo a rua.

Eu o encarei, inexpressiva, me esquecendo de onde eu estava ou por que um carro esperava por mim. Eu só entendia que, se ele começasse a me tocar de novo, com o motorista vendo ou não, eu faria o que quer que ele quisesse. Eu não teria o menor pudor de me despir e dar para ele apoiada ali naquela casa, com toda a vizinhança olhando.

Meu santo panetone. Senti o pânico subindo pela minha garganta. Eu não era assim. *Não. Mesmo.* Era o oposto, na verdade. Sempre estive no controle, sempre fiquei no meu lugar. Nunca nem ficava dando amassos em público. Eu era boazinha e respeitosa.

O medo me fez me afastar da lateral da casa, chocada com o quanto eu estava disposta a fazer exatamente o oposto. E a velocidade com que fiz isso.

Marchei para o carro, abri a porta e olhei para trás.

Nada.

Escuridão cobria o lugar em que ele estava.

Eu me virei, entrei no carro e uma lufada de vento balançou meu cabelo.

— Amanhã. — A voz dele mordiscou a minha orelha antes de eu bater a porta, um arrepio desceu pela minha coluna.

O motorista foi em direção à minha casa. Meu olhar estava vazio e minha mente lógica perdeu os sentidos num canto qualquer por causa do orgasmo. Meu corpo, por outro lado, sentia cada coisinha que tinha acontecido naquela noite.

Não é que ele queria mais. Ele ansiava... exigia.

Como se eu tivesse sido possuída.

BELA LOUCURA

CAPÍTULO 21

Sonhos vívidos e eróticos me atormentaram a noite toda, e despertei com o desejo pulsando entre as minhas coxas. O tecido da regata roçava dolorosamente os meus mamilos enrijecidos. Eu ansiava por outra dose.

Eu era uma mulher comum de vinte e poucos anos. Acordei com tesão várias vezes e, em muitas delas, precisei me satisfazer quando Scott já tinha saído ou quando não queria acordá-lo. Mas essa manhã o tesão ia além de qualquer coisa que já tinha sentido, me fazendo choramingar. Não importava o quanto eu tentasse negar que aquilo jamais tivesse acontecido ou fingisse que eu tinha sonhado tudo. Meu corpo sabia que não era verdade. Minha boceta ainda sentia a língua de Frost indo tão fundo que cheguei a esquecer a porra do meu nome. Cada centímetro de pele doía, ansiando pelo toque dele, pela boca dele, pela refrescância de sua língua para aplacar o meu ardor. A sensação gelada subindo dentro de mim como... Ah, Deus.

A lembrança fez meus dedos deslizarem pelo meu corpo e entrarem na minha calcinha, desejando que fosse ele. A velocidade com que aquilo despertou algo dentro de mim... Só aquela pequena amostra do que Frost poderia fazer comigo já me deixou querendo mais. Querendo experimentar mais. Muito, muito mais.

Qual é o seu problema? Não faz nem duas noites que Scott está longe desta cama e você já está desejando outra pessoa nela? Você pelo menos ficou triste? Quis consertar as coisas? Sentiu saudade dele?

Minha vergonha sobrepujou o desejo, pondo fim ao prazer. Virei de lado e meu olhar pousou no edredom cobrindo o espelho. Era palpável o quanto ele me puxava; a energia pulsava de lá em ondas, chamando por mim.

"Venha até mim amanhã. E poderei fazer qualquer coisa que julgar digna da sua punição."

— Não — falei entre dentes e me levantei. — Você não é meu dono.

De qualquer modo, eu tinha quebrado o espelho. Não tinha como eu ir até ele, e me forcei a ficar feliz com isso.

— Eles que se fodam. Frost, Blaze, o Rei do Basquete, Jacob e Scott.

Eu tinha consulta com a psicóloga mais tarde, mas não ia conseguir ficar no apartamento até lá. Depois de tomar um banho rápido e me vestir, segui para a cafeteria que ficava do lado oposto da que eu tinha ido naquele dia. Jamais conseguiria mostrar a cara lá de novo.

Na fila, senti o aroma de café invadir meus sentidos. A necessidade pela dose de cafeína diária me fez esquecer de tudo ao meu redor, exceto do barista.

— Dinah?

Meu corpo se sobressaltou ao ouvir a voz conhecida. Então, animação e temor me trouxeram de volta para a terra.

Ah, minha santa ceia de Natal.

Devagar, eu me virei e olhei vagarosamente para o rosto conhecido. Meu olhar foi logo para a boca que tinha estado em mim.

— Oi. — Trevor abriu um sorriso afoito, seus olhos castanho-esverdeados brilhavam. — Torci para esbarrar contigo uma hora dessas. Estou surpreso por te ver, é o meu dia de sorte.

Meu maxilar nem se movia, e eu encarei o cara que tinha caído de joelhos na minha frente e me chupado na lateral da casa de um vizinho na noite anterior.

Embora tudo o que eu tivesse sentido fosse Frost, isso não impedia a parte lógica do meu cérebro de tropeçar pelos detalhes, sabendo que eu havia feito algo extremamente íntimo com o cara diante de mim.

— Como você está se sentindo? Ainda estou com um pouco de ressaca. — Seu sorriso de flerte se alargou.

— Estou bem — respondi.

— Pelo que me lembro de ontem à noite, você estava gostosa. — Ele me comeu com os olhos. — Posso te pagar um café? — Ele passou por mim, já fazendo o pedido. — Dinah?

— Cappuccino de canela — respondi meio robótica. Meu olhar caiu para as mãos dele, me lembrando da forma como aqueles dedos se moveram dentro de mim, agarraram meus quadris e percorreram o meu corpo, me fazendo arder.

— Ah, minha santa guirlanda — murmurei, e minha mão foi para a cabeça. Parecia que eu ia desmaiar. Estava tudo de pernas para o ar; não

BELA LOUCURA

195

havia caixa onde se podia enfiar o que aconteceu na noite passada. O cara com quem eu praticamente trepei encostada numa casa não era ele, mas um personagem de desenho animado, que na verdade era um homem de carne e osso muito gato que vivia em um reino chamado Winterland.

— Ah, Deus. — Belisquei o nariz, ofegante. Se eu tinha feito sexo com Frost ontem à noite, isso significava que eu tinha feito sexo com Trevor também. O pensamento me revirou o estômago.

— Ei? Você está bem? — A voz de Trevor me fez erguer a cabeça.

— Ah, sim. Tudo certo. — Engoli em seco, incapaz de olhar para ele. — É só uma dor de cabeça.

— Ah, sei como é. — Ele pegou os cafés e estendeu o meu. — Senta comigo? Não conversamos muito ontem à noite.

Hum. Não. Com certeza não conversamos.

— Hummm… não posso, tenho um compromisso. Talvez outra hora — menti na cara dura, apontei para trás e recuei um passo. — Valeu pelo café.

— Espera. — Trevor acompanhou meus passos, seu corpo alto se aproximou do meu. — A galera está dizendo que eu e o Jacob brigamos por sua causa ontem à noite, e eu sumi por um tempo depois que você saiu. — Trevor coçou a cabeça. — Eu apaguei total. Não me lembro de nada.

Agulhadas de pavor se espalharam pelo meu peito. As lembranças difusas dele simplesmente confirmaram que tudo o que tinha acontecido ontem à noite era verdade.

— Está tudo bem. — Tentei recuar de novo, mas ele segurou o meu braço.

— Não, é estranho, mas eu tenho a sensação de que…

Engoli em seco.

— A gente… a gente se pegou? — Seu olhar caiu para os meus lábios. — Eu ia odiar ter transado com você e não lembrar. — Ele se aproximou mais. — Eu tive um sonho maluco de que eu te joguei na parede de uma casa e enfiei a língua bem fundo na sua boceta, mas, ao mesmo tempo, não pareceu um sonho. Eu acordei e juro que podia sentir o gost…

— Ah, Deus! Eu preciso ir. Estou atrasada. — Pânico girou dentro de mim feito um helicóptero, a necessidade de correr fez minhas pernas seguirem até a porta. Percebi que ouvi-lo dizer aquelas palavras para mim fez me sentir nauseada e com nojo de mim mesma. Mas quando era Frost, meu sangue ferveu e eu ansiei por aquilo.

— Espera, Dinah! — ele me chamou, mas eu já tinha saído de lá e corrido calçada abaixo. — Dinah!

196   **STACEY MARIE BROWN**

— Desculpa, preciso ir. Estou atrasada! — gritei por sobre o ombro, e segui adiante.

Parecia que meu mundo estava desmoronando e me deixando flutuar sozinha na minha loucura.

Às vezes pirar um pouquinho era só um jeito novo de se achar.

Louca.

Pirada.

Maluca.

Eu colaria todos esses rótulos em mim, mas, lá no fundo, eu sentia que nenhum deles estava certo. Eu me peguei presa entre o que a sociedade diria e o que meu coração sentia.

O medo de ser "errada" ou nada normal estava profundamente arraigado em mim, criando a pessoa que eu era agora. Uma pessoa toda certinha, que seguia regras, fazia listas e planos. Controlada. Confiável. Pelo que minha mãe tinha dito, nem sempre eu fui assim. Então o que mudou? E por quê?

Meus pés pareciam ter vida própria e me levaram de volta para o apartamento, como se eu tivesse sido convocada por uma força que não conseguia ver, me conduzindo à resposta que eu estava com medo demais de descobrir. Só parei quando cheguei ao meu quarto e fiquei diante do espelho coberto; meu coração estava disparado.

O encontro com Trevor me tirou totalmente do prumo. Meu cérebro não conseguia distinguir verdade e fantasia, o que abriu rachaduras no que era real. O chão se moveu sob meus pés, e eu senti que a terra não me queria mais ali, como se dissesse que esse não era o meu lugar.

A atração do espelho me envolveu, e uma energia fez minhas pernas caminhar até ele. Ar entrava e saía a socos dos meus pulmões. Choraminguei ao chegar mais perto, sentindo o poder emanar de lá. Mas a minha curiosidade e meu desejo constante de resolver as coisas pesou mais do que o pavor que esmagava meu peito.

"Venha até mim amanhã. E poderei fazer qualquer coisa que eu julgar digna da sua punição."

O espelho está quebrado. Não tem como ir, falei comigo mesma. Mas, lá no fundo, eu sabia a verdade, algo que, mais uma vez, mostrava que ou eu estava no meu juízo perfeito ou pirada de tudo.

Estendi o braço, a ponta dos meus dedos roçou o edredom e meu instinto sentiu algo que eu temia ver com meus próprios olhos. Puxei o tecido, que caiu diante de mim.

Suguei o ar com força, temerosa por saber o que encontraria. O espelho estava intacto. Imaculado. Igual ao dia em que o trouxe para casa e o pendurei.

— Filho de um quebra-nozes — falei com voz estrangulada; minha cabeça dava voltas.

Eu havia estilhaçado, destruído o espelho, mas ali estava ele, magicamente restaurado. Era como se nada pudesse me manter longe dele, do elo que desafiava toda a ciência, toda a lógica.

— *Dinah...* — Sussurros fizeram uma leve cócega no meu ouvido, roçando a minha pele. O meio do espelho começou a girar, me hipnotizando. — *Venha, minha querida. Seja bem-vinda...*

Dessa vez, não pensei duas vezes...

E me entreguei à loucura.

A fortaleza estava silenciosa enquanto eu caminhava, indo até o andar de baixo. Um arrepio de excitação e medo se enredou na minha nuca feito um gato. Eu estava com medo de ver Frost e, ao mesmo tempo, de não vê-lo.

Não diria que fui lá porque ele mandou. Estava ali porque precisava de respostas. Não porque a atração era tão poderosa que eu ansiava vê-lo.

Não. Foi só pelas respostas.

Ouvi Dor suspirar no mesmo cômodo em que os encontrei na outra vez, e me aproximei da porta.

— Deixa de drama.

— Eu quase morri! Morri!

— Você pisou em uma caixa de papelão.

— Era uma armadilha de urso. Ela fechou e não soltou mais. Foi tão traumático... — a voz profunda de PB exclamou. — Eu sofri horrores, e você nem liga.

— Puta que pariu! Você está me fazendo querer voltar a beber.

Espiei a sala. PB estava esticado sobre um colchão imenso com travesseiros ao redor, fazendo uma pose digna dos palcos. Dor estava sentado em um travesseiro perto dele, bebendo alguma coisa.

— Eca! Que merda é essa?

— Chá de menta, manjericão, alecrim, castanhas e groselha.

— Está tentando me matar? Parece bolo de frutas secas em um copo.

— Quem está sendo dramático agora? — PB revirou os olhos.

— Que coisa horrorosa! Essa palhaçada de ser abstêmio é como encontrar carvão na minha meia toda vez que bebo alguma coisa. — Dor fez careta e bateu na própria língua. — Eca! Tem a aparência tão apetitosa, mas, quando vê o que tem dentro, você prefere ser atropelado por uma rena.

— Eu acho refrescante. — PB tomou um gole da dele. — Além do que, faz bem para o pelo, e você tem que ficar na linha depois daquela noite.

— Melhor noite da minha vida — Dor bufou e cruzou os braços, emburrado.

— Você sabe o que acontece quando você bebe.

— Fico feliz de verdade?

— Você não sabe parar.

— Já aprendi. — Dor mostrou a língua para o chá e o deixou de lado.

— Lembra das inúmeras vezes que você quase se afogou no hidromel enquanto cantava "Brilha, brilha, estrelinha".

— Um jeito bem melhor de apagar do que tomando essa merda. — Dor se jogou no travesseiro.

— Espiando, pequenina? — Uma voz profunda às minhas costas vibrou no meu ouvido. Meus músculos se eriçaram de medo, enquanto meu corpo respondia ao tom barítono dele, como se tivesse sido treinado.

— Merda! — Eu me virei e tive um sobressalto ao vê-lo, minha mão foi parar na garganta.

Pombas.

Os vívidos olhos azuis que vi ontem à noite me encaravam, me observando com fervor. Trevor era bonito, mas comparado com o homem diante de mim... eles não estavam nem no mesmo reino.

BELA LOUCURA

Tinha esquecido que Frost parecia de mentira de tão gostoso que era. A expressão soturna e o rosto esculpido iam além de qualquer homem que já conheci. Os olhos dele não só olhavam as pessoas; eles arrancavam todas as camadas e te deixavam nua. O corpo poderoso não só assomava, mas engolfava. E a presença não só preenchia o espaço, mas consumia e devorava. Ele era bruto, sexy, cruel e confiante. Santo purê de batata, tudo nele me metia medo.

Eu me sentia segura com alguém igual a Scott ou até mesmo igual a Blaze: dona de mim. Frost tinha o efeito oposto… ele me deixava assustada e descontrolada, como se eu estivesse saltando de um penhasco sem saber o que havia lá embaixo.

— Você veio. — Ele deu um passo na minha direção. Um leve sorriso se insinuou em sua boca, a mesma que havia invocado sensações tão surpreendentes no meu corpo que tinha estilhaçado tudo dentro de mim. E eu sabia que a experiência havia sido inferior por ter sido por intermédio de Trevor. Se eu tivesse experimentado a coisa de verdade, não teria saído de lá inteira.

— Eu não dou para trás nas minhas promessas. E vim atrás de respostas. — Ergui o queixo, tentando esconder o modo como eu estava trêmula sob seu olhar atento. A tensão deixou o ar mais pesado, meu sexo se contraiu com a lembrança.

— Claro. — Ele fez pouco, suas coxas encostaram em mim, dominância emanava dele, me capturando em sua rede. O homem se inclinou, sua respiração passeou pelo meu pescoço. — Fale o que for necessário para se convencer, pequena Liddell.

— Não sou mais pequena. — Olhei feio para ele.

— Não… — Um sorriso travesso contorceu seus lábios, que roçaram minha orelha. — Mas estava tão apertadinha que minha língua mal conseguiu se encaixar dentro de você.

Respirei fundo, dei um passo para trás e minha coluna atingiu a parede. Suas palavras impertinentes causaram o efeito oposto do que eu queria, libertando um desejo ardente dentro de mim. Com raiva da traição do meu corpo, olhei para baixo.

— Foi um erro.

— Jura? — Ele pressionou as mãos na parede, bem ao lado da minha cabeça, me prendendo em seu espaço. — Foi por isso que você veio correndo para cá assim que pôde? Porque foi um erro do qual se arrepende? Seus gritos de ontem à noite foram fingimento?

Tentei dizer que sim, mas a mentira ficou presa na minha garganta.

— Pelo menos uma vez, seja sincera consigo mesma — Ele pressionou o corpo no meu, deixando-me senti-lo duro e ardente na minha barriga.

— Estou sendo.

— Faça-me o favor. — Ele deu uma risadinha debochada. — Você tem mentido para si mesma desde que era criança, erguendo muros de mentiras ao seu redor até não conseguir mais saber o que é verdade. — Sua mão agarrou a minha garganta, e o polegar pressionou a minha pulsação. — O que você está bloqueando, Dinah? Por que não consegue se lembrar deste lugar? Me diz, qual é a última lembrança que você tem daqui?

Um vislumbre de Blaze e eu correndo, aterrorizados, e gritos do que soava como a morte ecoaram na minha cabeça. Pânico removeu a socos o ar dos meus pulmões, e eu balancei a cabeça, tentando desviar o olhar.

— Não. — Frost rosnou para mim. — Me diz.

— Eu... eu não lembro. Só tenho umas poucas lembranças de estar aqui, e elas ainda parecem um sonho.

— E qual é a razão?

— Porque eu cresci e parei de acreditar em magia e no Papai Noel. É capaz de isso aqui agora ser tudo fruto da minha imaginação.

— Pare de menosprezar o que você sabe ser verdade só porque está com medo — ele vociferou.

— Não estou com medo.

— Faça-me o favor. — Ele bufou. — Você tem tanto medo de se soltar que prefere levar a vida nessa casca de Dinah do que dar um salto no escuro e se arriscar. Viver de verdade.

— Vai se foder. — Ira percorreu meus braços e pernas enquanto eu lutava para me desvencilhar dele.

— Acho que isso ajudaria bastante, na verdade. — Ele resfolegou e balançou a cabeça. — Você era tão destemida. Forte, ousada, cheia de vida. O que aconteceu, Dinah? Onde foi parar aquela menina? — Ele se aproximou mais. — Aí no fundo você se lembra, pequenina. Pare de lutar contra isso.

— Não faço ideia do que você está falando.

— Mentira. — Seus cotovelos se apoiaram na parede, aos lados da minha cabeça, seus lábios roçaram a minha orelha. Respirei fundo e cerrei os dentes. — Pense mais um pouco. Está aí. Você sabe o que fez. Diga.

— Eu não fiz nada. — A escuridão na minha alma, a sensação de algo

BELA LOUCURA

sinistro, borbulhou próxima à superfície, me aterrorizando, me atacando.

— Como poderia fazer alguma coisa com um lugar ou com pessoas que não existem de verdade.

— Não existem? — Ele empurrou os quadris com mais força, roçando a ereção pelo meu jeans, infiltrando seu calor. — Então o que era minha língua bem fundo dentro de você? Te fazendo gritar alto? — Um gemido gutural me fez tremular as pestanas, o desejo insuportável para que ele repetisse a dose me fez me curvar para ele. Frost sibilou baixinho, a mão forçou meu queixo a se erguer, a boca ficou a um fio da minha. — Eu sou a porra da coisa mais real no seu mundo, e você sabe disso.

Merda. Eu sabia. Ele parecia a *única* coisa real para mim, fazendo meu sangue correr pelas veias, dando vida à garota inerte. Mas nem morta eu admitiria isso para ele.

— Então, me diz, acha mesmo que eu só estou na sua cabeça?

— Não. — Engoli em seco. — Mas a loucura faz parte da minha família, então não sou a melhor pessoa para julgar.

Ele bufou.

— Sua irmã não é mais louca que você. Pelo menos não do jeito que você acha que é.

Congelei, piscando de confusão.

— Eu não falei que era minha irmã. Como você sabe dela?

— Isso não importa no momento. — O polegar dele pressionou com mais força a minha pulsação, a sensação de quente e frio queimava nas minhas veias, me forçando a morder o lábio. — Preciso que você me diga do que se lembra. Como foi que você fez aquilo? Preciso saber, antes que seja tarde demais.

— Saber do quê? Como eu fiz o quê? Antes de ser tarde demais para quê?

Ele me observou por um longo tempo, como se tentasse me desvendar, ver se eu estava sendo sincera.

— Você não se lembra mesmo, não é?

— Não. — Engoli em seco sob seu aperto, a firmeza de sua mão fez excitação despertar no meu sangue. — Eu quero. Quero me lembrar de tudo. Quero me lembrar do tempo que passei aqui. Quando vim pela primeira vez? Quero saber por que consigo atravessar os espelhos. E como eu consegui encontrar o mesmo espelho doze anos depois. E como foi possível eu o ter quebrado e ele estar inteiro.

— O quê? — Frost ficou rígido, seu olhar cravou em mim. — Como assim você quebrou o espelho?

— Eu o espatifei com um martelo há uns dias, ficou em pedacinhos. Mas aí, hoje de manhã, eu soube sem nem olhar que ele estava inteiro.

Frost deu um passo para trás. O movimento abrupto fez minha coluna enrijecer.

— O quê? — Os nervos do meu pescoço ficaram tensos, me fazendo engolir em seco. — O que foi?

— Tem certeza de que o quebrou?

— Tenho. — Assenti. — A marteladas.

Frost se afastou de mim e começou a andar para lá e para cá.

— O que foi?

Ele rosnou, passou a mão pelo braço. Uma energia dançava pelos seus antebraços, parecendo fios desencapados.

— Frost? — Bloqueei seu caminho, trazendo para mim os seus olhos, que pareciam mais brilhantes que o normal. — Me diz.

— Ele não deveria se consertar sozinho. Uma vez quebrado, está quebrado para sempre. É por isso que hoje temos tão poucos espelhos aqui — ele falou, girando os ombros como se eles doessem. — Eu pensei que o meu fosse exceção.

— O seu?

— Eu o destruí também.

— O quê? — Inclinei a cabeça. — Você está falando daquele lá de cima, em perfeitas condições?

— Esse mesmo. — Ele assentiu. — Blaze pensou que eu tinha espatifado o espelho, e foi o que eu fiz, mas ele apareceu do nada lá no quarto, seis meses atrás. Intacto.

— Seis meses? — Franzi os lábios. — Apareceu de repente há seis meses?

— Sim, por quê? — Ele secou a testa úmida, as bochechas pareciam coradas.

— Porque eu comprei o meu há seis meses.

Seus olhos azuis cravaram nos meus, o peso deles cobriu a minha pele.

— O que foi? — sussurrei.

— Só um Par Legítimo tem o poder de continuar se encontrando. E só ouvi falar de um desses na história de Winterland.

— Par Legítimo? — Pavor me atingiu de novo, me fazendo ir parar na parede, meus olhos se arregalaram.

Ele diminuiu o espaço entre nós.

BELA LOUCURA

203

— Aqui, espelhos são extremamente raros. São usados para viajar entre lugares. O viajante consegue ir para qualquer outro lugar em que haja um espelho, basta ter o destino claro em sua mente. Só ouvi falar de um par de espelhos conectados apenas um ao outro. Supostamente, eles podem mostrar você à pessoa que está em posse do outro, onde quer que ela esteja. Diziam que esses espelhos eram um mito... uma lenda antiga. Não era para existirem de verdade.

— Engraçado. — Bufei. — Um mito na terra das fábulas e fantasias.

— Você se esquece, pequena Liddell — sua proximidade me forçou a inclinar a cabeça para a parede, e ele segurou o meu queixo —, que esse lugar é *real* para a gente. — Ele a inclinou mais ainda, sua boca quase encostou na minha. — E eu garanto que vai parecer muito real para você. Você vai acreditar.

— O que eu fiz para você? — sussurrei.

— O que você não fez...

— Blaze disse para eu não confiar em você... que a mãe de vocês se foi por sua causa.

— Você acha que eu a matei? — Ele inclinou a cabeça, ficando a um fôlego de distância de mim.

— N-não. — Balancei a cabeça.

— Você mente muito mal — ele debochou. — Eu não matei a minha mãe, Dinah. Embora seja provável que ela esteja morta por minha causa. — Ele curvou a cabeça para o lado. — Blaze não diz, mas ele me culpa também. É por isso que ele me odeia. Foi ele quem a encontrou.

— O que aconteceu?

Ele virou o rosto de volta para mim e moveu o maxilar.

— Não quero falar da minha mãe nem do Blaze.

— Do que você quer falar? — Minha voz ficou mais aguda conforme ele se aproximava.

— De nada. — Sua boca assaltou a minha, faminta e brutal, jogando gasolina no meu corpo. Reagi ao seu desejo com o meu. Fagulhas estalaram nos meus nervos, prontas para atear fogo em tudo.

Um gemido rouco subiu pelo meu peito, minhas mãos deslizaram para baixo da blusa dele. As palmas correram pelo torso sarado, explorando cada músculo e cada cicatriz que lhe marcava a pele, fazendo-o parecer ainda mais vívido e perigoso.

— Puta merda — sibilei, admirada. O homem era um milagre natalino.

Eu sabia que ele era extremamente forte e musculoso só de olhar, mas quando o toquei... O corpo do cara era uma loucura, diferente de tudo que eu já vi e toquei, o que me fez perder ainda mais neurônios, especialmente quando tracei aquele V profundo em sua cintura. Sua pele queimava na minha.

Agora eu via o rebuliço. Entendia por que minhas mãos não conseguiam parar de vagar, de tocá-lo. O corpo dele faria o do Trevor se encolher de vergonha.

— Dinah — ele rosnou. — Como é possível eu sentir seu toque? E mais ainda agora. — Ele rosnou de novo. — Porra... que delícia. — Seus dentes cravaram no meu lábio inferior, sugando e mordiscando, fazendo fogo explodir dentro de mim. Ele lambeu a minha boca, aprofundando o beijo.

Devorando. Voraz.

Santa bola de neve. Eu não conseguia recuperar o fôlego, mas não estava nem aí.

Beijar a versão de Frost por meio de Trevor tinha sido inacreditável, mas isso... Ele reivindicava, controlava e possuía cada centímetro de mim, acabando com minhas esperanças de fuga. Eu não queria uma.

— Eu ia te torturar — ele rosnou na minha boca, a voz soou mais profunda e abafada que o normal. — Eu queria acabar com a sua raça por causa do que você fez. Te deixar aos pedaços. Te estilhaçar.

Meu coração batia com força, medo e desejo se engalfinhavam.

— E o que te impede?

— Nada — ele resmungou, suas íris queimaram com tudo, a boca a apenas um fio da minha. — Eu vou torturar você... arrasar com você. Mas não vou acabar com a sua raça. Vou continuar até restar só os seus farrapos nas minhas mãos. Você não pode fugir, graças aos espelhos. Você nunca mais vai poder se esconder de mim. Eu sempre vou te encontrar.

— Meio coisa de perseguidor, hein?

Ele agarrou os meus quadris e me empurrou para a parede. Memórias daquela noite fizeram meu corpo queimar de desejo. Eu não queria nem me perguntar se eu ia tentar fugir, se eu queria que ele me encontrasse. Se ele faria tudo o que prometeu.

— Você não tem nem noção do quanto... — Suas palmas queimaram a pele da minha barriga, as mãos abriram os botões da minha calça. — Das profundezas a que consigo ir.

Eu já nem ligava mais se aquilo era certo ou errado. A euforia de ontem à noite ainda estava viva na minha pele, ansiando e exigindo mais.

BELA LOUCURA

Eu queria sentir o beijo *dele*, não o de Trevor. A boca de Frost, as mãos, a língua, o pau.

Uma ousadia que eu jamais pensei ter me tomou de assalto, enfiei a mão em seu jeans escuro, precisando senti-lo... prová-lo. Eu só pagava boquete porque era o que se esperava de uma namorada, não porque queria. Era um dever a se cumprir. E fazia um tempão que eu não pagava um para o Scott. Fiquei assustada com a minha necessidade de provar Frost. O anseio de tê-lo em minhas mãos, na minha boca, me consumia, me fazendo agir.

Um fio de suor desceu por sua testa quando minha mão deslizou para dentro de sua calça e meus dedos o envolveram, fazendo um gemido vir das profundezas de seu ser, e do meu.

Santo. Panetone. De. Natal. Meus lábios se abriram de desejo e medo do tamanho dele, minha mão continuou o afago. Eu posso ter estado com uma pessoa só, mas a gente assistia muito filme pornô. Vi um monte de várias formas e tamanhos.

Frost estava em outro patamar. Um mito, em todos os aspectos.

— Porra, Dinah. — Quente e pulsante, ele estocou na minha mão, meu próprio tesão foi parar na estratosfera. — Seu toque...

Sem nem pensar, me abaixei e puxei seu jeans; o cumprimento enorme saltou livre, e a minha fome por ele assumiu. Minha língua deslizou, sentindo seu gosto, e logo o tomei por inteiro na boca.

— Puuuuta que pariu — ele gritou. — Porra... isso é bom pra caralho. — Ele estocava, as mãos agarravam meus cabelos, me encorajando a engolir mais. Eu me senti ainda mais molhada, amei seu sabor e os sons que vinham dele.

Uma mão cobria a parte que minha boca não alcançava, enquanto a outra apertava sua bunda durinha. Cravei as unhas enquanto eu o chupava com vontade.

— Porra. Porra. Porra! — Ele puxou meu cabelo com mais força, me fazendo ir mais fundo. — Era para eu te atormentar... fazer *você* implorar. Que merda você está fazendo comigo? — Seus quadris se descontrolaram, desesperado por mais. O poder que eu senti me deixou mais molhada ainda. Cravei ainda mais as unhas na sua bunda, e comecei a cantarolar.

— Dinah — eu o ouvi gritar, como um aviso. Ele me apertou a ponto de doer, mas eu continuei, me obrigando a ir mais fundo do que pensei que conseguiria. Não era nada do meu feitio, mas, quanto mais ele reagia, mais me encorajava. Engoli mais, até meus olhos lacrimejarem. Ele puxou meu cabelo com mais força, os dedos cravaram lá, enviando desejo direto para o meu sexo. — Dinah! Porra! Pare agora.

Não parei, apenas intensifiquei o que eu fazia.

Seus quadris se descontrolaram, febris, eu o engoli mais ainda, enfiei as unhas na sua bunda, lágrimas escorriam pelas minhas bochechas. Ele parou, e um rugido violento ecoou pelo corredor, fazendo as pedras vibrarem, o pau pulsou quando ele explodiu, seu sabor estourou na minha língua e desceu pela minha garganta. Engoli tudo.

Outro rugido feroz veio das profundezas dele, soando menos humano, fazendo um arrepio percorrer meu corpo. Senti seus músculos se contraírem enquanto ele se esvaziava, mas, em vez de relaxarem, ficaram mais retesados.

— Não. — Suas mãos seguraram os meus braços e me puxaram de pé, seus olhos estavam selvagens e turbulentos.

Algo nele parecia estranho, o rosto e o corpo estavam diferentes, a pele mais pálida.

— Dinah. — Meu nome saiu em um rosnado estrangulado, unhas longas cravaram os meus braços. Seu olhar de pânico derramou medo no meu sangue, fazendo meu coração bater forte no peito.

Que merda era aquela? O que estava acontecendo com ele?

Seus olhos azuis cravaram nos meus.

— Corra!

BELA LOUCURA

CAPÍTULO 22

Terror profundo me fez congelar, minhas pernas não se mexiam.

— PB! Dor! — Frost gritou para o quarto, então se virou para mim. — Eu disse... *corra*!

Dessa vez, eu me movi, tropeçando para trás quando Dor e PB apareceram.

— O que foi, chefe? Ah, merda. — O corpo de Dor se sobressaltou de medo.

— Mas é cedo demais. — A voz de PB se elevou. — Não, não pode acontecer de novo. Eu não estou pronto.

— Não importa! — Dor balançou os braços e se virou para o outro lado. — Dinah! Vamos!

PB disparou pelo corredor, com Dor em seu encalço.

— Váááá — Frost sibilou, saliva pingou de sua boca.

Ah, minha santa noite feliz.

Dentes pontiagudos se projetaram de sua boca, o corpo imenso se curvou para frente, rasgando suas roupas.

Um grito saiu de mim, e eu segui Dor e PB, disparando corredor abaixo, com o pavor fazendo minhas pernas se moverem mais rápido. Uma sensação de déjà vu assombrava o fundo da minha mente. O medo que senti nos vislumbres de pesadelos se comparava ao de agora.

Dor fez sinal para seguirmos por outro corredor, depois outro, então escada acima, e escada abaixo. A lógica se dobrou feito papel de origami. Nada fazia sentido, mas, de alguma forma, Dor conseguia ver o fim daquele caminho.

Um rugido de abalar as estruturas soou pela fortaleza, sacudindo os alicerces e atingindo cada nervo meu. Estanquei.

— O que foi isso? — Um terror profundo que eu não conseguia explicar, mas que sentia em cada molécula, como se meu pesadelo estivesse ganhando vida, lambeu o meu pescoço, causando arrepios em todo o meu corpo.

— Você não quer descobrir. — Dor fez sinal para eu continuar me movendo. — Vamos!

— Dor, ele deveria ter uma semana a mais. Não era para isso estar acontecendo. — PB ficou de pé e balançou-se com nervosismo.

— A culpa é dela. Acho que as habilidades orais da Sra. Cratchit fizeram mais de uma coisa subir à cabeça dele essa noite. — Dor apontou para mim.

— Ei. — Olhei feio para ele.

— *Sra. Cratchit?* — PB me olhou boquiaberto. — Sério?

A imagem que eu tinha da sra. Cratchit, de *Um conto de Natal,* nunca mais seria a mesma.

— Como é possível você não ter ouvido os dois, PB? — Dor balançou a cabeça, perplexo com o amigo. — Toda Winterland ouviu o homem aliviando a carga.

— Ok, vamos parar.

— Só estamos comentando… acho que você regou demais o peru dele. Agora o cérebro do cara virou purê. — Dor deu de ombros.

— E a cueca ficou melada. — PB deu uma risadinha.

— Acho que não chegou a ir para lá. — Dor deu uma piscadinha.

Eles riram, e trocaram um toca aqui.

— Sério? — Olhei de um para o outro, irritada. — Podemos voltar ao assunto que interessa?

— Você não sabe? — PB franziu a testa. — De todas as pessoas, você deveria saber.

— E por quê?

A boca de PB se abriu para responder, mas outro berro balançou tudo lá embaixo, soando muito mais perto do que deveria.

— Corre! Corre! — Dor disparou para frente, com o tom cheio de aflição enquanto nos conduzia porta afora em direção à noite nevada. — PB, vá buscar ajuda! A gente não consegue controlar isso sozinho. Vamos ter que colocar uma armadilha.

— Mas lá é tão quente … — ele choramingou. — E eu não gosto de correr. Ainda tem a areia que entra no meu pelo… é tão difícil de tirar…

— PB. Vai!

PB bufou e saiu galopando para longe de nós.

BELA LOUCURA

209

— Agora, garota, espero que você saiba correr. — Dor disparou pela neve, mal deixando marcas. — Corra, Rodolfo, corra!

Correr longas distâncias a um ritmo estável? Fácil. Correr para salvar a minha vida? Não tanto. Os esquilos provaram esse ponto.

Mas quando outro uivo ecoou, mostrando que a criatura tinha saído do castelo, espreitando noite afora...

Eu corri.

Meus arquejos preenchiam meus ouvidos, minhas botas esmagavam camadas de neve. O pavor mordiscava meus calcanhares, me fazendo ziguezaguear pela floresta.

— Ei! Nada de correr — um abeto-vermelho gritou para mim.

— Sai da minha neve! — Outro atirou uma bola de neve em mim. — Esses assassinos de duas pernas só causam encrenca.

— Cala a boca! — sibilei. A voz trovejante deles chamaria atenção.

— Como você se atreve a mandar a gente calar a boca, seu gravetinho? Eu poderia te partir ao meio. — Um pícea-azul gritou para mim, jogando uma bolota de seiva aos meus pés. O líquido cor de mel se derreteu na neve, estalando no gelo feito biscoitinhos de arroz, e abrindo um buraco na lateral da minha bota.

— Santa guirlanda! — gritei ao saltar para trás, boquiaberta. Mas que porra?

— Olha, eu não costumo ser uma árvore violenta, não como aquelas do sul. Mas se você pisar nas minhas raízes, vou lançar seiva em você — o pícea gritou, sacudindo os galhos em torno da base do tronco.

Ao longe, um rugido que nunca ouvi antes ecoou pelo céu, gelando meus ossos. Não era nem animal nem humano. O som tomou conta da minha mente, criando uma névoa de medo e desencadeando algo que estava bem fundo dentro de mim: um pavor tão grande que quase me paralisou.

Reagindo por instinto, disparei por entre as árvores, escapando do som. Minha mente estava aterrorizada demais para pensar.

— Ei!

— Sai da minha área, galho seco!

— Peguem-na!

As árvores gritaram comigo, os galhos puxaram e arrancaram meus cabelos. Galhos voavam na minha direção, me atingindo. Um grito borbulhou da minha garganta enquanto eu pulava e me esquivava. As árvores rasgavam minhas roupas e expunham a pele enquanto eu passava e os estalava.

— Ahhh! Seu cupim detestável!

Uma bola de seiva passou raspando por mim, me forçando a abaixar a cabeça. Não tive tempo nem de pensar e outras atingiram a neve, crepitando e queimando pelo gelo, deixando buracos estorricados no chão. Serpenteando, avancei e vi uma brecha mais à frente. Minhas pernas batiam no chão, meus ombros se esquivavam de galhos que me agarravam. Outro orbe de morte silvou perto da minha perna, queimando meu jeans.

Um grito dolorido saltou do meu corpo, mas tentei seguir em frente; a clareira estava a poucos metros. Grunhindo, estiquei as pernas, concentrando toda a minha força de vontade em alcançar a linha de chegada. A apenas alguns passos do fim do bosque, ouvi algo assoviar perto da minha cabeça, meus olhos viram objetos voando na minha direção como se fossem balas.

Puta merda. É urtiga? O pensamento passou pela minha cabeça quando as senti espetar o meu traseiro. Parecia que milhares de agulhas quentes alfinetavam a minha roupa, afundando na minha pele. Uma dor me atingiu em um ritmo vertiginoso, me fazendo gritar quando eu caí. O vômito subiu pela minha garganta e meu estômago revirou.

Não pare, Dinah! Você está quase lá, ordenei a mim mesma, enquanto a escuridão nublava a minha visão.

Minhas botas cruzaram para o espaço vazio, minhas pernas bambearam, mas segui em frente até sair do alcance delas. Meu peito arfava quando parei, minhas costas pegavam fogo. Virei a cabeça para tentar ver alguma coisa, e outra onda de náusea gorgolejou na minha garganta. Minha bunda estava igual a um porco-espinho.

Trêmula, levei a mão à urtiga no meu ombro e a puxei como se eu fosse um alvo de dardo, meu sangue cobria a ponta da coisa. Eu conseguia sentir o veneno da planta entrando nas minhas veias. Tropecei, minhas pernas tremiam enquanto eu tentava resistir à toxina.

Eu ia morrer ali.

Causa da morte: árvores de Natal.

BELA LOUCURA

Dei um passo, e meu pé ficou preso, como se os cristais de gelo estivessem escondendo um buraco grande. A neve puxou o meu corpo, me prendendo como areia movediça. Arquejei, e engoli um punhado dela. Meus músculos tentaram lutar, mas a escuridão me dominou. Meu corpo e minha mente estavam cansados demais para resistir.

Enquanto eu me entregava, afundando ainda mais, o berro do que soou como um monstro reverberou noite adentro. O grito me seguiu para a escuridão, me caçando lá também.

— Dinah! O que você está fazendo aqui? — A voz de Blaze me causou um sobressalto, minhas longas tranças chicotearam o casaco vermelho acolchoado. O corpo esbelto dele pisoteou a neve em nossa direção, com o nariz sardento franzido.

Jack bufou irritado com a aparição do irmão, e voltou à construção do nosso boneco de neve.

— Que susto. — Observei Blaze se aproximar. Ele estava todo encasacado, enquanto Jack usava jeans e camiseta. Blaze passava o tempo todo na praia. Ele odiava frio, mesmo que ali nunca parecesse frio de verdade para mim.

— Por que você não foi até a praia? — O olhar de Blaze disparou para o irmão. Ao vê-los, ninguém diria que eram irmãos, ainda mais gêmeos.

Blaze era todo luz, calor e tranquilidade, já Jack era escuridão, frio e mistério. Embora ambos fossem meus amigos, eu costumava brincar mais com Blaze. Ele era feliz, mais fácil, e não conseguia ficar parado. Jack era intenso e podia ficar só observando as pessoas por horas, sem falar nada, absorvendo cada detalhe.

— Desculpa, Jack e eu começamos a construir um boneco de neve. — Dei de ombros.

Alice estava com os amigos dela, mas ela nem ia brincar comigo mesmo. Meu pai estava no trabalho, e minha mãe lá embaixo fazendo as coisas. Por me sentir sozinha, a tentação de visitar Winterland foi forte demais. Eu amava ir lá. Se pudesse, moraria ali para sempre.

— Boneco de neve… que chaticeeeee. — Blaze bufou e moveu os braços na lateral do corpo, e o casaco os fez quicar de novo. — Aqui é frio. Vamos para a praia. A gente pode ir nadar. — Blaze acenou para que eu o seguisse.

— Eu prometi que ajudaria o Jack hoje. Fica com a gente. — Eu me virei para o boneco de neve, agindo como se tudo estivesse tão em paz quanto estava antes de Blaze aparecer. Os irmãos não se davam muito bem, e eu sentia que estava sempre em um cabo de guerra entre os dois.

Blaze soltou outro suspiro dramático.

— Você não precisa ficar. Pode voltar para a praia, se quiser. — Jack enfiou um galho na lateral do boneco de neve, e ele abaixou as pálpebras para Blaze, que olhou feio para ele.

— Na verdade, eu tenho uma ideia melhor. — Blaze esfregou as mãos enluvadas, e travessura fez seus olhos verdes brilharem. — Uma ideia divertida.

— Qual? — Eu conhecia aquele olhar, e geralmente significava aventura.

— A masmorra — ele sussurrou, dramático.

— Masmorra? — Eu me endireitei. Nunca ouvi os dois falando que havia uma masmorra na fortaleza. Não que eu entrasse lá com frequência, fora o quarto com espelho. — Tem uma masmorra? — Animação saltitou pela minha barriga.

— A mãe diz para a gente não ir lá. — Jack balançou a cabeça.

— Você é tããão chato — Blaze choramingou.

— Eu quero ir. — Eu amava descobrir lugares novos e a emoção da aventura.

— A mãe vai matar a gente. — Jack cruzou os braços. A mãe deles era rígida e sempre mandava a gente lá para fora, dizendo para a deixarmos em paz. Ela fazia careta todas as vezes que eu aparecia, sussurrando que não era certo eu estar lá, mas Jack e Blaze sempre a ignoravam, e me arrastavam de lá com eles.

Por alguma razão, mesmo quando a via, não conseguia me lembrar da aparência dela depois que eu ia embora. Era como se fosse uma pessoa mais velha qualquer, como uma avó, com cabelo branco curto. Eu sabia que ela parecia triste e irritada o tempo todo, fria e distante, embora sempre tenha me dado bala de menta para chupar.

— Ela não vai ficar sabendo. — Blaze mostrou a língua para Jack. — A menos que você dedure a gente.

Jack enrijeceu a coluna.

— Eu não sou dedo-duro.

BELA LOUCURA

— Prove. — Blaze cruzou os braços. — Dinah e eu vamos descobrir o que tem lá dentro.

— Tipo um tesouro? — A ansiedade me fez saltitar na ponta dos pés.

— Quem sabe… — A voz de Blaze ficou baixa e assustadora. — O que tem lá é tão perigoso que fomos proibidos até de chegar perto.

Um disparo de medo me fez fincar os pés no chão, olhei para Jack. Talvez fosse perigoso demais.

Como se Blaze pressentisse minha mudança de ideia, ele se aproximou de mim.

— Vai amarelar, Dinah?

Amarelar? Jamais.

— De jeito nenhum. — Ergui o queixo, soando mais valente do que me sentia.

— Então vamos! — Blaze fez sinal para eu segui-lo, e foi correndo para o castelo.

— Blaze… Dinah! — Jack gritou às nossas costas, mas nós não paramos. Corremos para a casa e descemos até os andares mais baixos.

Jack era muito mais alto, suas pernas logo nos alcançaram.

— Pessoal, para! — Jack gritou às nossas costas enquanto seguíamos por outro corredor nas profundezas da fortaleza. — A mãe e a tia disseram para a gente não ir lá embaixo.

— Pelos elfos do Natal, você é tão bonzinho. Aposto que é o número um da lista de puxa-sacos do Papai Noel. É melhor você não dedurar a gente. — Blaze resmungou, me puxando com força para junto de si, e sussurrou no meu ouvido: — Não consigo acreditar que ele é meu gêmeo. É tão bobo e chato. Né?

Mordi o lábio. Na verdade, eu não achava Jack nada chato. Às vezes, eu preferia ficar com ele. O menino era quieto e fácil de lidar de um jeito que Blaze não era. Blaze estava sempre em movimento, inquieto, parecendo ser o mais animado, mas havia algo especial em Jack. Ficar perto dele me deixava empolgada, me fazia questionar tudo, mas eu jamais admitiria isso. Nunca mesmo.

— Né, Dinah?

— Ah, é. — Assenti e revirei os olhos dramaticamente. — Chato pra dedéu.

— É por isso que você é a minha melhor amiga. Você é divertida. — Ele cutucou o meu braço.

Eu corei, ficando toda sem jeito.

— Pessoal, estou falando sério — Jack apertou o passo para nos alcançar. — Elas disseram que era perigoso de verdade.

— Elas *sempre* dizem isso — Blaze respondeu.

— A minha mãe também é assim. — Assenti. — Se soubesse que estou aqui, ela daria um chilique.

— É o que torna tudo tão divertido, né? — Blaze soltou o meu braço e se virou para mim. — Eu aposto três renas;.

— Ahhhh, aí não é justo. — Meu queixo caiu, e bati o pé. Eu jamais dava para trás em uma aposta com renas. E ele falando de ser chato… coisa de gente medrosa o que ele fez.

— Que pena. Eu te desafiei primeiro. — Blaze me cutucou. — Vai amarelar?

— Não. — Ergui o queixo em desafio. — Não vou amarelar. — E não ia mesmo. Aquilo só me deixou mais determinada.

— Que bom! Vamos lá! — Blaze pegou a minha mão e me puxou para as escadas, nos levando ainda mais para baixo. Nunca era muito frio lá, não igual a onde eu morava, mas, no momento que chegamos às escadas, senti a temperatura cair ao ponto de minha respiração formar nuvenzinhas ao sair dos meus lábios.

Temor se afundou feito pedra na minha barriga, mas afastei o medo e desci a escada em espiral. Algumas luzes fracas a cada poucos metros iluminavam o caminho.

— Não! Blaze! Dinah! — Frost gritou lá de cima. — Não vão!

Nós o ignoramos e corremos lá para baixo, mas os passos dele não estavam muito distantes quando chegamos a uma passagem. Portas de metal flanqueavam ambos os lados, trancadas com cadeados enormes. Parecia mesmo uma masmorra.

Medo e animação me fizeram seguir adiante. Algo que eu não conseguia descrever me atraiu para uma porta aleatória no meio. Parei e a encarei.

— Se não quer estar aqui, vai embora. Corre para a mamãe e a titia — Blaze disparou para o irmão.

— Eu não vou deixar a Dinah aqui com você — Jack rebateu.

Os meninos continuaram discutindo atrás de mim, mas, como se eu estivesse em transe, todo meu foco estava na porta. Levei a mão à maçaneta, e ela se sacudiu, mas não abriu. Trancada.

— Tenta outra — Blaze sugeriu.

BELA LOUCURA

— Não. — Balancei a cabeça. — Está aqui.

— O quê? O que está aí? Como você sabe? — Blaze olhou de mim para a porta, abismado.

— Não sei. — E não sabia mesmo. Não fazia ideia. Mas um tremor no estômago me fez decidir abri-la, como se ela chamasse por mim.

Blaze se inclinou ao meu redor e, com a mão na maçaneta, sacudiu a porta, como se ela fosse se abrir de repente para ele.

— Está trancada. — Ele deu de ombros, e foi até a outra.

— *Deixe-me sair...* — Uma voz rosnou no meu ouvido, me fazendo saltar e olhar ao redor. Os meninos estavam ocupados, e não reagiram à voz. — *Consigo sentir o seu poder, pequenina... me liberte.*

Ar ficou preso na minha garganta, meu estômago dava cambalhotas.

— Vocês ouviram?

— Ouviram o quê? — Jack olhou para mim, seus olhos azuis tentavam entrar na minha cabeça.

— Na-nada. — Balancei a cabeça e desviei o olhar do dele.

— *Me liberte...* — A mesma voz rouca soou no meu ouvido. A necessidade de ajudar me puxou para a porta, estendi a mão. Eu me sentia desorientada. Confusa. A única sensação que tinha era o desejo de ajudar. De fazer o que a coisa dizia.

— *Isssso, pequenina.*

Meu polegar deslizou sobre a alavanca.

Plink!

A tranca deslizou, a porta rangeu ao se abrir, lançando luz na sala que era um breu.

— Pelo saco do Papai Noel! — Blaze gritou, soando distante. — Como você fez isso? Estava trancada! Eu mesmo vi.

Dei um passo para frente; um zumbido na minha cabeça mantinha tudo distante e abafado.

Ajudar... eu precisava ajudar.

— *Você é diferente, pequenina* — a voz rosnou no meu ouvido. — *A única que pode me libertar.*

— Dinah! — O chamado de Jack mordiscou a minha mente, mas senti um espiral de magia se apertar ao meu redor.

— *Eles não são importantes, pequenina. Você é.*

Fui mais longe na cela, a luz do corredor permitiu que meus olhos se ajustassem às sombras. Meu olhar capturou um objeto encostado na parede.

STACEY MARIE BROWN

Uma caixa.

Eu me aproximei dela e vi que era um presente, mas, em vez de laços e fitas, estava envolto em correntes. Uma etiqueta preta estava presa em cima, caligrafia prateada desenhava as palavras: *Só abrir em 25 do nunca.*

— *Me ajude, pequenina.*

— Mas... — Dúvida agarrava minha mente como se tentasse clareá-la.

— *Não precisa ter medo de mim, só daquele que me trancou. Me deixe sair...*

Eu me agachei, estendi os dedos e os passei pelas correntes. Elas pulsaram como se estivessem vivas, movendo-se e desenrolando-se sob o meu toque como se fossem cobras.

As correntes bateram no chão, deslizando da caixa.

— *Issssso...*

— Dinah! Como você fez isso? O que você está fazendo? — A voz de Blaze zuniu atrás de mim feito uma mosca chata. Ele nem parecia aquele menino confiante e petulante de sempre, seu tom estava cheio de medo. — Não toque nisso!

— *Ignore-o, pequenina. Ele não é nada.*

— Eu vou chamar a mãe — Blaze gritou em pânico, parecendo estar bem longe.

— *Pequenina...* — A voz inumana chamou por mim. Estendi os dedos para a tampa, energia girava ao meu redor.

— Dinah, não! — Jack tentou segurar os meus braços, me tirar de lá, mas era tarde demais.

Eu abri a caixa.

Bum!

Uma onda de poder nos jogou no chão, minha cabeça bateu na pedra, me fazendo voltar a mim, dando a sensação de que eu tinha acabado de acordar de um sonho.

O espaço crepitava com esferas de luz girando rapidamente pela sala como quando meu cachorro ficava muito animado e corria em círculos. Um pavor profundo preencheu o meu estômago, e o medo formigou a minha pele.

O que foi que eu fiz?

— Dinah! — Jack gritou o meu nome, suas mãos me seguraram, tentando me levantar. — Vem! — Minhas pernas tremiam, me levantei trôpega e voltei a cair. Dava para sentir o pânico dele enquanto ele me ajudava a ficar de pé. — Vai! Vai!

BELA LOUCURA

217

— Dinah! — O grito de Blaze veio do outro lado da porta. Ele fazia gestos frenéticos para eu me mover.

As esferas colidiam, girando como um tornado, absorvendo tudo até virar uma única bola grande. Eu conseguia sentir a magia se intensificar, a energia crepitando e estalando nos meus tímpanos como quando eu e minha família fomos de avião para a Disney.

— *Obrigado, pequenina.* — Uma risada debochada horrenda se arrastou para a minha cabeça, me fazendo gritar.

— Vamos! Rápido! — Blaze berrou.

Jack me colocou de pé e me empurrou para o irmão.

— Corram!

Blaze agarrou a minha mão e me puxou consigo, minhas pernas pequenas mal eram capazes de manter o ritmo.

— Espera, e o Jack? — Olhei para trás enquanto Blaze nos conduzia até as escadas. — A gente não pode deixar o Jack para trás.

— Ele já está vindo. Vamos! — Blaze puxou com mais força, nos levando pelos degraus.

A meio caminho do topo, um grito atravessou as paredes da fortaleza, envolvendo meu peito com o mais profundo pavor. Dor e agonia se enterraram nos meus ossos, quase me fazendo desmaiar. Medo. Em todos os tons e formas.

— Jack! — gritei. O horror gutural que senti em cada molécula me marcou com feridas invisíveis.

— Dinah! — Blaze só me puxou com mais força enquanto outro berro de dor e agonia vinha lá das profundezas. O grito se transformou em rugido, um som diferente de tudo o que eu já tinha ouvido até então.

Fiquei completamente sem ar, e meu coração parecia que ia saltar do peito.

Outro uivo sinistro estourou pelo castelo, parecendo incrivelmente perto.

Blaze e eu disparamos pelas passagens, o labirinto nos fez dar voltas em alguns lugares, enquanto o monstro atrás de nós se aproximava.

— Vamos! Rápido. — Blaze enfim encontrou os degraus da torre, o pânico deixava nossa respiração mais pesada. Ele foi em linha reta até o quarto do espelho. — Vai!

— E o Jack? E você? — Lágrimas escorriam pelo meu rosto.

— Vou ficar bem. Só vai! — Blaze me empurrou para o espelho. Hesitei por um instante, não queria abandonar os meus amigos. — Vai! — Blaze me empurrou, e eu escorreguei para o espelho, gritando o nome dele.

Mas, em vez de ir para a segurança da minha casa, meu temor por eles me fez voltar. Quando entrei pelo espelho de novo, o quarto estava vazio.

— Blaze? — sussurrei o nome dele, mas eu sabia que ele já tinha ido. Eu me afastei alguns passos do espelho, querendo ver lá fora.

Um rosnado vibrou atrás da porta, passos pesados batiam no chão de pedra. Respirei fundo e me pressionei na parede ao lado da porta aberta, esperando que aquilo passasse por mim.

A cada passo, eu a ouvia se aproximar. Minha garganta fechou, os músculos congelaram. Um reflexo surgiu no espelho diante de mim, e meu olhar ficou preso na figura parada à porta. Urina escorreu pela minha perna e um grito subiu pela minha garganta.

O monstro virou a cabeça, e seus olhos encontraram os meus no espelho. O pavor me fazia sentir como se uma mão me rasgasse de dentro para fora.

Ouvi um grito arranhar as paredes, e soube que era meu.

Tudo virou breu.

— Pequenina... — um sibilo rosnou nas minhas orelhas enquanto eu caía na escuridão.

Eu conseguia sentir a perturbação na escuridão, no nada em que caí.

— Dinah. — Uma voz calma e profunda falou o meu nome. — Respire, Dinah.

Tentei, mas era difícil demais.

— Você está bem agora. — Senti meu peito apertar, e um fio de ar delicioso entrou em meus pulmões.

— Sua irmã jamais me perdoaria se eu te deixasse morrer por causa de um Ralo de Neve Derretida. Respire, Dinah.

— Dinah — ele resmungou. — Respira!

Eu inspirei, minhas pálpebras tremularam por um instante.

Belos olhos cor de âmbar me encaravam, mais brilhantes que as estrelas no céu. O rosto bonito e a pele escura eram tão familiares, tão acolhedores e tranquilizantes, que eu queria mergulhar naquilo.

— Meu anjo — murmurei, meio sonhadora.

— Parece que estou sempre de plantão com as garotas Liddell. — Ele riu, e o som foi como um banho quente. — Sempre se metendo em perigo.

Minhas pálpebras se fecharam de novo, meu corpo queria se entregar, se sentir seguro.

— Não, Dinah. Você precisa se mover — ele mandou. — Acorde!

CAPÍTULO 23

Ar entrou com tudo nos meus pulmões, minha boca se abriu com um arquejo forçado, as pálpebras tremularam de medo. Estrelas dançavam acima da minha cabeça enquanto eu arfava, me perguntando por que eu estava deitada de costas na neve. Eu não tinha caído em um buraco? Havia ainda a sensação de que alguém tinha estado comigo, me ajudado, mas eu não conseguia me lembrar de nada direito, e, quanto mais eu tentava, mais as memórias me escapavam.

O que estava vívido na minha mente era o monstro dos meus pesadelos e a certeza que gelava meus ossos: a criatura não era um sonho de infância qualquer. Era real.

E *eu* a tinha libertado. Fui eu!

Como uma avalanche, as lembranças do tempo que passei ali, daquela noite, inundaram tudo com profunda clareza. Eu havia construído uma barreira em torno do que vi, o trauma me fez me fechar. Não só por ver a fera, mas por pensar que ela tinha matado o meu amigo. Fui eu quem a deixou sair, e ela matou o Jack.

Eu aprendi a lidar com o trauma cortando-o pela raiz, fingindo que esse lugar nunca tinha existido. O medo foi tão traumatizante, tão arrasador, que meu cérebro trancou tudo para me proteger. Passei doze anos creditando tudo à imaginação fantasiosa de uma criança, expulsando qualquer coisa que me lembrasse do que aconteceu, do que eu sabia ser verdade.

Mas Winterland era real.

Lá no fundo, eu sempre soube, mas a lógica e minha barreiras lutavam contra isso, queriam duvidar, fingir que era coisa da minha cabeça. Era o que fazia tudo parecer seguro. Normal. Eu não era uma menina peculiar que conseguia atravessar o espelho do quarto e ir parar em outro reino, que brincava com personagens de histórias de faz de conta.

BELA LOUCURA

A que havia libertado um monstro.

Como se estivesse esperando a deixa, um rosnado baixo veio do bosque, a poucos metros de mim, na direção do mais profundo breu. Respirei fundo e me sentei rapidamente. Minha cabeça dava voltas, meu estômago estava embrulhado, e eu me sentia fraca por causa da urtiga. Bloqueei a dor e a fadiga, meu coração estava disparado quando me levantei. A pulsação no meu pescoço estava frenética, ecoando nos meus ouvidos no que eu buscava na escuridão.

Eu conseguia sentir olhos em mim.

Estava sendo caçada.

Histeria subiu para a minha garganta à memória daquela noite, de todos os pesadelos que me atormentavam. Eram uma ciranda, e estavam ganhando vida.

Eu não podia simplesmente acordar daquele sonho ruim. Minha hora tinha chegado, e eu precisava pagar pelos meus crimes.

Um rosnado, perto de mim, retesou os meus músculos, envolveu meu pescoço e sugou todo o meu oxigênio. Meus pés recuaram um centímetro, e eu bambeei sobre minhas pernas fracas, mas a adrenalina pulsou em minhas veias despertando o instinto de continuar viva.

Um galho estalou. Meus olhos dispararam para o bosque.

Uma figura imensa estava de pé nas sombras. Eu conseguia discernir o contorno de chifres longos e curvados, de mãos grandes e com garras, ombros largos e peludos, e olhos azul-gelo brilhantes. O medo me paralisou, um grito ficou preso nas profundezas do meu peito, assustado demais para ir à superfície.

Era a mesma fera que tinha olhado para mim naquela noite no castelo, quando eu tinha sete anos. A que eu tentei bloquear da minha mente, mas ela se infiltrou, me atormentando e me caçando desde então.

Rosnando, ela deu um passo à frente.

Instinto assumiu. Eu me virei, minhas pernas e braços latejavam quando do saí em disparada, me sentindo uma gazela tentando superar um leão. Corri. Tudo o que eu conseguia sentir era o pânico pulando no fundo da minha garganta, fazendo minhas pernas darem duro ali na neve.

Eu não ouvia o monstro, mas sentia sua presença mordiscando meus calcanhares, se aproximando. Atravessei a clareira, entrei voando em outra área arborizada, sem ter um plano senão o de sobreviver. Escapar.

Como se em um filme de terror, continuei correndo enquanto meu cérebro tentava elaborar um plano. Geralmente, eu era boa nisso, mas o pavor eclipsou toda a lógica, e tudo que vinha era a necessidade de me esconder.

Minha energia fraquejou, o veneno da urtiga ainda estava forte no meu sangue, me fazendo tropeçar. Segurei em uma árvore para me manter de pé, virei a cabeça e olhei para trás, buscando algum sinal em meio ao breu da noite. Nada além de escuridão e sombras olhou para mim.

Será que eu a despistei?

Um rosnado pulsou no ar, soando perto demais.

Um soluço escapou da minha garganta, meus dentes o engoliram até eu ouvir minha mandíbula estalar. Dei a volta e me pressionei no tronco, tentando me esconder. A árvore nem se mexeu, continuou adormecida.

Passos pesados soaram na neve, um som vibrava do monstro enquanto ele se movia.

Crack.

Crack.

Meu peito arfava e minhas pálpebras se fecharam por um segundo. O medo me fez querer chorar sem parar. Cravei as unhas na palma das mãos enquanto ela se aproximava. Eu sabia bem que não deveria correr, pois ela me pegaria em um piscar de olhos. Fiquei parada, meus ossos estalavam enquanto eu me pressionava ainda mais na árvore, querendo me fundir com o tronco, com as sombras. Minha respiração estava presa em meus pulmões, meu coração batia com tanta força no peito que parecia estar revelando minha localização aos gritos.

Os passos pararam, e eu esperei pelo meu fim. Por garras rasgando minha garganta.

Mas elas não fizeram isso.

O tempo passou, e nada aconteceu.

Uma leve lufada de ar escapou do meu nariz, deixando um pouquinho de ar entrar. Eu não movi um músculo, mas meus olhos dispararam ao redor, meus ouvidos tentaram captar qualquer leve indício de som.

Silêncio. Nem mesmo o barulho da floresta podia ser ouvido, como se ela também estivesse prendendo o ar, tentando passar despercebida.

Um minuto inteiro se passou, virei a cabeça de um lado para o outro, tendo uma visão mais ampla da área.

Nada.

Fiquei parada. Já assisti minha cota de filmes de terror.

Mais outro minuto se passou, a adrenalina diminuiu enquanto meu corpo começava a sentir de verdade os efeitos do veneno da urtiga. Devagar, me afastei da árvore, me movi lentamente, olhando atentamente ao redor, sem captar qualquer movimento, qualquer barulho.

Inspecionando mais uma vez o espaço às minhas costas, virei a cabeça e comecei a me arrastar para a frente. Meus pés se moviam com suavidade pela neve, em guarda, prontos para saírem em disparada assim que a criatura desse as caras. Mas nada aconteceu. Soltei o ar e virei a cabeça de novo ao redor, preparada para sair correndo. Porém, meus pés estancaram e um grito ficou preso na minha garganta. O pavor me arrancou do meu corpo.

O monstro estava bem ali, a pelo menos dois metros de mim, rosnando, com saliva pingando dos caninos longos e pontudos, e os chifres imensos curvados sobre a cabeça. Um rosto de monstro, mas com o corpo de um homem, sarado e musculoso, como se pudesse rasgar a vítima com apenas uma garra. A pele tinha um tom cinza-azulado e estava coberta de cicatrizes. O pelo branco-cinzento era longo e sujo, cobria a cabeça e a face, descendo até as pernas grossas e musculosas.

Era para lá de assustador: um pesadelo vindo à vida.

Eu o tinha visto brevemente quando criança, mas o medo havia sido tão profundo que o bloqueei da minha mente para me manter sã. Vê-lo agora quase me fez tombar, histérica.

A coisa ergueu o lábio, mostrando os dentes afiados, a vibração de sua garganta abalou os meus músculos enquanto ela avançava. Puxei o ar com força. Medo e pânico me torturavam, e eu fiquei parada feito uma estátua.

Eu não tinha para onde correr. Não havia escapatória. *Por favor, que minha morte seja rápida.*

O corpo massivo parou diante de mim, assomando e consumindo cada centímetro do meu espaço. Ele não precisaria se esforçar muito para me destruir. Para me partir ao meio e me devorar.

Resfolegando, ele se inclinou para mim, me cheirando, forçando um choramingo a dançar na minha língua. Meus olhos se fecharam, pavor me consumiu, e meus ossos tremiam. O calor da criatura atingiu a minha pele, sua respiração bateu no meu rosto. Uma garra arranhou meus lábios, descendo pela minha garganta até a jugular, arrancando outro choramingo. Minhas pernas mal me sustentavam enquanto a coisa se aproximava e meus músculos travaram enquanto ela pressionava o rosto no meu cabelo.

Com um rosnado baixo, a criatura arrastou o nariz pela minha têmpora, respirando fundo enquanto garras envolviam a minha garganta. A sensação da língua pontuda lambendo minha pulsação fez meu corpo todo se sacudir.

— Pequenina — ela ressoou no meu ouvido, o fôlego quente deslizou pelo meu pescoço. — Você cresceu.

Tremi com violência. Esperando.

— Dinah! — Ouvi gritarem meu nome no céu da madrugada, fazendo minhas pálpebras se abrirem. — Dinah!

Blaze.

A fera rosnou, os dentes estalaram, a mão segurou meu pescoço com mais força enquanto ela recuava. Ela rosnou na direção da voz.

— Dinah! — Meu nome soou de novo, agora mais perto. Através da escuridão, meus olhos captaram uma chama de luz. Cinco formas se moviam pelo bosque, procurando por mim.

Suas garras cravaram no meu pescoço quando ele deu um passo na minha direção, fúria curvava seus lábios e os olhos me fulminavam.

Petrificada, eu o encarei com coragem, sem me acovardar. Senti algo assustador, mas também familiar nos olhos dele. Algo que me fez querer desafiá-lo, continuar olhando para eles, entrar e me enterrar na sua alma.

Algo que eu reconhecia.

Seu olhar pulava de um olho meu para o outro. Quanto menos eu cedia ao encará-lo, mais seus ombros se encolhiam. Ele bufou, me colocando sob meus calcanhares. O ombro roçou o meu quando ele deu a volta por mim, o nariz se arrastou pelo meu cabelo e pela minha nuca, me fazendo arquejar. A vibração do seu rosnado enviou arrepios pelo meu corpo, a sensação de vida e morte me deixavam perturbada. Meus cílios se fecharam quando puxei um fôlego ofegante, meu sangue correu energizado.

— Dinah! — Blaze gritou, o fogo da tocha espalhou mais luz conforme ele se aproximava, algumas silhuetas apareceram. Eu sabia que poderia gritar, eles estavam a poucos metros. Mas fiquei ali, observando-os avançar.

Outro rosnado vibrou no meu pescoço. Senti um calor subindo pela minha pele, meu pulso acelerou, meu peito subiu com a minha respiração profunda. Eu podia sentir meus nervos em cada centímetro do meu corpo. Podia sentir o tempo. O espaço.

Ele.

— O que foi isso, cara? — Uma voz tipo de surfista soou, vinda do elfo mais baixinho, Jingle.

— Mano, você está vendo doces de novo?

BELA LOUCURA

— Não. Olha lá. — Jingle apontou para mim.

Ouvi um rosnado baixo às minhas costas, depois, nada.

— Dinah? — Blaze parou, e ergueu a tocha para ver se reconhecia quem estava lá. Jingle, Jangle, Dor e PB estavam ao lado dele. — Ah, santo Papai Noel, Dinah! — ele gritou e correu para mim, a luz tremeluzia nas árvores.

Um frio repentino se infiltrou nas minhas roupas, era como se o calor do meu corpo tivesse sido arrancado dos meus ossos. Eu me virei, esquadrinhando o espaço.

Vazio. Ele se foi. O bosque estava escuro, silencioso... não havia nem vestígio de para onde ele correu.

Exalei, meus músculos relaxaram. Eu estava bem. Em segurança. Embora não pudesse negar uma sensação estranha me assolando: decepção.

Não. É alívio, Dinah. Nada mais.

— Dinah! — Blaze se chocou contra mim e me abraçou. — Graças ao Papai Noel você está bem. — Ele beijou a minha cabeça e me puxou com mais força para seu corpo quente. — Fiquei tão preocupado.

— Estou bem. — Eu me deixei cair em seu abraço, no cheiro de mar, sol e sal que emanava dele. Suspirei com a familiaridade e o conforto do aroma. Cada lembrança do meu velho amigo estava ali, ainda confusas pelo tempo, mas agora eu me lembrava das inúmeras vezes que tínhamos brincado na praia e na neve.

— Merda. Eu fiquei maluco quando PB me encontrou. — Ele beijou o topo da minha cabeça de novo, depois a minha testa, se aconchegando em mim. — Eu não sei o que teria feito se algo acontecesse contigo. — Seus lábios roçaram a minha bochecha, movendo-se para os meus lábios.

Meu corpo se moveu sem nem pensar, afastando-se dele, o que o fez franzir a testa.

— Estou bem.

— Você sobreviveu! — Dor saltou nas costas de PB enquanto eles se aproximavam, gesticulando para mim. — Que bom. Eu fiquei em dúvida.

— Estou tão feliz por você não ter sido fatiada. — PB parou na minha frente. — Eu não teria sobrevivido à visão. Ah, pelos meus biscoitos de elfo, eu não suporto ver sangue. Ficaria tão traumatizado... e quando fico chateado, eu como, e estou me esforçando muito para manter esse corpinho.

— Belo jeito de virar o assunto para você, PB. — Dor bufou e balançou a cabeça. — Muito galante mesmo.

— Obrigado. Todo mundo diz o quanto sou abnegado e altruísta. É uma maldição, para ser sincero.

Apesar do que tinha acabado de acontecer, uma risada saiu do meu peito, a adrenalina disparou, me deixando meio bêbada.

— É melhor a gente dar o fora daqui. — Blaze olhou ao redor, nervoso. — Não é seguro.

— Esse lugar é broxante, cara. — Jangle olhou ao redor, com as pálpebras semicerradas. — Clima pesado, mano.

— Total, cara — Jingle, o menor, de cabelo castanho, respondeu, e tirou um pacote de biscoito do bolso. — Me dá até fome.

— Eu estou total no clima de batata frita com xarope de bordo.

— Ah, cara... *total*.

Dor gemeu, esfregando a cabeça.

— *Total* que esses dois idiotas estão me deixando no clima de hidromel, e de uma marretada na cabeça.

— Que tal chá de groselha com hortelã fresca e a marretada? — PB perguntou.

— Só a marretada, valeu — Dor resmungou.

— Vamos, a gente precisa sair daqui. — Blaze entrelaçou os dedos com os meus, me puxando, seu olhar percorreu os arredores, me trazendo de volta à situação.

— A gente precisa conversar. — Eu cambaleei ao andar. Minha cabeça estava pesada.

— Sim. — Ele assentiu. — Mas não aqui. Vamos para a minha casa, onde é quente e seguro. — Ele passou o braço pelas minhas costas e saiu andando. — Mas que porra é essa? — Ele tateou as minhas costas, e puxou algo do meu casaco. — São urtigas? Você foi atacada pelas árvores?

— Sim. Otárias — murmurei.

— Pelo amor do rum de canela! — Ele ficou pálido. — Eu nunca vi ninguém ser atingido com tantas e ainda estar de pé. Vamos, alguém precisa dar uma olhada nisso.

O grupo se virou, e seguiu na direção de onde veio.

A sensação de olhos em mim me fez parar para espiar as profundezas do bosque. Eu não vi o monstro, mas sabia que ele estava lá, me observando, quase como se houvesse teias que nos conectavam e nos atavam desde o momento que pisei naquela masmorra, anos atrás.

Meu coração ainda tremulava de pavor, compreendendo o quanto teria sido fácil para a criatura tirar a minha vida. Mas não tirou. Ela se lembrou de mim. Agora eu entendia o que tinha acontecido.

BELA LOUCURA

Meu amigo não morreu naquela noite.

Ele se tornou a fera, ou a fera se tornou ele.

E não qualquer fera…

Frost se transformou em uma das lendas natalinas mais temidas.

Krampus.

Um deles estava me caçando… e não era a fera.

CAPÍTULO 24

Krampus.

O nome fez meus pulmões baterem como asas, lançando minha cabeça em um turbilhão. A lenda europeia da criatura metade bode, metade demônio, que, durante a época do Natal, roubava crianças que se comportavam mal e as levava para o seu covil. O oposto do Papai Noel. A história que a gente conta para assustar crianças e convencê-las a serem boazinhas. Uma ameaça muito mais sinistra do que acabar na lista dos travessos.

O bloqueio que eu tinha mantido erguido ruiu, expondo a verdade da qual me protegi por tanto tempo: o que eu tinha visto naquela noite. O que eu tinha feito. A razão para eu ter cortado relações com esse mundo e nunca ter olhado para trás. O pavor marcou profundamente a minha mente de sete anos, deixando cicatrizes. O terror noturno me acompanhou: via imagens dos irmãos me sequestrando, me levando de volta para Winterland, onde a fera aguardava para acabar o que tinha começado com suas garras.

Por mais que eu e Alice amássemos filmes temáticos, este era um dos gêneros pelos quais eu me recusava a me aventurar: filmes de terror de Natal. Eles me aterrorizavam ao ponto de eu me lembrar de chorar sem parar quando via chamadas de algum filme sobre a fera. Meus pesadelos já estavam cheios de bichos-papões. O medo praticamente me debilitava, e ninguém fazia ideia da origem dele.

Nenhum de nós sabia que eu tinha ficado cara a cara com a coisa real. Que, por minha causa, ela estava à solta no mundo de novo.

Era culpa minha.

— O-o monstro… — Minha mente e minha boca lutavam para se comunicar, o ar só provocava os meus pulmões, distorcendo minha visão.

— Ôpa. — Blaze me pegou, impedindo a minha queda. — Dinah? Merda! Você está ardendo de febre. — A voz dele soava distante. Olhei

BELA LOUCURA

para os outros que estavam ao redor. O rosto deles se contorcia como se estivessem em uma casa de espelhos de um parque de diversões. Mas não havia nada divertido naquilo.

— Fu-fui eu. É culpa minha — murmurei, sem saber se soava coerente, meus músculos ficaram fracos.

— Dinah, aguenta firme. — Blaze me pegou no colo e me aninhou junto ao peito, mas eu flutuei para longe do meu corpo, não querendo mais sentir nem entender nada. Parecia que eu estava pegando fogo, queimando de dentro para fora sem nenhuma pausa. O toque dele piorava tudo. — Resista, Dinah. O veneno está se infiltrando no seu sangue. Não vou te perder de novo. — O tom de Blaze se torcia com preocupação. — Estamos quase lá.

— Jingle, Jangle, vão chamar a Quin. Peça a ela para me encontrar no chalé. Vão. Agora! — ele gritou. — Dor, PB, voltem para a fortaleza. Preparem a armadilha. A gente precisa capturar a criatura. A mãe vai ficar muito brava se algo acontecer.

Mais vozes e barulhos saltavam ao redor, mas minha consciência mal tocava a superfície. Eu não tinha compreensão de tempo e espaço, meu cérebro vagava como um cão sem coleira. O balanço, assim como as respirações profundas de Blaze, me embalaram.

Segundos. Minutos. Anos. Eu não fazia ideia de quanto tempo havia se passado, mas minhas pálpebras tremularam quando ouvi uma voz de menina:

— *Wahine* — a voz de uma surfista arrulhou. — Você precisa beber isso aqui.

Meus cílios tremularam e vi Quin pairando sobre mim, com um copo inclinado nos meus lábios. Ela estava em um banquinho para ficar com aquele rosto bonitinho de desenho animado, os olhos arregalados e o bico amarelo na minha altura. Uma flor vermelha estava presa perto de sua orelha, ela usava um bustiê de coco, e a saia havaiana balançava.

Em qualquer outro momento, eu pensaria estar alucinando, vendo um pinguim com roupa de hula-hula cuidando de mim. Mas eu estava em Winterland.

— Vai aplacar a dor e combater o veneno das urtigas. — Levou alguns instantes para o meu cérebro computar as palavras. A barbatana dela ergueu a minha cabeça, derramando o líquido na minha boca. O gosto doce desceu pela minha garganta. — Enquanto eu trocava as suas roupas molhadas, um monte delas caiu sozinha, mas precisamos tirar o veneno do seu corpo. — Ela derramou mais bebida na minha língua.

Eu me sentia aquecida. Relaxada. Meus sentidos pareciam estar voltando.

Deitada na cama king size, me deparei com a paisagem praiana perfeita: o sol da manhã brilhava sobre a água azul enquanto ela batia suavemente na areia, palmeiras emolduravam a porta larga. O ar estava denso e quente, mas, assim como no lado da neve, a temperatura era gostosa.

Reparei no quarto. Era feito de madeira tiki em tons quentes e tinha o pé-direito alto. A cozinha, a sala de jantar e de estar ficavam de um lado; o banheiro e o que parecia ser um closet, do outro. Uma palmeira decorada com enfeites natalinos estava no canto. Era linda, a cabana dos sonhos em que a gente imaginava passar a lua de mel.

— Dinah? — O rosto de Blaze surgiu perto de Quin. Alívio e medo se emaranhavam em suas feições. — Ah, graças ao Papai Noel. — Ele expirou, se aproximou e segurou o meu rosto. Pisquei para ele, minhas pálpebras estavam pesadas, mas minha mente girava. — Por um momento, pensei que tivesse te perdido.

— Froosst? — falei com voz arrastada, minha língua não estava funcionando direito. — Eu… miiinha cuuulpa…

— Shhh. — Ele se inclinou para mim, o nariz deslizou pela lateral do meu rosto, e sussurrou no meu ouvido: — Poupe suas forças, você está em segurança agora. Ele não vai te machucar nunca mais.

Mas ele não me machucou. Eu que o tinha machucado. O que eu fiz o transformou em um monstro. Foi tudo obra minha. Tentei falar de novo, mas fiquei sem forças. Minha cabeça se agitava, frustrada, me deixando aflita.

— Concentre-se em sarar, Dinah. — Os lábios dele roçaram a minha bochecha. — Eu vou estar aqui.

Tentei resistir, mas minha mente desligou, e eu deslizei de volta para o nada.

Quando acordei de novo, vozes tremeluziram na minha consciência. Minhas pálpebras se abriram, mas só consegui ver formas difusas perto da porta.

— Eu disse que cuidaria do assunto. — A voz familiar de Blaze flutuou até o meu ouvido.

— Se algo acontecer com ele… — uma mulher respondeu, com a voz baixa.

— Eu sei. Eu sei. Nada vai acontecer com o *seu* menino precioso. — As palavras dele gotejavam dor e amargura.

— Pare de choramingar — a mulher fez pouco do escárnio. — Aff, você é igual ao seu pai… até mesmo a aparência.

Blaze jogou os ombros para trás.

BELA LOUCURA

— Como foi que aconteceu? — ela prosseguiu.

Ouvi Blaze suspirar.

— Não sei. Ainda falta uma semana para o Natal. Não era hora ainda.

— Mas acabou sendo. E só está ficando pior. — A mulher vociferou, a voz estava baixa, mas irritada. — Ainda mais considerando que você não fez nada quanto a isso.

— O que você quer que eu faça, mãe? — Blaze cruzou os braços. — Não posso forçar nada.

Mãe. Uma faísca de memória tentou romper as trevas na minha cabeça, mas não conseguiu. Eu sabia que tinha conhecido a mãe deles, mas não conseguia me lembrar dela. Tentei abrir os olhos, mas meu corpo se recusava, o sono tentava me reivindicar de novo.

— Não, você pode, mas não *vai*. Há uma diferença.

Ele resmungou e abaixou a cabeça.

— Está na hora — ela bufou.

— Espere pelo menos até amanhã. — A luz da porta foi bloqueada quando ele ergueu os ombros.

— Você ainda sente uma quedinha por ela — a mãe sibilou. — Ela vai destruir você também.

— Você não a conhece.

A mulher zombou, uma risada saiu de sua garganta.

— Eu a conheço bem melhor do que você pensa.

Ela saiu da sombra de Blaze enquanto minhas pálpebras se fechavam, meu corpo ficou em alerta. A escuridão me atingiu feito uma avalanche, me esmagando, me levando antes que o aviso pudesse alcançar o meu cérebro.

— A gente só quer que você melhore, Dinah.

Minha mãe se agachou diante de mim, com a palma da mão segurando minha bochecha manchada de lágrimas, secando-as com o polegar. Ela era tão linda aos meus olhos... Eu queria tanto crescer e ser igual a ela.

— Você não quer se sentir melhor? Não deixar de sentir medo o tempo todo?

Meu cabelo longo roçou os meus braços enquanto minha cabeça balançava. Funguei alto.

— Esta mulher está aqui para ajudar você, meu bem. — Ela apontou a cabeça para a pessoa atrás de mim, uma mulher pequena que estava parada à porta.

Uma psicóloga, me disseram. Alguém que nos ajudaria com as coisas que não conseguíamos resolver sozinhos.

Minha mãe e meu pai disseram que eu precisava falar com alguém. Alguém que me ajudaria a parar de ter pesadelos.

Eu nunca conseguia explicar direito o que sonhava, os detalhes se dispersavam logo que eu acordava, mas isso acontecia enquanto eu gritava aterrorizada, tremendo e vomitando. Eu me lembro de tentar correr, de fugir de algo que me perseguia, mas não conseguia me mover. A criatura assustadora se esgueirava até mim no escuro. Um menino gritava ao longe, o som ecoava na minha cabeça tão alto que eu acordava aos soluços.

— Dinah, meu amor? — Minha mãe enfiou uma mecha de cabelo castanho atrás da minha orelha. — Você poderia tentar falar com ela? Por favor? Só quero que você melhore.

Assenti, fungando de novo.

— Você é tão corajosa, meu amor. — Ela se ajeitou e beijou a minha testa antes de se levantar. Pegou a minha mão e nos virou na direção da sala. Mantive a cabeça baixa, tímida demais, assustada demais, envergonhada demais para olhar para uma desconhecida. Eu conseguia sentir o olhar dela em mim, me fazendo querer sair correndo do consultório e me esconder.

— Entre, Dinah. É um prazer conhecer você. — A voz da moça era baixa e suave, mas causou arrepios na minha pele, fazendo algo se agitar no meu peito.

— Dinah? — Minha mãe apertou a minha mão, com o tom que ela sempre usava quando queria que eu fosse educada com as pessoas.

Respirei fundo, ergui a cabeça, abri a boca para responder, mas nada saiu. Encarei a mulher.

Cabelo branco, curto e preso em um penteado, óculos de armação grossa e preta, lábios vermelhos.

Dei um passo para trás, um fio de medo disparou pelo meu peito, minhas pernas coçavam para eu sair correndo, mas eu não fazia ideia da razão.

— Oi, Dinah. — A boca da mulher se curvou em um sorriso. — Eu sou a dra. Mari Bell.

BELA LOUCURA

Meus olhos se abriram de supetão, uma sensação alarmante perpassou a escuridão lúgubre e pegajosa que queria me manter sob controle. Senti o pavor subir pela minha nuca, me apertando o peito.

— Você acordou. — A voz de uma mulher me fez virar a cabeça para o lado. O sol havia se posto no horizonte, envolvendo o quarto em sombras, encobrindo o corpo miúdo vindo da cozinha, seus lábios vermelhos se curvaram em um sorriso malicioso.

Dra. Bell?

Minha capacidade de compreensão foi pelos ares, transformando-se em pânico. Meu cérebro lutava com a ideia de que ela estava neste mundo, como se fosse uma peça de quebra-cabeça que não se encaixava, ou era o que se pensaria. A sensação alarmante se envolveu na minha garganta quando uma lembrança de infância se juntou às outras mais recentes. Eu me sentei na defensiva, meu olhar disparou pelo quarto, buscando por ajuda.

— Ele saiu para fazer umas coisas. — Ela se moveu para a lateral da minha cama. — Prometi que ficaria de olho em você. — Seus olhos azul-gelo eram tão claros, tão parecidos com os de Frost. Como não notei isso antes...

— Você faltou à consulta, Dinah. — Os lábios dela se contorceram de presunção, como se estivesse gostando de brincar comigo. — Fiquei muito preocupada.

Nenhuma palavra saía da minha boca enquanto eu a encarava, horrorizada, com a lembrança dela cristalina na minha mente. A mulher que tinha tratado de mim quando criança e agora.

Sra. Miser.

A mãe de Frost e Blaze.

A mulher que deveria estar morta.

Eu não tive tempo para pesar as consequências, o instinto assumiu. O pavor fez meu corpo fraco sair aos tropeços da cama, meus pés descalços bateram na madeira. Dei dois passos e minha cabeça começou a dar voltas, minhas pernas se curvaram, e eu caí.

— Ah, Dinah, achou mesmo que escaparia com facilidade? — Ela soltou uma risada sombria. — Que eu não te injetaria nada enquanto dormia tão profundamente?

Mordi o lábio, tentei me levantar, mas meus músculos caíram flácidos no chão, o que a fez rir.

— Continue tentando, meu bem, se canse bastante.

— O-o que você… — Cada sílaba batalhava para sair. — Quer?

— O que eu queria desde que você era criança. — Os sapatos dela cutucaram minhas costelas. — Quando você era pequena, tentei descobrir como conseguiu fazer aquilo, o que te tornava tão especial. Tentei entrar na sua mente e ver por que você tinha o poder. Mas você bloqueou esse mundo por completo. Calou tudo. Eu não conseguia tirar nada de você. Depois de um tempo, percebi que foi mero acaso. Você não tinha nada de excepcional. Te ajudei a esquecer este lugar. Mas ele nunca te largou de verdade, não é? Aí sua irmã apareceu, e eu soube que tinha desistido cedo demais. Vocês, Liddell, são mais do que aparentam.

A afirmação roçou meu ouvido enquanto eu prestava atenção em um movimento debaixo da cama. Uma sombra minúscula se aproximou até eu conseguir ver orelhas grandes e redondas, olhos escuros e pelo cinza macio.

Chip!

Ele foi até a borda, ainda lá embaixo, longe de vista, com as mãos sinalizando para mim.

— *Levante-se, srta. Dinah. Você precisa se afastar dela. A mulher é má.* — O nariz dele se contorcia de pânico. — *Você corre perigo.*

Eu sei. Tentei transmitir meus pensamentos pelo olhar, o que o deixou mais inquieto ainda, sem entender por que eu não me movia.

— Talvez eu tenha dado azevinho demais para você. — A dra. Bell se agachou perto de mim. Chip se embrenhou ainda mais nas sombras e sumiu de vista. — Eu precisava ter certeza de que você não conseguiria resistir a mim. E você, querida, tem mais tolerância que a maioria. Precisei continuar aumentando a dose, tentando fazer a substância se infiltrar nesse seu cérebro teimoso. Mesmo quando as coisas pareciam fora do comum, você ainda tentava enfiá-las de volta na caixa e fingir que era sã. — Ela se abaixou até os lábios vermelhos roçarem minha orelha, os dedos beliscaram dolorosamente o meu queixo. — Eu te fiz um favor, Dinah, ao te arrastar da mediocridade. Sua vida era patética. Comum. Tão chata que me dava vontade de eu mesma tomar o extrato de azevinho. Assim, pelo menos sentiria algo além de tédio quando você falava. Não me diga que você também não queria fazer a mesma coisa. Gritava por dentro, sabendo que havia algo mais. Eu sabia que você tinha muito poder, e que ele estava sendo desperdiçado.

BELA LOUCURA

A mão dela envolveu o meu bíceps e ela me colocou sentada. Do canto do olho, vi algo disparar ao lado da minha perna, me fazendo perceber que eu estava só de calcinha e casaco, mas meu cérebro não teve tempo de focar naquilo. Ela me puxou de pé. Minhas pernas mal me sustentavam e meu corpo se curvou.

Ela tirou do bolso o que pensei ser uma bengala doce gigante, mas a ponta era uma adaga afiada, parecida com aquelas de caça. Ela a enfiou no meu flanco, a lâmina me cortou como manteiga, me fazendo sibilar de dor. A mulher me levou para a porta.

— Está na *hora* de a jovem Liddell mostrar a magnitude dela.

Meus joelhos bateram na neve, minha cabeça dava voltas, meu corpo lutava com afinco para resistir aos efeitos do azevinho, do álcool e do veneno.

Raiva nasceu dentro de mim. Eu odiava estar fraca, de ser incapaz de resistir.

A dra. Bell/sra. Miser tinha me arrastado da praia ensolarada até o bosque nevado. O luar resplandecia no gelo branco. As horas se passavam como se fossem anos. Minha energia despencou dramaticamente. Cada passo que eu dava fazia meus músculos arderem, e a necessidade de me encolher na neve e dormir consumia boa parte dos meus pensamentos.

— Levanta! — As unhas dela cravaram no meu braço, me puxando de pé, me fazendo avançar aos tropeços. A faca de bengala espetava minhas costas. Minhas pernas se curvaram e estremeceram, cada músculo estava dez vezes mais pesado que o normal enquanto eu me arrastava pela neve.

Meus olhos deslizaram para a mulher ao meu lado, a fúria se avolumou mais ainda. Eu tinha confiado nela, acreditado que queria me ajudar. Expus alguns dos meus piores medos, e todo o tempo ela estava me usando, me enganando.

Como era possível eu não me lembrar dela? Como eu não sabia que ela tinha sido minha psicóloga quando eu era criança? Por que Frost pensava que ela estava morta?

Eu tropecei e caí, arrancando um grito irritado da garganta dela. — Levante-se! Anda!

— Não — rosnei em resposta.

— Sim! — Os dedos dela se afundaram na minha pele, sua expressão se transformou em fúria, e ela me levantou de novo. — Eu tentei bancar a boazinha, mas já deu — ela perdeu a paciência, e disse entre dentes: — *Chegou a hora, Dinah.*

O ar ficou preso nos meus pulmões, e, em algum lugar nas profundezas do meu cérebro, agarrei-me ao tom misterioso e conhecido, aquele que estava me chamando há meses, me fazendo enlouquecer.

— Você — falei com a voz arrastada, meus pés tropeçavam. — Era você... me assombrando. Me chamando das sombras.

— Já estava mais do que na hora de você descobrir. E eu aqui pensando que você devia ser a inteligente, Dinah. — Ela sorriu, os lábios vermelhos se abriram em um sorriso.

— Como? — As perguntas infinitas não estavam saindo como eu queria, se contorciam na minha boca, minha cabeça era um embaralho só. — Co-como é po-possível eu não me lembrar de você? De quando eu era pequena?

— Você nunca recusou minhas balas de hortelã, não é mesmo? — Os lábios dela se contorceram, achando graça. Ela apertou meu braço com mais força, me fazendo ir mais rápido. Para uma senhorinha pequena, ela era bastante forte. — Hortelã é um sabor tão forte que encobre tudo.

Hortelã. Do nada, eu fui de amar a odiar o sabor. Não era coincidência. Agora eu sabia.

— Vo-você colocou nos meus remédios também?

— Hortelã? Não. — Ela balançou a cabeça. — Não quero mais que você esqueça, Dinah. Quero que você se lembre.

— Lembre o quê?

— Como você fez.

— Fiz o quê?

— Abriu as correntes... liberou a fera. — Ela me puxou por uma colina, depois ravina abaixo. O luar desapareceu por trás da montanha. Minha atenção foi para o objeto dominando o céu. A montanha o alcançava, curvando-se no topo.

— Pelo amor do cogumelo venenoso. — Pisquei ao ver aquela forma inesquecível, coberta pelo fascínio. Era igualzinho ao do filme.

Monte Crumpet.

Eu nunca tinha me aventurado além da praia ou da fortaleza quando criança, estava ocupada demais brincando com meus amigos para me preocupar se havia mais coisas em Winterland. Não teria importado para o meu eu de seis e sete anos.

BELA LOUCURA

237

— Aff, ele só fala, não faz nada — ela resmungou, parecendo uma amante desprezada. — Quando era o *bad boy*, raivoso e amargurado, era um amante apaixonado. Agora é um inútil.

— Vo-você e o Grinch? — gaguejei, ainda com dificuldade de acreditar que ele existia.

— Rá! Ele adoraria a ideia. — Ela bufou, amargurada. — Foi uma vez só. Eu estava terrivelmente bêbada e desesperada. E de coração partido...

Meu queixo caiu em choque, e repulsa, eu tinha certeza.

— Anda. — Ela me empurrou pela ravina, que nos encharcava com uma névoa densa, gelando o meu sangue. Eu sentia um gosto amargo de desolação e infelicidade na minha boca que se agarrava às minhas pernas como enfeites pesados, me fazendo sentir que eu nunca mais seria feliz.

Ela parou de repente, e me empurrou. Minhas pernas bateram na terra de novo, ainda mais pesadas pela infelicidade esmagadora. Cada molécula de ar congelada ao ponto do desespero.

— Passamos anos tentando quebrar as correntes, abrir a caixa. — Ela rosnou, raiva e má sorte se arrastavam pela mulher, contorcendo suas feições. — E aí você aparece, uma coisinha humana, uma *criança*, que não deveria ter poder nenhum. Eu não entendo vocês... por que ambas são tão especiais? As duas destruíram a minha família. — Ela se aproximou batendo os pés e agarrou o meu queixo. — Me diz! Como você foi capaz de libertá-lo?

— Eu... eu não sei.

— Pare de mentir para mim! — Ela agarrou o meu cabelo e me puxou para frente.

— Não estou mentindo! — gritei, tentando me afastar dela, mas ela cravou a ponta afiada da faca em mim.

— Bem, é melhor você descobrir. — A bengala cortou a minha pele. — Levanta!

Com dificuldade, fiquei de pé. Ela me arrastou para frente, meu olhar reparou na estranha consistência do ar ao fim da trilha. Escuridão tangível pendia na atmosfera como um buraco de minhoca, exalando tristeza e melancolia esmagadoras.

Uma sensação que já tinha sentido antes.

Um lugar em que estive.

— Não. — Balancei a cabeça, observando mais imagens que eu tinha guardado em uma caixa e trancado, taxando como sonho ou alucinação.

O desejo de sair correndo me fez dar um passo para trás, recuar no aperto dela. — Não!

— Sim, menina. — Ela passou o braço por mim, aproximando a adaga para me impedir de fugir. — Tentei ir por meio dos seus sonhos, e não foi possível. Então, dessa vez, você vai entrar. Você a trará de volta e a libertará.

— Não. — Eu me debati contra ela, resistindo à fadiga que roubava minha energia, as drogas enfraqueciam a minha mente. — Não vou.

Era mais intuição do que memória, mas eu sabia que o que havia do outro lado me reduzia a nada. Dor, pesar e raiva invadiam a gente até não existirmos mais, restando apenas uma casca flutuando no espaço. Vislumbres de uma árvore enrolada em torno de uma caixa preta passavam levemente pela minha mente, e algo pesou no meu estômago. Eu sabia que a pessoa que ela queria libertar era a última que eu deveria soltar. Eu já tinha liberado um monstro.

Seria devastador, não só para Winterland, mas para a Terra. Eu não sabia por que tinha chegado àquela conclusão, mas um peso tomou conta das minhas entranhas, como se, dentro de mim, eu soubesse, mas não conseguisse dar voz. Aquilo estava preso no silêncio.

— Você pode me esfaquear, me ameaçar, mas eu não vou fazer isso. — Eu me desvencilhei dela, o esforço me fez puxar golfadas de ar. — Não estou nem aí. Não vou ser cúmplice do que você quer fazer.

— Quer dizer destruir o Papai Noel de uma vez por todas? — Ela ergueu as sobrancelhas.

— O quê?

— Está mais do que na hora de dar cabo daquele velho desgraçado, egoísta e insensato. Já passou o tempo dele, o homem ainda está preso no passado. É hora de uma nova liderança. — Ela deu batidinhas no cabelo muito bem penteado, e ergueu o queixo com presunção.

— Você quer dar cabo do Papai Noel? — Meu queixo caiu.

— Amor, alegria, bondade... blá, blá, blá... ninguém liga para nada mais além de si mesmo hoje em dia. — Ela fez um gesto de desdém. — A Terra é uma fossa de ganância e narcisismo. Por que não refletir o que as pessoas desejam?

— Pelo amor das frutas em calda, você é totalmente louca.

— Engraçado, vindo de você. — Ela debochou. — E não aja como se conhecesse o homem. Ele não é nada do que parece também. — Ela acenou a faca para mim. — Você está desperdiçando meu tempo. Anda.

BELA LOUCURA

— Não. — Curvei os dedos em punhos, e determinação dominou o meu rosto. Agora, mais do que nunca, eu não a ajudaria. Não que ela estivesse errada… A Terra havia se tornado um buraco de ódio, raiva e egoísmo, mas era exatamente por isso que precisávamos do Papai Noel. Precisávamos ainda mais de esperança, alegria e amor. — Não vou.

— Pensei que você fosse dizer isso. — Seus lábios se contorceram, os olhos brilharam de malícia, a cabeça se virou ligeiramente para trás. — Filho?

Pavor apertou o meu estômago quando olhei o que estava atrás dela. Dois corpos saíam da escuridão. Pela forma deles, podia dizer que um era homem, e o outro sendo carregado era uma mulher. A cabeça dela estava coberta; os braços, amarrados.

Puxei enormes golfadas de ar quando meu cérebro reconheceu o louro alto e musculoso a guiando, a pele bronzeada, os olhos verdes como espuma do mar me encaravam cheios de remorso.

— Blaze? — Eu me sentia traída e confusa. Ele era parte daquilo? O tempo todo ele sabia que a mãe estava viva? Ele estava mancomunado com ela? Eu tinha tantas perguntas, mas apenas uma saiu: — Por quê?

— Desculpa, Dinah. — Dor lampejou em seu rosto. — Eu gosto demais de você. Até esperava que, com mais poder e influência, você fosse me notar. É hora de mudar. O Natal no verão tem sido ignorado há tempo demais. É verão em meio mundo, mas o Papai Noel ignora a gente, nos trata como cidadãos de pouca importância. Como um lugar para onde você vai *depois* das festas. Não somos iguais, não se comparados ao precioso inverno dele. Quase toda música, todo filme, comida, bebida e mesmo atividades familiares são baseadas em neve e frio. A gente deve ter umas duas ou três músicas. E nenhum filme bom.

— E daí? Acha que se livrar do Papai Noel e trair o seu irmão vai mudar alguma coisa? — berrei.

— Acho. Tudo vai mudar quando minha mãe assumir o controle. Esse lugar não vai ser mais Winterland. Pela primeira vez, eles estarão abaixo de nós.

— Não é possível. — Balancei a cabeça.

— Estou fazendo isso pelo meu povo. Por todos aqueles na Terra que celebram as festas no calor e que são completamente ignorados. — Seu rosto estava triste. — Sinto muito, Dinah. Eu esperava que você visse as coisas sob a minha perspectiva, que quisesse ajudar. É hora do nosso lado se revoltar.

— Se revoltar? Ser ignorado? — Debochei. — Só porque você não tem um bom filme de Natal? — Balancei a cabeça. — Vai se foder. Não vou ajudar a nenhum de vocês dois.

— Blaze? — A mãe apontou a cabeça para a pessoa que ele carregava, enfim chamando minha atenção para ela. A mulher se debatia em seus braços, as palavras saíam abafadas, parecendo iradas.

Blaze segurou a fronha e a arrancou da cabeça da prisioneira. A boca dela estava coberta com fita adesiva de estampa natalina.

Meu mundo caiu.

Meu cérebro já enevoado deu voltas e bile subiu para a minha garganta. Os olhos castanhos quase idênticos aos meus se cravaram em mim, me encarando, perplexos.

Pelo amor de um bendito quebra-nozes.

— Alice?

CAPÍTULO 25

Ai. Meu. Deus.

A minha irmã.

Alice estava aqui.

Nesse mundo. Como? Que merda estava acontecendo?

— Alice! — Meu grito ecoou noite adentro. Meu cérebro pareceu explodir, e meu corpo cambaleou tentando chegar nela.

A sra. Miser/dra. Bell se pôs entre nós e me empurrou para trás.

Alice se debateu contra Blaze, tentando chegar a mim, os gritos abafados dela açoitavam a mordaça.

— Alice! — Fui na direção dela. Bell empurrou a ponta da bengala doce sob o meu queixo, me detendo. — Solte-a! Ela não tem nada a ver com isso.

Bell jogou a cabeça para trás, a risada saiu dela como um uivo.

— Sério mesmo? — Em um piscar de olhos, a risada se transformou em raiva, que preencheu a voz da mulher enquanto ela ia pisando duro até Alice, e logo cutucou as costelas dela com o punhal.

— Ela tem TUDO a ver com isso. Foi ela quem a colocou lá dentro. Foi ela quem trouxe o Papai Noel de volta. A queridinha, a *salvadora* de Winterland. — Ela rosnou aquela palavra. — Ela é a razão para a minha família ter perdido o próprio lar, o poder e o reino.

— O quê? — Olhei da dra. Bell para Alice. — Salvadora? Do que ela está falando?

Eu conhecia minha irmã o bastante para saber que ela não refutava nada daquilo com o olhar. Alice quase parecia pedir desculpas, como se fosse culpa dela eu estar ali.

— Vocês, Liddell, têm sido uma pedra no sapato da minha família. As duas tiraram tudo de nós. Agora é hora de pagar. — A dra. Bell apontou para o abismo escuro. — O tempo está passando, Dinah. Vá logo. A Terra dos Perdidos e Despedaçados te espera. Tomara que você consiga. A vida da sua irmã depende disso.

Alice balançou a cabeça, os gritos dela eram altos e apaixonados. Medo tomou seus olhos, como se ela soubesse o que havia lá.

— Não, Dinah. — Mesmo amordaçada e contida, eu conseguia entender seu apelo. — Não entre lá.

— Cala a boca ou eu te coloco lá dentro também. Para fazer esse seu cérebro virar caramelo — a sra. Miser retrucou. — O tempo está passando, Dinah.

Os olhos de Alice rogaram, a cabeça sacudiu freneticamente, me fazendo hesitar.

— Tudo bem, foi você que pediu. — A sra. Miser sorriu com maldade, então cravou o punhal na barriga de Alice. Ela soltou grito abafado enquanto se curvava em agonia.

— Alice! — gritei, saltando para proteger a minha irmã, mas a filha da puta cravava ainda mais o punhal a cada passo que eu dava. Sangue pingou na neve branca, tingindo-a de vermelho.

— Eu vou atravessá-la com isso aqui como se fosse um espeto, que é o que ela merece. Mas, se pegar o que eu quero, eu a deixarei viver, por ora.

— Mãe. O que você está fazendo? — Os olhos de Blaze se arregalaram, ele segurou minha irmã e tentou mantê-la erguida.

— O que é preciso, filho. Já que você não teve culhões para fazer o que eu pedi da primeira vez.

— Da primeira vez? — Eu olhei para Blaze.

— Era para ele te fazer lembrar, para nos ajudar.

— O quê? — Empalideci, e encarei Blaze.

Seu rosto foi tomado pela angústia, então ele se virou para a mãe:

— Você não disse que pessoas iam se machucar.

— Ah, vê se cresce. Você ainda age feito criança, correndo por aquela praia sem responsabilidade nenhuma. Quer que as coisas mudem? Tem que fazê-las a mudar. Custe o que custar. — Ela debochou.

Os ombros de Blaze enrijeceram, a expressão se dividiu entre mágoa e raiva.

— Às vezes é preciso sujar um pouco as mãos para conseguir o que se quer. — Ela se virou para mim. — Homens são tão fracos... É por isso que temem tanto a gente. Fica por conta das mulheres se certificarem que as coisas sejam feitas. Agora, Dinah, você tem força moral para cumprir a tarefa? Porque, se não tiver, sua irmã morre. Você me devolve a minha, e a sua vive... uma irmã por outra.

— Irmã? — arquejei. Era a irmã dela que estava presa?

Em meio a dor, Alice balançou a cabeça para ela, arregalando os olhos. Então me encarou, balançando a cabeça com ainda mais urgência. — Não! Não! Não faça isso!

— Liberte-a, traga-a de volta para mim, e eu não mato a Alice.

— Nããão! — Alice rogou, tentando se desvencilhar dos braços de Blaze, a energia dela se esvaía.

A sra. Miser cravou a bengala na mesma ferida, fazendo minha irmã gritar de agonia.

Lágrimas escorriam pelos meus olhos, pânico acelerava meu coração. Eu não podia perder a minha irmã. Não importa o que acontecesse, não era uma opção.

— Ok! Ok. Para! — roguei. — Por favor, pare de machucá-la. Eu vou.

Alice balançou a cabeça, mas ela caía em Blaze, perdendo a vida diante dos meus olhos.

— Não, Dinah. Por favor!

— Eu não tenho escolha — gritei, me aproximando dela. Dessa vez, a sra. Miser não me deteve. — Não vou deixar você morrer.

— Nããão — ela respondeu, as pálpebras caíram um pouco, sangue pingava no chão, colorindo o branco como se fosse uma raspadinha de cereja.

— Desculpa. — Eu me inclinei e a beijei na bochecha. — Eu não tenho escolha — repeti. Mais algumas lágrimas caíram enquanto eu me virava e ia até a entrada.

— Dinah!

Os gritos de Alice me seguiram para o vazio, entrando fundo na minha alma ao passo que a Terra dos Perdidos e Despedaçados devorava o resto de mim.

Mesmo enquanto minhas botas tocavam a neve brilhante, eu não tinha sensação de alto e baixo. Minha mente já queria se estilhaçar em milhões de pedaços.

— Não. — Eu me aferrei aos meus pensamentos. Ao meu propósito.

As lembranças de ter estado ali passaram rápido pela minha cabeça, como se fossem a imagem de um livro se desintegrando nas beiradas, enquanto os brinquedos flutuavam para mais perto, roubando o meu juízo. O terreno desconhecido não era nem frio nem quente, mas eu tremia enquanto os brinquedos vinham atrás de mim. A mágoa sufocante deles por terem sido esquecidos, substituídos, largados, queimava em mim.

A maioria era brinquedos perdidos, vagando no infinito atrás de seus donos, perguntando-se o que aconteceu, por que foram abandonados sem motivo. Mas outro grupo evoluiu. Desenvolveu iniciativa.

Determinação de ferir.

De matar.

Corri, lutando com a pressão que esmurrava a minha cabeça, com a infelicidade que pesava o meu corpo.

O que eu estou fazendo aqui de novo?

Um soluço saiu abafado enquanto eu tentava me lembrar.

— Alice. — Rangi os dentes, e continuei, seguindo meu instinto. — Lembre-se de Alice. Continue repetindo o nome dela. Não esqueça!

Metade de um tabuleiro de Banco Imobiliário destruído se chocou com o meu ombro, e um grito foi arrancado da minha alma, como se eu mesma estivesse sendo rasgada ao meio. Fui atacada com imagens de pessoas gritando umas com as outras, acusando-se mutuamente de trapaça. De raiva. De ambição. Vi a imagem de um homem rasgando o tabuleiro ao meio e o jogando do outro lado do cômodo.

Um cachorro de pelúcia sem cabeça esbarrou em mim e transmitiu imagens de um menino mais velho cortando a cabeça dele, rindo, enquanto uma garotinha soluçava sem parar.

Dor.

Devastação.

Minha mente ficou em branco quando caí no chão, dobrei os joelhos e arquejei. Meu peito doía, meus músculos estavam pesados demais para seguir adiante. Eu queria me deitar ali e dormir para sempre.

Levanta. Você precisa fazer alguma coisa... embora eu não conseguisse lembrar o quê. Parecia importante, mas, quanto mais eu tentava me lembrar, mais a coisa escapulia.

Eu estava cansada.

Com sono.

BELA LOUCURA

Minhas pálpebras se fecharam, abrindo os braços para qualquer coisa que levasse embora a agonia.

Uma batida atingia minha bochecha sem parar, me impedindo de me entregar ao nada, à paz que havia do outro lado.

Pápápápápá.

Gemi, e minhas pálpebras tremularam.

Pápápápápá.

— Paraaa — rosnei irritada, e abri os olhos.

Um ratinho cinza minúsculo com olhos grandes e orelhas imensas, uma delas cortada, estava de pé no meu rosto. As mãozinhas e dedos se moviam freneticamente, me deixando tonta. Cansada.

Minhas pálpebras se fecharam de novo.

Pápápápápá.

— Aff! — Forcei meus olhos a se abrirem; os dedos do carinha se moviam ainda mais frenéticos. Ele saltitava.

Senti uma certa familiaridade, não só com o ratinho, mas com o modo como ele movia as mãos, roçou no fundo da minha mente. Foquei mais e mais os dedos dele.

— *Levanta! Você não pode desistir, srta. Dinah.* — Eu lia as formas que ele sinalizava e as enfileirava em palavras. — *Por favor, você precisa se lembrar.*

Chip. O nome dele saltou na minha língua. Tive um lampejo do ratinho, primeiro sentado no meu joelho e, depois, no instante confuso em que pensei tê-lo visto na cabana de Blaze.

— Você... você veio comigo? — Gaguejei.

— *É claro.* — As mãos dele se moveram. — *Você é minha amiga. E amigos se ajudam.*

Um quentinho no lugar vazio do meu coração fez energia e determinação correrem pelo meu sangue.

— Co-como é possível você não ter sido afetado?

— *E brinquedos lá se importam com ratos? Sou insignificante para eles.*

— Mas não para mim.

A timidez o fez torcer o nariz e sacudir os bigodes.

Eu me levantei, e nuvens tentaram encobrir meus pensamentos de novo. Respirei fundo, belisquei o alto do nariz, tentando lembrar a razão para eu estar ali.

— *Alice* — ele sinalizou, e o nome desencadeou algo dentro de mim. — *Você disse: lembre-se da Alice.*

— Isso. — Assenti, e o peguei ao me levantar. Alice... minha irmã. — Alice.

Chip se acomodou no meu ombro, segurando-se no meu cabelo enquanto eu me movia com determinação renovada, sentindo algo me puxar.

Uma parede de brinquedos pairava em fileira, e eu sabia que tinha chegado ao meu destino. O sussurro deles dizendo para parar ali girava na minha cabeça sem parar.

"Não faça isso, Dinah."

"Não... para."

"Não a liberte."

"Escuridão! Danação!"

Chip se remexeu em meu pescoço quando atravessei a barreira invisível, arrepios cobriram a minha pele. A complexidade das emoções humanas perfurou o meu peito.

— Pelos testículos dos elfos. — Cerrei os dentes. Orbes deslizavam na escuridão até mim. Estavam prontos para lutar comigo. Eu conseguia sentir o que eles sentiam, o medo e a determinação de me manter longe de meu objetivo. Eu também não queria fazer aquilo. Sabia que o que aquela desgraçada queria libertar não podia ser nada bom.

— Alice. — Eu me aproximei da multidão de esferas brilhantes. Eram almas. — Preciso fazer isso, pela Alice.

Algumas brilharam mais forte, como se reconhecessem o nome.

— Por favor. — Tentei me desviar, mas elas se moveram juntas, bloqueando o caminho. — Ela vai morrer!

Eu conseguia sentir que hesitavam, mas não se moviam.

— *Dinah, venha até mim.* — A voz de uma mulher veio na minha direção, me envolvendo. — *Me liberte.*

Dei um passo à frente, os orbes vibraram ao meu redor como abelhas raivosas. O protesto deles gritava no meu ouvido conforme roçavam a minha pele, me queimando com a sua energia.

— Ahhh! — Eu me curvei, sentindo Chip se aferrar ao meu pescoço. Seu pelo macio e a mãozinha pressionando minha pulsação, me acalmavam e me davam determinação.

Alice. Entoei o nome dela na minha cabeça. Minha irmã. Todo o meu mundo e coração.

Grunhindo, empurrei a energia estagnada, os gritos e apelos deles ecoaram na minha cabeça, fazendo emoção borbulhar na minha garganta.

BELA LOUCURA

— Sinto muito. Eu não tenho escolha! — Eu me lancei aos tropeços, me afastando da multidão.

— *Dinah.* — Meu nome sibilou em meio ao escuro enquanto eu corria pela trilha, o empuxo da voz parecia uma chicotada. Diferente das outras vezes em que estive ali, eu estava mais consciente. Entendia o que estava acontecendo, mas o poder do chamado era algo contra o que eu ainda não conseguia lutar, como se eu fosse sua subalterna.

A árvore apareceu. A caixa preta mal era visível, as raízes a envolviam com força, puxando-a, devorando-a.

— *O tempo está passando.* — O aviso da sra. Miser soou na minha cabeça. Eu tinha certeza de que se a árvore a consumisse, nem mesmo eu poderia alcançá-la.

— *Dinah, anda.* — A mulher sibilou no meu ouvido, a voz me fez cair de joelhos.

A necessidade de resistir, de me recusar, ia de encontro à imagem do rosto da minha irmã.

Trêmula, estendi a mão, as pontas dos meus dedos roçaram a caixa. Como se eu tivesse sido atingida por um raio, meus músculos convulsionaram e um grito saiu da minha boca enquanto imagens voavam pela minha mente.

Era uma mulher linda: lábios vermelho-sangue, olhos azul-gelo, cabelo louro-platinado em um corte chanel perfeito. Via imagens dela rindo enquanto pessoas e animais eram decapitados, torturados, controlados. Escuridão, dor, raiva e amargura corroeram-se e transformaram-se no mal. Retorcendo-se e a carcomendo em maldade e vingança.

Eu consegui prever que seu poder devastaria o reino.

Destruindo.

Matando.

Guerra chegaria a Winterland.

E morte.

Pessoas gritando apavoradas, dor e medo ricocheteavam na minha cabeça, atingindo a minha alma. Se eram do passado ou do futuro, eu não sabia, mas a agonia deles me fez cair de joelhos. Tirei a mão da caixa e solucei. Lágrimas escorriam pelo meu rosto. A decisão se abateu sobre mim, rebuscando meu coração. O que eu deveria fazer?

Salvar a minha irmã e destruir Winterland?

Ou salvar Winterland e perder a minha irmã?

— *A maldição já foi lançada, Dinah. É o fim de Winterland.* — A voz dela estava cheia de confiança. — *Você vai deixar a sua irmã morrer por nada?*

Pressionei minhas costelas, sentindo o coração bater forte por causa da decisão incomensurável de escolher quem viveria e quem morreria.

O rosto de Alice apareceu na minha mente: nós duas aconchegadas no sofá, vendo filmes de Natal, ela rindo, sorrindo. As vezes que brigamos, as que gargalhamos e fizemos piada, as vezes que ela me abraçava enquanto eu chorava.

Uma imagem dela e de Matt, em que seus os olhos brilhavam de amor.

Meu coração se partiu.

— Alice — gani. — Sinto muito.

Alice não ia querer que eu a escolhesse. Pesar pranteou dentro de mim, moendo a minha alma.

Estendi a mão e toquei a caixa. As raízes se retorceram, mas quando meus dedos as afagaram, elas se afrouxaram, empurrando a caixa para as minhas mãos.

— *Boa menina.*

Senti um poder estalar ao meu redor, me envolvendo em seus braços. A tampa da caixa rangeu, me deixando ver a verdadeira força que havia lá dentro, as lembranças que tinham sido bloqueadas em mim.

Um grito saiu de meus pulmões. Tombei para trás e minha coluna bateu no chão no que minha mente gritava pela agonia do ataque. A cortina foi puxada, me mostrando as sombras turvas, a época do incidente de Alice. A lasca que esteve sob minha pele durante os dois anos que eu sentia que algo não se encaixava.

Puxei o ar com violência enquanto a imagem se firmava na minha cabeça. Eu enxergava tudo com clareza agora.

A mulher com lábios vermelhos e olhos azuis.

Eu a conhecia.

Ela era a nova vizinha que havia sido casada com Matthew, tinha um filho, Timmy, e eles foram à nossa festa de Natal. Era a psicóloga de Alice, aquela que fazia coisas de hortelã para a gente.

Jessica Winters!

Como se voltasse de uma amnesia, eu vi todas as mentiras. A fumaça e os espelhos. A forma cruel com que ela enganou e brincou com a minha família.

A noite em que ela ficou ali parada, com um sorriso maligno no rosto enquanto Alice era levada...

Ai, meu Deus.

Alice nunca esteve louca.

BELA LOUCURA

Tudo o que ela via era real.

— Isso mesmo, Dinah. *Mas foi bastante fácil você acreditar ter sido o caso. E não demoraria muito para que os convencêssemos de que você era louca também* — Jessica debochou no meu ouvido. — *Como seria fácil fazer os outros acreditarem que você matou sua irmã em um ataque de insanidade. As pessoas pensariam "Ah, que triste... eram tão jovens, tinham tanta vida pela frente... Duas moças bonitas perdidas para a loucura". Teriam pena de você e logo esqueceriam, como humanos sempre fazem, e seguiriam com suas vidas insignificantes. Você é mais que isso, Dinah. Escolha o caminho certo.*

— Vai se foder — rosnei.

— *Uma tola, igualzinha à sua irmã. Ela vai acabar morta se você não me tirar daqui. Anda logo!*

Fiquei de pé, e senti Chip entrar no bolso do meu casaco.

Peguei a caixa com uma mão e enfiei a outra no bolso, envolvendo com cuidado o pelo quente e macio do ratinho, precisando da presença dele para me manter firme. Eu mal conseguia me segurar, mas ele e minha irmã me faziam seguir adiante, me conduzindo pelo caminho por onde eu vim.

Eu sabia que havia feito a escolha errada, mas meu destino estava traçado. Minha história tinha sido escrita.

Alice era a salvadora de Winterland.

E eu seria sua ruína.

O prenúncio da morte e da destruição.

Podiam me chamar de bela.

Mas, na verdade, eu era a fera.

CONTINUA!

Vem aí mais de Dinah, Frost, Blaze, Alice, Scrooge e companhia no último livro da série Winterland Tales, *Loucura feroz*!

LOUCURA FEROZ

Os encrenqueiros de Winterland estão de volta para a batalha final, e essa luta não é só entre travessos e bonzinhos, mas entre a vida e a morte.

Dinah Liddell cresceu perseguida por pesadelos com monstros e criaturas estranhas só para descobrir que eram todos reais. Winterland existe. Agora ela está sendo forçada a restituir o trono à Rainha Vermelho-Sangue.

Dessa vez, Jessica Winters não vai medir esforços para destruir Winterland, distorcer os limites da realidade para Dinah e destroçar sua sanidade.

Ao lado de sua irmã, Alice, e da gangue, Dinah vai precisar lutar contra um oponente que jamais imaginaria: a própria mente. Ao resgatar a garota destemida que já foi, cheia de ardor e paixão, ela vai quebrar todas as regras para salvar a quem ama.

Mas como costuma acontecer no meio da loucura feroz, nada é o que parece, e aqueles em quem mais confia a trairão.

Ao libertar uma fera, Dinah sacrifica outra. Um monstro que ajudará a destruir Winterland de uma vez por todas.

Toda a gangue de Winterland está lutando pela própria vida, e conforme a guerra entre travessos e bonzinhos tinge o solo de vermelho, eles descobrem que o plano de Jessica para assumir Winterland vai mais longe do que imaginavam.

Quando a bela se perde, a fera cai, e junto vai Winterland... Papai Noel e tudo o mais.

Alice no País das Maravilhas encontra A Bela e a Fera nessa sequência inusitada. Não perca o final dessa série louca e insólita.

Quando você cutuca o monstro... fica com a fera.

BELA LOUCURA

SOBRE A AUTORA

Stacey Marie Brown ama mocinhos fictícios problemáticos e gostosos e mocinhas destemidas e sarcásticas. Ela também ama livros, viajar, séries de TV, fazer trilha, escrever, desenhar e tiro com arco e flecha. Stacy jura que é meio cigana, e tem a sorte de poder viver e viajar pelo mundo.

Foi criada no norte da Califórnia, onde corria pela fazenda da família, cuidava de animais, montava cavalos, brincava de pega-pega e transformava fardos de feno em fortes bacanérrimos.

Quando não está escrevendo, está fazendo trilha, passando tempo com amigos e viajando. Ela também faz trabalho voluntário com animais e é amiga da natureza. Para ela, todos os animais, pessoas e meio-ambiente deveriam ser tratados com gentileza.

AGRADECIMENTOS

Esta série só teve sequência graças a você! Foi muito divertido escrever a história de Dinah. Espero que você esteja gostando dessa versão de *A Bela e a Fera* com um temperinho a mais. Mais uma vez, obrigada por dar uma oportunidade para essa história maluca!

Kiki, Colleen e toda a galera da Next Step P.R., obrigada pelo trabalho duro! Eu amo muito vocês.

Mo da Siren's Call Author Services, você salva vidas! Obrigada!

Hollie "a editora", sempre maravilhosa, solícita. É um sonho trabalhar com você.

Jay Aheer, quanta beleza. Estou apaixonada pelo seu trabalho!

Judi Fennell da formatting4U.com, sempre rápida e certeira!

Para todos os leitores que me apoiam: sou grata por tudo o que vocês fazem e pela forma como ajudam autores independentes com o seu amor pela leitura.

Para todos os autores independentes/híbridos que estão aí fora que inspiram, desafiam, apoiam e dão um empurrãozinho para que eu seja melhor: eu amo vocês!

E para qualquer um que escolheu o livro de um autor independente e deu uma chance a um autor desconhecido: OBRIGADA!

BELA LOUCURA

A The Gift Box é uma editora brasileira, com publicações de autores nacionais e estrangeiros, que surgiu no mercado em janeiro de 2018. Nossos livros estão sempre entre os mais vendidos da Amazon e já receberam diversos destaques em blogs literários e na própria Amazon.

Somos uma empresa jovem, cheia de energia e paixão pela literatura de romance e queremos incentivar cada vez mais a leitura e o crescimento de nossos autores e parceiros.

Acompanhe a The Gift Box nas redes sociais para ficar por dentro de todas as novidades.

 www.thegiftboxbr.com

 /thegiftboxbr.com

 @thegiftboxbr

 @GiftBoxEditora